운수 대통령

운수 대통령 2

초판 1쇄 인쇄일 2015년 12월 18일 ㅣ **초판 1쇄 발행일** 2015년 12월 23일

지은이 송근태 ㅣ **펴낸이** 곽중열 ㅣ **담당편집 팀장** 이범수
편집부 신연제 이윤아 김호성 김은경

펴낸곳 (주)조은세상 ㅣ 출판등록 제 2002-23호
주소 경기도 연천군 미산면 청정로 1355
TEL 편집부 02)587-2966 ㅣ FAX 02)587-2922
e-mail bukdu@comics21c.co.kr

ⓒ송근태 2015
ISBN 979-11-5832-396-7 ㅣ ISBN 979-11-5832-394-3(set) ㅣ 값 8,000원

운수
대통령

송근태 현대 판타지 장편소설

NEO MODERN FANTASY STORY

북두
(주)좋은세상

NEO MODERN FANTASY STORY

운수
대통령

송근태 현대 판타지 장편소설

첫 번째 이야기
신소율

운수 대통령

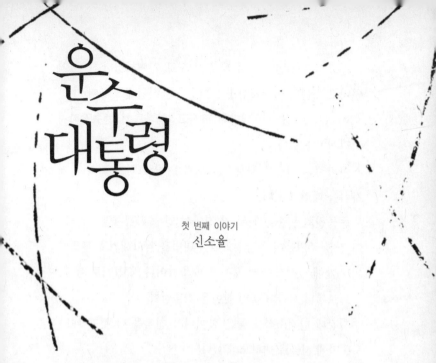

운수 대통령

첫 번째 이야기
신소율

최창수의 집안은 대대로 농가집안이었다.

만약 아버지가 20대 때 시골의 협소함에 질려 서울로 상경하지 않았다면, 지금쯤 밭을 갈고 있었을 게 분명했다.

농가 집안에서 최강대학교 학생이 태어났다!

가문의 영광이었다.

"몇 년 만에 시골 내려가는 거였지?"

고속도로.

한창 운전 중이던 아버지가 어머니께 물었다.

"한창 바빴으니까요. 3년은 지났을 걸요?"

"아이고, 어머니 많이 늙으셨겠네."

최강대 합격소식을 집안에 전하게 된 그 날.

부모님은 집안이 떠내려 갈 정도로 기뻐하셨다. 눈물이 없기로 소문난 아버지까지 눈시울을 붉히실 정도였다.

이 소식은 금세 동네방네 퍼졌고, 아파트에 현수막까지 걸리게 만들었다.

아파트 주민들은 최창수를 보기 위해서 먹을 것과 함께 자식을 데리고 왔다.

동물원의 원숭이가 된 거 같아서 영 불편했지만, 학구열이 강한 주민들이 최창수의 공부비법을 알아내려고 부모님의 가게에서 식사를 해 매출이 제법 늘어나 꾹 참기로 했다.

그로부터 시간이 흘러 찾아온 겨울방학.

최강대 합격소식을 들은 할머니가 친척을 다 부를 테니 오랜만에 시골로 내려오라 했다.

그동안은 가게 일 때문에 워낙 바빠서 엄두도 못 냈던 고향방문.

부모님은 이 기회에 내려가기로 결심을 하셨다.

시골은 경기도 파주시에 위치한다.

차로 꼬박 3시간을 달려 겨우 도착할 수 있었다.

"오랜만에 시골에 온 기분이 어떠냐?"

아버지의 물음.

최창수는 주변을 둘러봤다.

늘 봐왔던 고층건물이 아닌 바라만 봐도 근심 걱정이 사라지는 탁 트인 평지와 드높은 산.

곳곳에서 들리는 동물소리와 처음에는 싫지만 맡다보면

익숙해지는 비료냄새까지…….

"좋네요."

딱히 더 떠오르는 말이 없었다.

정말로 좋았으니까.

물론 여행의 종착지가 시골이었던 적도 있긴 하다. 하지만 나름의 관광요소를 가졌던 터라, 이곳처럼 시골 그 자체였던 적은 없다.

'여행이다!'

시골에서 보낼 2박 3일.

이곳에서의 시간이 벌써부터 기대됐다.

차에서 내려 도보로 걷길 10분.

저 멀리 근사한 2층 집 한 채가 보이기 시작했다.

"여기란다."

"네?"

최창수가 마지막으로 시골에 온 건 부모님보다 더 된 5년 전이다. 친구들과 놀러 다니느라 워낙 바빴으니까.

'그때는 되게 허름했는데.'

지금은 강남구에 위치할법한 집이었다.

"시골은 땅값이 싸거든. 서울에서 허름한 아파트 하나 구할 돈이면, 여기서 이 정도 집 두 채는 자기 명의로 지을 거다."

"진짜요?"

당장 자신의 집만 해도 전세 9천만 원짜리 28평 아파트다.

하지만 할머니 집은 딱 봐도 40평이 넘어보였고, 이것저것 다 포함해서 5천이 안 될 거 같았다.

'나중에 시골에서 살까?'

문득 그런 생각이 들었다.

현관문을 열고 집 마당으로 들어갔다. 드넓은 마당에서 뛰어다니고 있던 새끼 진돗개 열 마리가 최창수 가족을 바라보더니 왕왕 짖기 시작했다.

"아이고, 이놈들아! 갑자기 왜 짖고 난리여!"

그게 시끄러웠는지 현관문이 열렸고, 할머니가 나왔다.

5년 전보다 늙으신 할머니.

최창수는 별 생각이 없었지만, 아버지는 더 늙은 어머니를 보자마자 가슴이 울컥했다.

"어머니, 저 왔어요."

"어이구, 박식이구나. 일 끝내고 올 줄 알았는데 일찍 왔네?"

"모처럼 내려오는 건데 일찍 와야죠."

"그래, 그래. 정말 잘 왔다. 못 본 사이에 나이를 먹은 듯하구나."

할머니가 아버지의 얼굴을 쓰다듬었다.

"어머니도 주름이 더 많아지셨네요."

"먼 소리여, 옆집 필리핀 아가씨가 준 화장품 열심히 바르고 있는데."

늙었지만 아직은 여자라는 걸 강조하듯 할머니가 아버지

손으로 자신의 얼굴을 쓰다듬게 했다.

오랜만에 얼굴을 마주한 모자.

추운 날씨 속에서도 마음만큼은 따뜻했는지 한참동안 그 자리에 서서 대화를 나눴다.

보일러 덕분에 집안은 따뜻했다.

"다른 애들은 아직 안 왔어요?"

"오고 있다 하더구나. 돼지 한 마리 잡을 거니까, 배고파도 참고 쉬고 있도록 혀."

돼지를 잡는다.

그 말에 최창수는 이 근처에도 정육점이 있나 싶었다.

집 구경을 하고 있자 하나 둘 친척이 모이기 시작했다.

다 모였을 때는 스무 명이나 되는 대가족이 형성됐다.

"창수 이 녀석! 몇 년 못 본 사이에 어른이 다 됐네!"

"이 손이 최강대 합격시킨 손이여? 어디 한 번 만져보자."

"우리 핏줄에 최강대 학생이 나오다니! 내가 다 자랑스럽네!"

친척들이 우르르 몰려들어 머리와 얼굴과 손에 계속해서 어루만졌다.

답답했지만 기뻐하는 부모님을 봐서라도 참기로 했다.

1시간이 넘도록 최창수는 친척들의 질문공세를 받게 됐다. 공부비법이 뭐냐, 최강대 수능 수준은 어떠냐, 등등.

지겹도록 받은 질문이라서 대답 자체는 어렵지 않았다. 다만 정신력 소모가 너무 심할 뿐······.

'주, 죽겠네.'

겨우 친척들로부터 풀려난 최창수는 바로 2층에 있는 방으로 도망쳤다. 조용한 곳에서 숨을 고르니 조금이지만 피로가 풀리는 기분이었다.

"창수야."

이제 좀 쉬려고 했건만!

친척 한 명이 자기 아들을 데리고 2층으로 올라왔다.

"얘 내 아들인데, 처음 보지?"

"아, 네."

"얘가 올해 고3되거든? 너 최강대 합격도 했으니까, 밥 먹을 때까지 얘 공부 좀 시켜줘라."

"……네?"

"알겠지? 이따 용돈 줄 테니까 잘 가르쳐줘라."

아들만 덩그러니 내버려두고 친척이 밑으로 내려갔다.

졸지에 둘만 남은 상황.

어색한 분위기가 감돌았다.

"음, 이름이 뭐냐?"

"김형욱이요."

"그래, 형욱아. 우선은 앉아."

그 말에 김형욱이 최창수 바로 앞에 앉았다.

소심한 성격인건지, 김형욱은 한숨만 푹 내쉬며 고개를 푹 숙이고 있었다.

'뭔 말을 해야 하지?'

고민해봤다.

친척은 자기 아들 공부를 시키라 말했지만, 어디에도 참고서는 없다. 게다가 김형욱의 성적도 모르고, 그가 어떤 인물인지조차 모른다.

아들만 툭 던지고 간 친척이 몰상식하게 느껴질 정도였다.

"형욱아. 공부 잘 하냐?"

"그냥…… 중간은 해요."

"잘 하는 과목이랑 못 하는 과목은 뭐냐?"

"잘 하는 건 과학이고, 못 하는 건 국어요."

"이과인가 보구나."

우선은 김형욱의 대략적인 정보부터 파악하기로 했다. 그 결과, 김형욱도 이소영처럼 부모의 지나친 학구열의 피해자라는 걸 알게 됐다.

"전 그냥 제 수준에 맞는 대학에 가고 싶어요. 기회가 되면 연구원으로 발탁돼서 계속 과학을 할 생각인데 부모님의 이상이 너무 높네요……."

"그러게. 음, 좋아. 휴대폰 꺼내 봐."

그 말에 김형욱이 한숨을 쉬며 휴대폰을 꺼냈다.

보나 마나 휴대폰으로 참고서 어플을 깔아 공부를 시킬 거라 생각했다. 상대는 인생과 공부를 맞바꾼 학생만 입학할 수 있는 최강대 학생이니까.

하지만 전혀 아니었다.

"오, 너도 이 게임하는구나."

"……공부 하는 거 아니었어요?"

"야, 기분 좋게 놀러 와서 공부는 뭔 놈의 공부냐. 내가 보기에는 너 충분히 잘 하고 있으니까 게임이나 하자. 나 이기면 너희 아빠가 준 용돈 너한테 줄게."

최창수가 바로 게임에 접속했다.

그 모습에 김형욱은 가슴이 울컥했다.

충분히 잘하고 있다.

여태껏 부모에게도 들은 적 없던 말이었다. 70점을 받으면 80점을, 80점을 받으면 90점을. 늘 더 높은 걸 바라던 부모였으니까.

하지만 생전 처음 보는 형이 자신을 격려해줬다.

심적으로 너무 지쳐있던 상태였기에 그 어떤 말보다 더 따스하게 다가왔다.

마음이 편해졌는지, 김형욱은 즐거운 마음으로 최창수와 게임을 했다.

"뭐야! 너 왜 이렇게 잘해?"

"쉴 때마다 했거든요. 형은 생각보다 못 하네요?"

"야, 너 지금 나 무시했냐? 기다려라, 아이템 풀 장착하고 온다."

점심 겸 저녁을 먹을 때까지 두 사람은 화기애애하게 게임을 했다.

5시가 되자 돼지 잡으러 가자며 아버지가 올라왔다.

대부분의 친척들은 집에 남고, 여섯 명만 돼지사냥에 참가했다.

"정육점까지 얼마나 걸려요?"

아직도 돼지 잡는다의 의미를 모르는 최창수가 물었다. 그러자 덩치가 산만한 친척이 등짝을 팍팍 두들기며 웃었다.

"아이고, 이 놈 봐라! 공부만 잘하지, 순딩이구먼?"

"뭔 소리에요?"

"정육점 가는 게 아니라, 말 그대로 정말 돼지 잡으러 온 거야."

때마침 할머니 소유의 농장에 도착했다.

시끄럽게 귀를 울리는 돼지와 소, 그리고 닭의 울음소리. 인상이 찌푸려질 정도로 냄새가 고약하기 짝이 없었다.

아버지 뒤를 따라 친척들이 능숙하게 돼지 한 마리를 밖으로 꺼내왔다. 그리고 이런저런 연장을 챙기더니만…….

그 자리에서 돼지를 죽이고 도축을 시작했다.

"……어?"

그 장면에 최창수는 당황스러웠고, 속이 울렁거렸다.

'지, 진짜 도축하는 거야?'

어릴 적에 부모님이 말한 적이 있다.

시골에서는 경사스러운 날에는 소 돼지를 잡아 먹는다고.

그 당시에는 농담인 줄 알았는데 생생한 현장을 마주하니 그제야 사실이란 알게 됐다.

"창수 너, 보기 힘들면 돌아가 있어."

"……그럴게요."

아버지의 말에 고민도 않고 집으로 걸음을 옮겼다.

'에이, 형욱이랑 게임이나 계속 할 걸.'

눈앞에 몍 따인 돼지가 아른거렸다.

저녁 때 먹은 돼지는 미안한 마음이 사라질 정도로 맛있었지만.

"고생 많았는데 더 먹어, 더!"

일회용 그릇에 노릇하게 구워진 삼겹살이 계속 올라왔다.

스무 명이서 한 시간이 넘게 먹고 있는데도 삼겹살은 아직 잔뜩 남아 있었다.

남은 걸 싸가도 좋지만, 손자 자랑이 하고 싶었는지 할머니가 동네 사람을 다 모아 삼겹살 파티를 벌였다.

대부분 어르신들이라 최강대가 얼마나 좋은 학교인지 몰라, 그저 최창수를 칭찬할 뿐이었다.

몇 안 되는 애들도 대부분 초등학생.

그 중, 유일하게 자신의 또래로 보이는 여자가 한 명 존재했다.

'왠지 낯이 익은데?'

유심히 그 여자를 살펴봤다.

탄력 있어 보이는 초콜렛 피부와 남자처럼 짧은 숏헤어. 눈매도 날카로운 게 가슴이 없었다면 영락없이 남자로 착각할 뻔 했다.

그 여자애와 눈이 마주쳤다. 그러자 여자애가 갑자기 활짝 웃더니만, 단걸음에 최창수에게 달려와 품에 안겼다.

"윽!"

그 힘을 버티지 못해 그만 바닥에 쓰러지고 말았다. 하늘을 나는 삼겹살을 담던 시야에 여자애의 얼굴이 들어왔다.

마치 주인의 귀환을 기다린 듯한 강아지의 표정.

여자애가 고개를 푹 숙여 최창수와 코를 맞댔다.

"창수 맞노?!"

"이 목소리…… 너 혹시?"

안개 속에 가려졌던 기억이 슬금슬금 피어올랐다.

시골에 발길이 뜸해진 건 중학교 2학년 부터였다. 그전까지는 방학 때마다 시골에 내려와 소중한 추억을 만들었다.

그 추억 속에 여자애가 한 명 존재했다.

다른 집 여자애들은 모두 실뜨기를 하거나 공기놀이를 할 때, 자신을 졸졸 따라다니며 함께 잠자리나 개구리를 잡던 그 여자애…….

처음에는 어색했지만 나중에는 시골에 놀러올 때마다 함께 놀았다. 식사 시간을 제외하고는 늘 함께 어울리다 보니 최창수가 본가로 돌아갈 때만 되면 엉엉 울음을 터트리며 다음에 또 오라 말했던 기억이 남아있다.

"신소율이냐?"

"기억하고 있네! 아이고, 장하다! 기뻐라, 기뻐!"

신소율이 최창수의 얼굴을 꽉 껴안았다. 여태껏 경험해보지 못한 엄청난 덩어리가 호흡을 막았다.

• • • • ◈ • • • •

　주변의 시선이 창피해 우선은 신소율을 데리고 한적한
곳으로 이동했다.

　"내가 얼마나 기다렸는지 아나 모르나?!"

　"알겠으니까 우선 떨어져 봐."

　고개를 뒤로 돌렸다.

　나무에 매달린 매미처럼 오는 내내 등에 매달려있던 그
녀. 딱히 무거운 건 아니었지만 가슴이 계속 등에 닿으니
건전한 고등학생으로서는 좋으면서도 곤란했다.

　"떨어졌다, 됐나? 그보다 질문에 대답 해주라, 왜 이제야
왔어?"

　"여러모로 좀 바빠서……."

　입이 찢어져도 널 잊고 있었다고는 말 못한다. 기억 속
신소율은 심한 말도 웃어넘기는 성격이지만 그렇다고 상처
를 안 받는 건 아니었다.

　헤어질 때마다 흘린 그 눈물이 신소율의 여린 마음을 대
변해준 거니까.

　"그래도 다시 왔으니까 된 거 아니냐?!"

　미안한 마음에 과장되게 말했다. 그러자 신소율이 미소
를 머금고 품에 꽉 안겼다.

　"그래, 그래! 왔으면 됐지! 난 다른 가시나처럼 입술 안
내민다!"

"여전히 털털하구나. 그리고…… 몇 년 사이에 꽤 예뻐졌다?"

마지막 만남이었던 중학교 2학년.

그때는 신소율이 자신보다 키가 더 컸고, 행동거지 덕분에 더더욱 남자답게 느껴졌다. 친구이면서도 동네 형 같은 느낌이었다.

하지만 지금은 자신보다 머리 하나 만큼 작고, 머리카락이 짧아서 보이시하게 느껴질 뿐이지. 단발만 되도 제법 여성스럽게 변할 거 같다.

특히나 몸매가 발군 그 자체.

'키만 작지, 누나 같은 느낌이네. 이것저것 섞인 말투도 여전하고.'

오랜만에 옛 친구를 만나니 기분이 좋았다.

그것도 동네 친구가 아닌, 정말 멀리 가야만 만날 수 있는 친구.

둘은 몇 년 동안 못 나눈 얘기를 나눴다.

"벌써 10시네. 난 이만 가볼게."

"아, 왜! 좀만 더 있다 가면 안 되나?"

"내일 마저 놀자."

"약속이야!"

신소율이 새끼손가락을 내밀었다. 약속의 징표를 나눈 다음에야 최창수는 집으로 돌아갈 수 있었다.

"걔 소율이지?"

씻고 나오자 어머니가 물었다. 고개를 끄덕이자 어머니
가 감탄을 터트렸다.

"엄청 예뻐졌더라. 시집가도 되겠어."

"내년에 스무 살인데 뭔 소리에요."

"얘도 참, 결혼에 나이는 걸림돌이 아니란다. 서로 좋아
하면 되는 거지."

그 말대로 부모님은 20대 초반 때 결혼을 하셨다. 무엇
하나 손에 쥔 거 없는 상황에서, 작은 단칸방에서 시작해
자신을 기르고 전셋집을 구하고 가게를 차렸다.

인간승리의 표본.

부모님이 잘못됐다는 건 아니지만, 아직은 결혼 생각이
전혀 없다.

'늙기 전에 할 게 얼마나 많은데.'

그 인생을 벌써부터 남에게 맡길 생각은 추호도 없다.

· · · ◈ · · ·

다음 날.

수능 다음 날만 늦잠을 잔 뒤로는 어김없이 7시에 기상
하고 있다.

부모님도 친척도 아직 눈을 뜰 기미가 보이지 않아, 최대
한 조용히 행동하면서 찬밥에 물을 말아먹고 밖으로 나갔다.

시골의 아침 공기는 도시하고는 차원이 달랐다.

머릿속이 맑아져 남아있던 잠이 확 사라질 정도로 시원한 공기. 안개에 가려진 산은 마치 신선이 살고 있을 것만 같다.

'신소율이나 만나러 가볼까.'

어제 그녀는 살던 곳에서 계속 살고 있으니 언제든지 오라고 했다. 기억은 흐릿하지만, 이 근처라는 건 확실히 기억하고 있다.

'걷다 보면 떠오르겠지.'

새벽부터 눈을 뜬 새끼 진돗개랑 좀 놀아주다가 대문을 열었다. 그리고 대문 바로 옆에 붉은 뭔가가 있는 걸 보고 흠칫 놀랐다.

'……노숙자인가?'

한 겨울의 아침은 기온이 상당히 낮다. 아무리 두꺼운 야상을 입고 있어도 자칫하면 동상에 걸리거나, 저체온 증으로 죽을 위험이 높다.

"저기요, 일어나세요."

"으음……."

"……이 목소리."

설마 싶어서 상대방의 고개를 조심스레 들었다. 그러자 볼과 코가 붉어진 신소율과 마주하게 됐다.

"야. 너 뭐해?"

"음, 앗! 창수네?"

"창수네가 아니라, 여기서 뭐 하냐고."

"우리 집 까먹었을 까봐 마중 나왔는데, 6시는 너무 이르더라고. 새벽인데 깨우기도 미안해서 기다리고 있었어."

"제 정신이냐? 이 추위에……."

옷을 두껍게 입고 나왔음에도 몸이 으슬으슬 떨리고, 숨을 내쉬면 드래곤의 브레스처럼 하얀 숨이 사방에 퍼진다.

"환장하겠네. 기다려 봐."

최창수는 후다닥 집으로 돌아갔다. 그리고 따뜻한 코코아를 한 컵 타와 신소율에게 건넸다.

"마시면 따뜻해질 거야."

"안 그래도 되는데~ 한 겨울에 찬물로 샤워해도 감기 안 걸릴 정도로 건강하거든!"

"조용하고 마셔라."

"응!"

강아지처럼 해맑게 웃은 신소율이 코코아를 홀짝였다. 몸이 따뜻해졌는지 세상을 다 가진 행복한 미소를 짓는다.

그 모습에 고마우면서도 미안해졌다.

얼마나 이 순간을 기다렸으면…….

오늘 하루는 신소율과 잔뜩 놀아주기로 했다.

몇 년 간 쌓아둔 대화보따리는 한참을 풀어도 줄지 않았다.

"여름이었으면 예전처럼 누가 더 잠자리 많이 잡나 승부했을 텐데, 아쉽다! 그치?!"

"그러게. 왕년의 실력이 녹슬지 않았나 확인하고 싶은데."

"지금은 무조건 내가 이길 걸? 너 기다리면서 여름마다 맹연습 했거든!"

신소율이 브이를 만들고 허공에 잽을 날렸다. 웃음 밖에 안 나와서 웃고 있자 갑자기 얼굴에 뭔가가 확 날아왔다.

눈덩이였다.

"예전처럼 눈싸움 하자!"

"눈싸움이라, 좋지."

두 손으로 눈을 만졌다. 차갑지만 시원하다. 적당한 크기로 만들어 신소율에게 던지자 우습다는 듯 가볍게 피하고 반격을 시도했다.

왼쪽으로 몸을 돌리자 피…… 한 줄 알았는데 눈덩이가 하나 더 날아왔다.

"푸하하! 왼쪽으로 피하는 건 여전하구나!"

패턴을 읽힌 모양이었다.

두 사람은 손가락이 딸기처럼 새빨개질 때까지 눈싸움을 즐겼다. 맞힐 때도 있고, 맞을 때도 있었다. 수능이 끝난 뒤에 즐기는 진짜 여유! 옛 친구가 함께해서 더욱 행복했다.

점심이 되자 슬슬 배가 출출해져 근처 국밥집으로 향했다.

"마 마, 창수 네가 사는 기가?"

"당연하지. 먹고 싶은 거 다 골라."

"두 그릇 먹어도 되나?"

"먹을 수 있으면."

"그릇까지 다 먹을 수 있다!"

조용한 식당.

그녀의 활기찬 목소리만 울렸다.

최창수는 선지국밥을, 신소율은 순대국밥과 뼈해장국을 시켰다.

뜨뜻한 국물을 떠먹고, 물컹한 식감이 좋은 선지를 입에 넣고, 밥 한 공기까지 뚝딱 말아먹으니 세상을 다 가진 만족감이 찾아왔다.

'와, 배부르다!'

포만감이 장난 아니었다.

남자인 자신도 국밥 한 그릇으로 충분하건만, 신소율은 두 개를 번갈아가면서 먹고 있다. 거뜬하게 그걸 다 먹더니만……

"토, 토할 거 같아……"

계산하려는 최창수의 어깨에 빨래처럼 매달렸다.

결국 속청을 한 병 마신 다음에야 멀쩡해졌다.

"남은 시간은 뭐 할래?"

신소율의 질문에 최창수는 망설임 없이 갈 곳이 있다 말했다.

편의점에서 약주를 사고, 눈이 잔뜩 쌓여 미끄러운 산을 타고 올라갔다. 그리고 등산로가 아닌 다른 길로 들어가 한참을 더 걸었다.

"여기는……."

눈이 쌓인 작은 언덕 하나.

도착한 곳은 할아버지의 묘였다.

어릴 적에 신소율과 몇 번 함께 올라온 적이 있어 그녀도
잘 알고 있었다.

최창수의 할아버지는 농사 지식으로는 누구도 당해낼 자
가 없던 분이었다. 수십 차례 서울에서 농업 강의를 하고
관련 서적을 몇 권 출판도 하실 정도로.

눈을 감는 마지막 그 날까지 몇 달 뒤에 수확할 벼 걱정
을 하셨다.

소주병을 따 할아버지 묘 주위에 천천히 뿌렸다. 그리고
조용히 절을 드렸다. 코끝을 찌르는 알코올냄새. 신소율도
뒤늦게 허리를 숙였다.

할아버지와의 추억은 몇 없지만, 존경스러운 마음은 가
득하다.

평생을 본인이 좋아하는 일만 하셨고, 그 분야에서 많은
업적을 남긴 분이니까.

자신도 그런 삶을 살고 싶었다.

한참을 묘 앞에 서 있었다. 몇 년 동안 부모님도 못 왔으
니, 손자인 자신이라도 오랫동안 얼굴을 비추고 싶었다.

"창수야."

그때였다.

감성적인 얼굴로 저 멀리 눈 덮인 산을 바라보고 있자 신
소율이 불렀다.

그녀를 바라보니 묘 근처에 있는 작은 돌 판을 가리키고 있었다.

"팔씨름 하자!"

"팔씨름?"

"응! 어릴 적에 여기서 자주 했잖아! 이번에는 할아버지한테 이기는 모습 꼭 보여줘야지!"

그러고 보니 할아버지에게 남자답게 자란 모습을 보여주겠다고 신소율과 팔씨름을 자주 했었다. 그리고 번번이 쓴 맛을 봤다.

'지금은 내가 이기겠지.'

그 당시에는 체격에서 밀렸지만, 지금은 아니다.

돌 판에 팔꿈치를 대고 신소율과 손을 맞잡았다.

작게만 느껴지는 그녀의 손.

신호를 하고 바로 손에 힘을 확 줬다. 그러자 신소율의 손이 확 젖혀졌다.

"엥……?"

신소율의 눈이 휘둥그레졌다. 그건 최창수도 마찬가지였다.

"하, 한판 더!"

납득할 수 없었는지 신소율이 재도전을 신청했다. 하지만 몇 번을 해도 결과는 똑같았다.

"언제 이렇게 쌔졌어?"

수십 번의 패배 뒤에야 납득했는지 신소율이 고개를 갸

웃거렸다.

"열심히 운동도 했으니까. 어지간한 애들하고는 싸워도 안 질 걸?"

"오오…… 우리 창수 엄청 남자다워졌구나."

신소율이 최창수의 팔뚝을 만졌다. 옷 위로도 느껴지는 근육에 그녀는 저도 모르게 흐뭇한 미소를 짓게 됐다.

겨울은 해가 빨리 진다.

그리고 산은 해가 더 빨리 진다.

아직 5시 밖에 안 됐는데 벌써 어두컴컴해질 조짐이 보였다.

"더 어두워지기 전에 내려가자."

올라오면서 몇 번이고 미끄러워 넘어질 뻔했다. 조심스럽게 신소율의 손을 잡고 산을 내려갔다.

'빨리 내려가야겠는 걸.'

주변이 어둠에 잠식되는 속도가 점점 빨라지고 있다. 지금은 휴대폰 손전등 어플로 길을 비추고 있지만, 그마저도 배터리가 6% 밖에 남지 않았다.

기어코 하산이 끝나기 전에 배터리가 바닥나버렸다.

빛을 잃자 순식간에 캄캄해지는 산 속. 나무가 워낙 우거져서 달빛도 거의 스며들지 않는다.

"헐…… 어떡하지?"

"천천히 내려가자. 밧줄만 잘 잡으면 길 잃을 일은 없을 거야."

등산로 밧줄을 붙잡고 천천히 내려갔다. 느낌상 20분만 더 걸으면 성공적으로 하산할 거 같았다.

그때였다.

"꺅!"

신소율의 비명이 들렸다.

고개를 휙 돌리자 빙판을 밟은 신소율이 옆으로 넘어지려 하고 있었다.

재빨리 몸을 휙 돌려 그녀를 잡으려고 했지만 그보다 넘어지는 속도가 더 빨랐고, 그녀의 몸이 밧줄 밖으로 튕겨나갔다.

"소율아!"

밧줄 밖으로 튕겨나간 신소율. 풀숲을 구르며 저 밑으로 계속 굴러 떨어졌다.

"젠장!"

앞뒤 생각 없이 우선 그녀가 떨어진 곳으로 몸을 날렸다. 풀숲을 뒤지며 주변을 샅샅이 살폈지만, 한치 앞도 구분하기 어려운 곳에서 그녀를 찾아내는 건 도통 쉬운 작업이 아니었다.

"야! 있으면 대답해 봐!"

경사가 별로 높은 편은 아니라 멀리까지 가진 않았을 거다. 희망을 갖고 불러봤지만 돌아오는 건 메아리뿐이었다.

'젠장, 설마 기절했나?'

한 겨울의 산은 저녁도 빨리 오는 만큼, 기온도 순식간에 내려간다. 기절할 정도라면 부상도 클 터. 어서 그녀를 찾

운즈
대룡령

지 않으면 큰일로 이어질 가능성이 높다.

마음이 다급해졌다.

· · · ◆ · · ·

하지만 다급하다고 무작정 신소율을 찾아 사방팔방 돌아다닐 수는 없다. 자칫하면 자신도 똑같은 처지에 빠질 수 있으니까.

그랬다가는 둘 다 위험해진다.

'젠장, 이럴 줄 알았다면 부모님한테 성묘하러 간다고 말이라도 할 걸!'

어금니를 빠득 깨물며 천천히 근방을 살폈다. 그리고 짓밟힌 흔적이 남아있는 잡초 무더기를 발견했다.

때마침 구름이 사라져 달빛이 스며들어 군데군데 비슷한 흔적이 시야에 들어왔다.

조심스럽게 그 길을 따라갔다.

그리고 저 멀리 신소율이 들어왔다.

"소율아!"

쓰러져 있는 그녀를 품에 안아 상태를 살펴봤다. 이마를 적시는 적은 피와 인상을 찌푸린 채 감긴 두 눈. 다행이도 숨은 쉬고 있었다.

겉보기로는 생명에 지장이 없어 보이지만, 혹시 모르니 최대한 빨리 병원으로 이송해야 할 거 같았다.

바로 신소율을 등에 업어 내려왔던 길을 다시 올라가기 시작했다.

'큭!'

한 치 앞도 보이지 않는 어둠, 쌀쌀한 추위가 만들어낸 빙판길과 수북한 눈.

열악한 상황이 점점 체력을 갉아먹었다. 게다가 설상가상으로 근처에서 이상한 소리까지 들리기 시작했다.

"저게 뭐야……."

어둠 속을 가른 거대한 뭔가가 풀숲을 뚫고 튀어나왔다. 딱 봐도 산짐승, 그 정체는 며칠을 굶어 성격이 포악해진 멧돼지였다.

일반인이라면 머릿속이 하얘지고 비명을 지를 상황.

하지만 최창수는 어떻게든 침착을 유지하며 조심스럽게 멧돼지를 살폈다.

시력이 나쁜 놈이라 이 어둠 속에서 아직 완벽하게 자신을 발견하지는 못했다. 그저 후각으로만 근처에 먹이가 있다고 생각하고 있을 뿐…….

게다가 거리도 제법 벌어져 있다.

'도망칠 수 있어!'

급하게 몸을 숙여 돌멩이를 집어 멧돼지 근처에 휙 던졌다. 바스락. 근처에서 소리가 나자 멧돼지의 고개가 휙 돌아갔고, 그 순간 바로 위를 향해 전력으로 내달리기 시작했다.

크릉!

하지만 그것도 잠깐!

더욱 소란스러워지자 멧돼지가 바로 최창수를 추격하기 시작했다.

뒤에서 느껴지는 공포감, 사람 한 명을 엎고 산을 뛰어 올라간다는 체력적 부담감. 각종 요소가 무게 추가 되어 발목을 묶었다.

그럼에도 불구하고 계속 달렸다.

숨이 턱까지 차오르고, 조금이라도 힘을 빼면 픽 쓰러질 두 다리를 죽지 않겠다는 일념 하나로 계속 움직였다.

마침내 보이는 등산로 밧줄!

멧돼지의 덩치가 있으므로 저 밧줄만 넘으면 우선 한숨 돌린 거나 마찬가지다.

우선은 둘 다 살아야하기 때문에 어쩔 수 없이 신소율을 밧줄 너머로 던졌다. 그 다음에야 자신도 밧줄을 뛰어넘어 잽싸게 신소율을 업어 밑으로 몇 걸음 더 내려갔다.

'따돌렸나?!'

거친 숨을 몰아쉬며 뒤를 돌아봤다.

밧줄을 넘어오지 못한 멧돼지.

갑자기 사라진 자신을 찾고 있었다.

그 틈을 타서 후다닥 밑으로 내려갔다. 저 멀리 보이는 불빛. 끝이 얼마 남지 않았다는 사실에 긴장감이 확 사라져 두 다리에 힘이 풀렸다.

결국 바닥에 털썩 주저앉고 말았다.

"으음……."

잠깐 숨을 고르고, 다시 움직이려 하자 신소율의 신음이 들렸다.

천천히 눈을 뜬 그녀는 최창수의 등을 보게 됐다.

"뭐, 뭐꼬?"

"어! 정신 차렸냐?"

화들짝 놀라 신소율을 조심스레 바닥에 내려놨다.

"야, 괜찮아? 어디 불편한 곳 없어?"

"머리가 쓰라린 거 말고는 뭐…… 근데 내가 왜 여기 있노?"

그 질문에 최창수는 방금 전까지 있던 일을 전부 설명해 줬다. 그러자 신소율이 해맑게 웃었다.

"와아! 그럼 창수가 나 구해준 기가?"

"……이 상황에서 웃음이 나오냐?"

"창수가 날 구해줬다는데 당연히 나오지~ 아이고, 구르길 참 잘했다 잘했어!"

너무나도 순수한 그녀의 반응에 걱정한 자신이 바보 같았다.

비록 정신은 차렸지만 갑자기 픽 쓰러질 지도 몰라, 신소율을 등에 업고 다시 걸음을 놀렸다. 내려가는 내내 그녀는 뭐가 그리 좋은지 계속 콧노래를 불렀다.

온갖 고생 끝에 겨우 도착한 마을. 최창수는 자신의 집이 아닌 신소율의 집으로 곧장 향했다.

몇 년 만에 도착한 신소율의 집은 기억과 다른 게 하나도 없었다.

"따가워도 참아."

병원에 안 가도 괜찮다는 신소율의 고집에 못 이겨, 이마에 약을 바르고 헝겊을 덮는 걸로 치료를 끝냈다.

"혹시 모르니까, 이상하다 싶으면 바로 병원 가. 알겠나?"

"안 돼! 이번 달은 생활비 빠듯하단 말이야."

"생활비? 부모님 계시잖아."

그 말에 주변을 둘러봤다. 그러고 보니 묘하게 조용하다. 예전에는 자신이 놀러오면 온갖 군것질거리를 갖다 주셨는데…….

"부모님 3년 전에 서울로 상경하셨어."

"……뭐?"

"친척이 공장을 운영하거든~ 소장 자리 내줄테니까 올라와서 살라는 말에 바로 가셨지 뭐야."

"그럼 지금 혼자 사는 거야?"

"그라체! 달마다 생활비 60만원 보내주시거든? 그걸로 잘 살고 있다~"

"……안 외롭냐?"

신소율의 집은 제법 큰 편에 속한다. 아침에 눈을 떠도 혼자, 식사를 할 때도 혼자, 잠 들 때도 혼자…….

학생이 감당하기에는 너무나도 힘든 점이 많다.

"푸하하! 안 외롭다하면 그짓말이지! 그래도 뭐~ 괜찮다, 괜찮아. 밖에 나가면 동물도 있고! 어르신 분들이랑 고스톱 치면 시간 훌쩍 지나간다~"

"왜 너만 남았는데?"

"그야 우리 창수 때문이지~"

갑작스러운 자신의 탓.

그 이유가 궁금했다.

"네가 언제 또 놀러올 지 모르는데, 내가 없으면 되겠나? 기쁜 마음으로 놀러왔는데! 내가 없으면 창수 네가 얼마나 슬프겠노! 그 생각하니 차마 못 떠나겠더라."

"……너 바보냐?"

"뭔 소리고. 지금 내 시골여자라 무시하나?"

"하아…… 아니다."

미안한 마음에 고개가 절로 숙여졌다.

누구는 완전히 잊고 살았건만.

그 상대는 언제 올지 모르는 자신을 계속 기다려왔다.

"만약, 내가 안 왔다면 어쩔 생각이었어?"

"계속 기다렸을 기다. 그리고 창수 네가 안 올 리가 없지 않나?"

신소율은 기억하고 있다.

어릴 적, 떠나는 차에 올라타며 최창수가 했던 그 말을.

다음에 또 놀러오겠다는 소년의 얼굴을…….

두 사람은 한참 말이 없었다.

최창수는 미안해서, 신소율은 본심을 밝힌 게 갑자기 확 창피해졌기 때문이다.

'아, 어쩌지.'

신소율의 사정을 듣고 나니 내일 돌아간다는 말이 나오지 않았다. 그렇다고 돌아가지 않을 수도 없는 문제…….

고민 끝에 사실을 털어놨다.

"헉! 하, 하루만 더 있으면 안 되나?!"

"부모님 가게를 너무 오래 닫아둘 수는 없거든. 힘들 거 같아."

"그러노…… 에휴, 어쩔 수 없지."

기다린 세월을 생각하면, 얼마든지 어리광을 부려도 괜찮건만. 최창수를 곤란하게 만들고 싶지 않아 본인이 손해 보는 걸 선택했다.

그런 그녀에게 최창수가 말했다.

"너 휴대폰 번호 뭐야?"

"휴대폰? 그런 거 없는데?"

"없다고?"

"응. 딱히 필요성을 못 느끼겠더라고~ 전화야 집 전화면 충분하지 않나?"

뼛속까지 시골소녀였다.

최창수는 한숨을 쉬며 종이에 자신의 휴대폰 번호를 적었다.

"내 번호거든? 나도 봤고, 이 번호로 전화하면 언제든지 통화할 수 있어."

"와! 진짜가!"

"그러니까 서울로 올라와."

"나가 거길 왜 가노?"

"내가 언제 또 시골에 올 줄 알고 무작정 기다릴 생각이야? 서울로 올라오면 언제든지 만날 수 있어."

"으음……."

"고민하지 말고 꼭 와. 내가 미안해서 그래. 올라오면 신경 많이 써줄게."

최창수가 곤란해진다.

그 말에 신소율은 내일 부모님과 상의해보겠다 말했다.

"그럼. 난 이만 가볼게."

"잉! 내일 떠나는데 벌써 가는 기가?!"

일어서려는 최창수의 손을 신소율이 확 잡았다. 지친 상태라서 버티지 못하고 바닥에 털썩 주저앉아버렸다.

그 틈을 타서 신소율이 최창수의 상체에 올라탔다. 그리고 가지 말라는 듯 어깨를 꽉 붙잡고 고개를 푹 숙였다.

서로의 코가 맞닿았다.

"자고 가라!"

"뭐, 뭔 소리야?!"

"내일 가는데, 하룻밤만 자고 가란 말이다! 널 기다린 내가 미안하면 자고 가라!"

"여, 여자애가 남자한테 못 하는 말이 없어! 안 돼, 부모님이 뭐라 생각하겠어!"

"싫다!"

신소율이 기어코 최창수의 품에 꽉 안겼다. 그리고 얼굴을 가슴에 박박 비볐다.

"한밤중에 내한테 뭔 일이라도 생기면 우짤기고! 제발 자라! 아무 짓도 안 할 끼다!"

"그 대사는 내거잖아!"

한숨을 길게 내쉬었다. 결국 어쩔 수 없이 신소율의 집에서 하룻밤자기로 했다.

부모님에게 어떻게든 사정을 설명한 뒤.

두 사람은 바로 잠자리에 누웠다.

"와! 사람하고 같이 자보는 게 몇 년 만이고!"

형광등을 꺼서 어두컴컴한 방.

신소율의 목소리가 귓가에 닿고, 그녀의 살결이 피부를 스친다.

남자의 본능에게 패배할 가능성을 염두에 두고, 어떻게든 그녀와 각방을 쓰려고 했다. 하다못해 이부자리라도 따로 쓰려 했건만.

"야. 좀 떨어지면 안 되냐?"

"안 된다! 꼭 붙어 잘 끼다!"

신소율이 최창수를 꽉 껴안았다. 부드러운 살결과 풍만한 지방이 계속 몸을 누르거나 비빈다.

여러모로 복잡한 심정이 찾아왔다.

'동해물과 백두산이 마르고 닳도록……'

평정을 유지하기 위해서 애국가를 4절까지 몇 번이고 불렀다. 여섯 번쯤 왕복했을 때, 쉴 새 없이 떠들던 신소율이 조용해졌다.

· · · ◈ · · · ·

다음 날.

조만간 부모님이 자신을 데리러 온다는 신소율의 얘기를 듣고서야 최창수는 귀갓길에 오를 수 있었다.

그로부터 며칠이 흘러, 길었던 겨울방학이 끝나고 드디어 졸업식이 찾아왔다.

졸업식은 학교 대강당에서 진행됐다.

가지런히 정렬된 졸업생들.

길고 지루했던 교장의 훈화는 한 시간이 넘게 이어졌다.

다른 학생들은 어서 훈화가 끝나길 기다리는 동안, 최창수는 학창생활을 뒤돌아봤다.

'즐거웠어.'

후회 없는 학창생활 그 자체였다.

평생 안주거리로 삼아도 될 만큼…….

"아! 오늘로 창수 보는 것도 마지막이네!"

"내가 전화해도 무시하지 마라!"

"성인도 됐으니까 조만간 술파티 거하게 벌이자!"

무사히 졸업식이 끝나고.

친구들이 우르르 최창수에게 몰려들어 졸업 후에도 친구로 남고 싶다는 의사를 강력하게 표시했다.

그 역시 친구들이 좋았기에 당연한 거 아니냐며 장난을 쳤다.

"창수야, 대학가서도 잘 하려무나."

대화중인 최창수 무리에 영어선생이 다가왔다.

고등학교 3학년 생활 중 가장 많은 도움을 주신 고마운 사람.

최창수는 자신있게 대답했다.

"당연하죠! 선생님 얼굴에 절대 먹칠하지 않을게요!"

"그래. 창수 넌 늘 자신감 넘치는 모습이 보기 좋구나. 그 마음, 절대 사회에 나가서도 잃지 마려무나."

가볍게 어깨를 두들기고, 영어선생이 선생 무리로 돌아갔다.

"야! 졸업도 했는데 우리 가게가자! 부모님이 오늘 너희들 다 불러오라 하셨거든!"

"진짜냐?! 공짜 치킨 먹는 겨?"

"당연하지! 가자, 가!"

총 다섯 명의 친구. 그들을 데리고 바로 부모님 가게로 가기로 했다.

그전에 잠시 서유라에게 들렸다.

"유라야."

그 이름을 부르자, 서유라와 그 친구들이 동시에 최창수를 바라봤다.

"창수야……."

중학교 때부터 함께 했던 최창수.

졸업을 한다고 인연이 완전히 끊기는 건 아니지만, 주말과 방학을 제외하고 매일 같이 만나왔던 그를 더 이상 자주 볼 수 없다.

게다가 최창수의 대학원 서울권이지만, 자신의 대학은 경기권에 위치해있다.

약속이라도 잡지 않으면 마음대로 만날 수 없는 거리.

그 사실에 가슴이 아파왔다.

"야. 그런 표정 짓지 마. 누가 보면 이산가족인 줄 알겠네."

"바보야……."

마음 같아서는 최창수 품에 안겨 엉엉 울고 싶었다.

하지만 친구들의 시선이 창피해서 차마 그러질 못했다.

"조만간 따로 보자."

"조만간 언제?"

"건강하게 잘 살고 있으면 연락이 갈 거야. 친구들하고 재밌게 놀아!"

마지막으로 좀 더 얘기가 나누고 싶건만. 깊은 속마음도 몰라주는 최창수는 친구들 사이로 돌아갔다.

"아이고, 우리 유라. 고생이 많네."

축 늘어진 서유라를 친구들이 상냥하게 안아줬다.

· · · ◆ · · ·

졸업을 했으니 더 이상 학생이 아니다!

이제는 어엿한 성인!

그 덕분에 친구들과 치맥을 즐길 수 있었다.

애지중지 키운 자식의 음주 장면! 부모님은 언제 우리 아들이 이렇게 자랐나 흐뭇하면서도, 동시에 복잡한 감정에 휘말렸다.

그 날 새벽.

숙취 때문에 잠에서 깬 최창수는 화장실에서 속을 한 번 비우고 책상 앞에 앉았다.

크게 졸리지도 않으니, 입학식 전까지의 계획을 정리할 생각이었다.

'대학교 입학은 했지만, 아직은 여행자금이 턱 없이 부족해.'

부모님이 지원해주기로 한 비용은 전체자금의 절반.

그 뜻은 즉 자금을 많이 모으면 모을수록 지원금도 늘어난다는 거다.

어떤 식으로 행동하면 될 지 얼추 정리가 됐다.

"후암~ 갑자기 졸리네."

창밖을 바라봤다. 새벽 6시. 아직은 어두워 금세 잠들 것만 같다.

최창수는 침대에 누워 이불을 덮었다.

그때…….

우우웅.

휴대폰이 진동했다.

'뭐지?'

몸을 일으켜 확인했다.

전화도 메시지도 아닌, 운수 대통령 알림이었다.

'설마! 목표가 부여된 건가?!'

기쁜 마음에 알림을 확인했다.

그리고 표정이 차게 식었다.

〈운수 대통령 체험판이 종료됐습니다.〉

송근태 현대 판타지 장편소설

두 번째 이야기
대학교 OT

운수 대통령

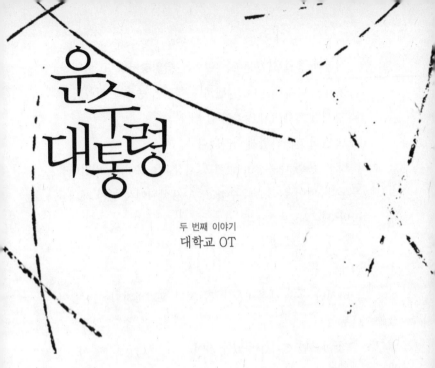

운수
대통령

두 번째 이야기
대학교 OT

공원.

18시간 째 잠을 못 이루고 있는 최창수를 행인들이 이상하게 바라봤다. 그도 그럴 게 마치 부도라도 난 사업가의 표정이기 때문이다.

'체험판이라고?'

새벽.

운수 대통령은 체험판이 종료됐다는 사실을 알렸다. 그 이상의 정보는 어느 것도 주어지지 않았다.

'혹시 오류인가?'

운수 대통령을 실행했다.

정상적으로 실행되는 어플.

체험판 종료를 운운하는 알림은 팝업창처럼 또 떴지만, 기능에는 문제가 없다. 정말로 체험판이 종료된 거라면 어플 자체가 실행되지 않아야 할 터.

그 점이 혼란스럽게 다가왔다.

당장 운수 대통령이 없어도 최창수의 수준은 일반인을 웃돈다. 영어 실력도 우수하고, A&T학원에서 강사 제의를 받았다는 게 그 증거다.

앞으로 혼자 힘으로 살아도 무리 없이 상류층에 진입할 인재다.

하지만 운수 대통령을 미련 없이 포기하자니 아쉬움이 너무 컸다.

'찾아보면 정식판이 있을 거야.'

그동안 운수 대통령에서 사용한 기능은 행운의 조건과 목표, 그리고 상점뿐이었다.

몇 개 더 아이콘이 존재하지만 크게 흥미가 동하지 않아 누르지도 않았다.

확인하지 않은 아이콘은 총 두 개.

하나는 트로피, 또 하나는 설정이었다.

먼저 트로피를 클릭했다. 그러자 물음표가 그려진 검정색 트로피가 보였다.

아무리 밑으로 드래그를 해도 끝이 없는 트로피 란.

그 중 간혹 〈보상받기〉가 적힌 트로피가 존재했다.

'뭐지?'

보상받기를 눌렀다.

그러자 알림창이 떴다.

〈축하해요, 운수 대통령님! 성공적으로 트로피를 획득하
셨네요!〉

〈보상 : 인생 포인트 +1 / 운수 대통령 50시간〉

"이거다!"

보상을 보는 순간, 촉이 딱 왔다.

트로피가 어떤 기준으로 생기는지는 몰라도, 트로피를
얻어서 보상을 받으면 운수 대통령을 사용할 수 있는 기간
이 늘어난다.

그 증거로 아까 전까지 신경 쓰이게 만들었던 체험판 알
림이 사라졌다.

보상이 있는 트로피를 전부 발견해 보상받기를 눌렀다.
받게 된 보상은 여섯 개의 인생 포인트와 300시간.

그제야 거슬리던 체험판 알림이 사라졌다.

더 이상 보상받을 트로피가 없는 걸 확인한 최창수는 설
정을 클릭했다.

화면 하나가 나타났다.

〈운수 대통령 잔여 시간 : 299시간 58분〉

〈획득한 트로피 수 : 6개〉

〈운수 대통령 정식판까지 앞으로 97%〉

"역시나!"

이걸로 확실해졌다.

트로피를 얻으면 운수 대통령을 사용할 수 있는 시간이 증가하고, 트로피를 일정 수 이상 모아 100%를 달성하면 운수 대통령을 완전히 소유할 수 있게 된다.

이제 남은 문제는 하나.

'트로피는 어떻게 모으는 거지?'

공통점을 살피기 위해서 트로피 란으로 이동했다. 아까전에는 없던 〈획득한 트로피〉 아이콘이 생겨 있었다.

로또당첨, 모의고사 우수, 영어 말하기 대회, 학원 강사, 수능합격, 이성과 동침 등등…… 공통점이 있다면 전부 추억이라는 단어가 붙어있다는 것이었다.

조금 더 머리를 굴리면 답을 얻을 거 같다. 하지만 수면 부족으로 뇌가 정상작동을 하지 않는다.

'우선 한 숨 자고 생각하자.'

가장 중요한 운수 대통령을 더 사용할 수 있냐 없냐가 해결됐으므로, 일단은 잠을 자고 맑은 머리로 다시 생각하기로 했다.

· · · ◈ · · ·

최강 대학교 입학식은 3월 2일.

아직 한 달 가량 남아있고, 그때까지 해야 할 일은 트로피 획득조건을 알아내는 것과 여행자금을 모으는 거다.

'조건이야 트로피를 획득하다 보면 알게 되겠지! 앞으로 1년 동안 빡세게 벌어보자!'

원래는 반 년 정도 공사판을 전전할 생각이었다.

하지만 운수 대통령이 있고, 과외나 강사가 가능한 실력을 갖고 굳이 몸을 혹사시킬 필요는 없다.

그리고 결정적으로 부모님.

최강대 합격 소식에 눈물까지 흘린 두 분에게 입학하자마자 휴학하고 돈을 벌겠다고는 차마 말할 수 없었다.

'과외 자리나 구해보자. 그전까지는 상하차 아니면 막노동 해야지.'

이소영이 무사히 특목고에 합격하면서 과외는 종료됐다.

그녀의 부모님은 어떻게든 과외를 계속 시키려 했지만, 특목고 합격도 했으니 잠시만 숨 돌릴 시간을 달라는 이소영의 말에 고개를 끄덕였다.

그 대신 감사비용으로 100만원을 주셨다.

최창수는 그 돈을 언제라도 다시 부탁을 들어달라는 의미로 받아들였다.

결정을 내리자마자 과외 구인구직 사이트에 접속했다.

사교육이 절정에 달한 게 여실히 보일 정도로 엄청난 양의 게시물이 존재했다.

'확 끌리는 게 없네.'

두 번이나 학생을 가르치면서 눈이 높아지게 됐다.

하지만 능력도 없이 눈만 높은 게 아니라, 자신의 가치를 확실히 아는 것이었다.

'내 능력은 한 달에 40만 원 정도가 아니야.'

고액 과외 쪽으로 시선을 돌렸다.

그러자 이소영과 비슷한 금액의 과외, 크게는 한 달에 120만 원까지 부담하는 과외도 존재했다.

물론 그만큼 스펙이 엄청나야만 지원할 수 있지만.

현재 최창수의 스펙은 고액 과외 한 번, A&T학원 단기 강사, 그리고 최강대학교 합격이다.

밑져야 본전이라는 생각으로 만족스러운 조건의 과외에 전부 이력서를 넣었고, 구직란에 자기소개까지 올렸다.

그리고 곧장 터미널로 향했다.

터미널 근처 더샵이라는 이름의 고급 아파트.

고속버스 몇 대가 서 있고, 다양한 나이 대의 남자 수십 명이 버스 근처에 앉아 잡담을 나누거나 공복을 채우고 있었다.

'5시에 명진버스를 타라 했지.'

시계를 바라봤다.

4시 50분.

앞으로 10분 후면 야간 상하차 인력을 태울 버스가 도착한다.

우우웅.

근처 편의점 도시락이라도 먹으면서 시간을 보내려하자, 휴대폰이 진동했다.

모르는 번호로부터 걸려온 전화.

상하차 업체인가 싶어서 바로 받았다.

"예, 여보세요."

"아, 최창수 학생 맞습니까?"

"예. 상하차 업체인가요? 안 그래도 기다리고 있는데……."

"상하차? 아, 수능 끝나서 돈 벌고 있나 보구나."

갑작스러운 반말에 뭐지 싶었다.

"소개가 늦었네. 최강대 영문학과 3학년 대표 서은결이라고 해. 우선 합격한 거 축하하고! 앞으로 네 대학 생활에 도움이 될 소식이 있어서 전화했어!"

"좋은 소식이요?"

"그래! 이틀 뒤에 2박 3일 OT가 있거든! 영통과 입학생들이랑 선배 기수 학생들끼리 공기 맑고 산 많은 곳에서 펜션 하나 빌려 즐겁게 놀 생각인데! 어때, 생각 있어?"

"강제 아닌가요?"

보통 대학교OT나 MT에 신입생은 거부권이 없다.

신입생 주제에 선배 말을 무시하냐면서 나중에 텃세 부리는 학생이 존재하기 때문이다.

정말 개념 없는 곳은 참석하지 않아도 참가비를 내놓으라 하고, 안 그러면 네 대학생활을 망쳐주겠다고 협박까지 한다.

이 경우 총 예산이 백만 원이면, 참가비로만 이백 만원을 걷어 이득을 챙기기 위한 심산이 백이면 백이다.

"아하하! 바쁘거나 오기 싫으면 안 와도 괜찮아! 솔직히 OT 참석 안한다고 대학생활이 망하는 것도 아니고! 단지 입학 후 한동안 혼자 밥을 먹냐, 바로 단체로 밥을 먹냐 그 차이지!"

"참가비는 얼마인데요?"

"오, 올 생각이 있나 보구나. 참가비는 단 돈 3만 원! 나머지는 우리가 부담하니까 걱정하지 마."

과연 대한민국 최고의 대학에 재학 중인 학생답게 허례허식이 아예 없었다.

'갈까?'

2박 3일 동안 OT에 붙잡혀 있을 시간에 상하차를 뛰면 18만원을 벌 수 있다.

대학생활을 하다 보면 자연스레 생길 친구.

3일에 걸친 노동 끝에 벌 18만원.

둘 중 무엇이 값어치 있나 저울질했다.

"이틀 뒤에 어디로 가면 되죠?"

고민 끝에 전자를 선택했다.

그동안의 학창생활을 돌아본 결과, 돈보다 친구가 더 소중했고 그들이 더 많은 즐거움을 갖다 줬기 때문이다.

"응, 좋아! 개인적으로 넌 꼭 와줬으면 했거든. 자세한 건 전화 전부 돌리고 문자로 정리해서 보내줄게. 상하차 열심히 하고, 허리 다치지 마라!"

전화가 끊겼다.

'……되게 활발한 사람이네.'

통화를 하다 보니 타야 할 버스가 와 있었다.

결국 도시락은 먹지 못하고 버스에 오르게 됐고, 1시간 후에 송탄 물류센터에 도착했다.

담당자와 인사를 나누고, 곧장 식당으로 향했다. 고등학생 때 몇 번 일한 경험이 있어 사원등록을 또 등록할 필요는 없었다.

'늘 생각하는 건데, 정말 맛없다.'

반찬만 보면 맛이 있어야만 하는 메뉴였다. 하지만 대량 제조가 음식의 맛을 전부 앗아갔다.

하지만 밤새 몸을 써야하므로 배를 두둑이 채워야한다. 그 생각 하나로 급식을 두 번이나 먹었고, 운이 좋아 카레에 감자와 고기만 있어 그럭저럭 괜찮은 식사였다.

시간이 되자 전 인원이 배치된 레일에 섰다.

최창수의 파트너는 30대 중반의 아저씨였다.

"어린 친구가 힘든 일 하러왔네."

"힘들어도 돈은 많이 주잖아요. 젊을 때 벌어야죠."

두 사람은 지치지 않을 만큼만 대화를 나누며 쉴 새 없이 밀려오는 물건을 계속 레일 위에 던졌다.

새벽 1시쯤 되자 물류센터 담당자가 빵과 음료수를 나눠 줬다.

10분간의 달콤한 휴식.

그 뒤에는 다시 지옥 같은 물류와의 전쟁이었다.

'아오! 오늘따라 왜 죄 다 무거운 물건만 오냐!'

쉬는 시간에 슬쩍 다른 레일을 확인했다. 대부분 작고 가벼운 물건이었다.

'솔직히 저 물건이 나한테 와야 하는 거 아니냐?'

힘들기로 소문이 난 물류센터 업무를 조금이라도 덜 힘들게 만들려고 행운조건을 두 개나 충족하고 왔다.

때문에 운반이 쉬운 물건만 계속 들어올 줄 알았건만.

정작 오는 건 책이나 쌀 등등 허리가 비명을 지르게 만드는 것뿐이었다.

게다가 설상가상으로……

"아! 잠깐 화장실 좀 갔다 오마!"

파트너까지 자리를 비워버리고 말았다.

혼자서 트럭 하나를 통째로 비워야 하는 상황!

극단적인 상황에 쳐하자, 처음에는 조심스럽게 레일 위에 올리던 작업방식이 레일 위에 마구잡이로 던지는 식으로 변했다.

'왜 안 돌아와?!'

새 트럭이 들어왔을 때 화장실에 간 파트너, 방금 막 그 트럭이 떠나갔는데도 돌아오지 않고 있다.

불안한 낌새가 느껴져 이 사실을 담당자에게 전하자 인상을 확 찌푸렸다.

"아, 그 양반 또 튀었네."

"네?"

"탈주닌자라고 불리고 있어. 도망간 적이 한 두 번이어야지, 오늘 일손이 부족해서 어쩔 수 없이 오라했건만."

"그럼 전 어떡하죠?"

"미안한데, 느려도 괜찮으니까 혼자서 일하고 있어 봐. 금방 사람 붙여 줄 테니까."

고개를 돌려 자신이 배정 받은 레일을 바라봤다.

내용물 절반이 쌀과 수산물인, 최고의 난이도를 자랑하는 트럭이 들어오고 있었다.

"하하…… 시발……."

너무 어이가 없어서 실성하게 됐다.

하지만 주어진 일로부터 절대 도망가지 않는 최창수다.

입에 계속 욕을 달면서 어떻게든 혼자서 일처리를 시작했고, 지원자가 찾아온 건 해당 트럭이 떠나간 뒤였다.

드디어 퇴근시간이 됐다.

"자, 급여 받으실 분들! 차례대로 줄 서주세요!"

기다란 줄에 합류한 채, 최창수는 밖을 바라봤다.

화창한 아침. 아까 전 거울을 통해서 본 자신과는 대조되는 분위기였다.

"고생 많았다."

담당자가 최창수의 어깨를 두들기며 급여봉투를 건넸다. 너무 지쳐서 대답도 않고 급여봉투와 함께 천안으로 돌아가는 버스에 올랐다.

'오늘은 운이 나쁜 날인가?'

천안에 오는 동안 숙면을 취해서 피곤함이 조금 가셨다. 그래서 물류센터에서 있던 일을 떠올렸다. 운이 나빠야만 일어날 수 있는 일의 연속이었다.

'에이, 급여나 확인하고 기분 좋아지자!'

급여봉투를 열어 내용물을 확인했다.

그리고 화들짝 놀랐다.

'사, 삼십 만원?!'

약속된 일당은 6만원!

하지만 수령 금액은 그 배에 달했다.

'뭐야? 실수라도 한 건가?'

확인을 위해 봉투를 확인했다. 자신의 이름 석 자가 적혀 있는 걸로 보아 잘못 건네준 건 아닌 모양이었다.

'그렇다는 건…… 봉투를 착각해서 돈을 넣었다는 건데. 이걸 어쩌지?'

고민해봤다.

그리고 다시 오늘 있던 일을 떠올렸다.

'돌려주긴 뭘 돌려줘! 이 돈은 내 거다! 내가 가질 거야!'

남들보다 몇 배는 고생한 걸 생각하면 마땅히 받아야 하는 금액이었다.

우우웅.

30만원을 조용히 주머니에 넣었다.

그러자 휴대폰이 진동했다.

내용은 운수 대통령 알림이었다.

· · · ◆ · · ·

〈축하해요, 운수 대통령님! 트로피를 획득하셨군요!〉

〈상하차의 추억 트로피 획득〉

〈나중에 친구들과 술 한 잔 걸치면서 멋진 무용담을 늘어놓을 수 있겠어요! 하지만 남자의 생명은 허리니까 너무 무리하지 마세요!〉

"트로피다!"

돈 앞에도 남아있던 피로가 확 달아났다.

기쁜 마음에 바로 보상받기를 눌렀다.

〈보상 : 인생 포인트 +1 / 운수 대통령 50시간〉

이걸로 인생 포인트는 7개가 됐고 운수 대통령 사용시간 대는 200 후반부로 돌아왔다.

'뭔가 잡설이 있네?'

저번에는 그동안 받았던 트로피를 한 번에 받느라 운수 대통령 코멘트를 받지 못했다.

어쩌면 이게 획득조건의 힌트가 될 지도 모른다.

최창수는 획득한 트로피를 클릭했다. 방금 전까지 총 7개의 트로피. 하나씩 클릭한 결과 코멘트 확인이 존재한다는 걸 알게 됐다.

'음…… 공통점이 좀 보이네.'

코멘트는 전부 차후 타인에게 자랑할 수 있는 내용이었다.

'무용담이 될 만한 일을 하면 트로피를 얻는 건가?'

현재로서는 가장 근접하게 느껴지는 조건이었다.

· · · · ◈ · · · ·

이틀 후.

드디어 OT날이 됐다.

집합장소는 오전 10시까지 최강대학교 정문 앞.

근처에 도착하자 저 멀리 〈최강대 영문학과 모여라!〉라고 적힌 깃발이 보였다.

신입생들의 편의를 위해서인지 3학년 세 명이 각자 명찰을 달고 있었다.

셋 다 차후 전달받은 문자에 적힌 이름이었고, 그 중 한명으로 서은결이 존재했다.

"오, 최창수!"

아직 도착도 안 했고, 무엇보다 이름을 밝히지도 않았는데 서은결이 활짝 웃으며 달려왔다.

그 뒤를 이은 갑작스런 포옹!

당황한 나머지 최창수도 덩달아 포옹을 하고 말았다.

"제 얼굴 아세요?"

"당연히 알지! 내가 입사관 면접 안내원이었거든."

그러고 보니 어쩐지 낮이 익은 얼굴이다.

"다시 한 번 만나보고 싶었는데, 그 꿈이 이뤄져서 정말 다행이다!"

"왜요?"

"네 면접내용을 훔쳐들었거든."

서은결이 귓가에 대고 의미심장하게 말했다.

"네 방식도 인상적이었지만, 태도가 가장 인상적이었어. 설마 면접장에서 최고가 되겠다고 큰소리로 말할 줄이야."

"그야 정해진 사실이니까요."

"하하! 그래, 그 자신감 넘치는 태도! 한 눈에 엄청난 거물이 합격할 거라고 느꼈어."

서은결이 어깨동무를 했다.

"난 너처럼 자신감 넘치는 친구가 참 좋아. 그런 애들은 보통 재밌거든! 오늘도 한 번 신나게 놀아보자."

"다 좋은데요……."

최창수가 서은결을 한 번 쓰윽 훑었다. 전체적으로 장난기 넘치는 얼굴이었지만 강렬한 인상은 아니라, 길에서 마주치면 아는 척도 못할 거 같았다.

하지만 그의 복장이 강렬한 인상을 심어줬다.

"왜 수영복만 달랑 걸치고 있어요?"

주변을 확인했다.

지나가는 행인이 서은결과 자신을 보며 수군거리고 있었다.

"그야 오늘 놀러갈 곳이 계곡이니까. 버스 내리자마자 물에 뛰어들어야 하지 않겠어?"

"가서 갈아입어도 되잖아요."

"귀찮잖아. 그래, 여벌이 하나 더 있는데 너도 입을래?"

단칼에 거절하려고 했다.

하지만 그때 운수대통령이 떠올랐다.

'확인해볼까?'

만약 이번에 트로피를 획득한다면 어제 떠올린 가설이 정확해진다.

"좋아요."

최창수는 서은결에게 여벌 수영복을 받아, 대학교 화장실로 들어갔다. 거기서 수영복으로 갈아입고 밖으로 나왔다.

"푸하하! 진짜 입었네!"

나가기가 무섭게 서은결이 배꼽을 잡고 웃었다.

'와, 창피해!'

막상 입고 나왔지만, 하나 둘 몰리는 주변 시선에 얼굴이 화끈해졌다. 하지만 그것도 잠시…… 인간은 적응이 빠른 동물이었다.

    머릿속 나사를 하나 풀자 부담스러웠던 시선이 즐겁게 다가왔다.

"으하하! 바람 한 번 시원하다! 그렇지, 창수야?!"

"그러게요! 한 겨울에 수영복입고 거리를 나돈다니! 우리 미친놈인 거 같아요!"

"대한민국에서 살려면 한 바퀴 미쳐야 해!"

한 겨울에 수영복을 입고, 체온을 높이려고 대학가를 전력 질주하는 두 대학생.

아무리 봐도 정상적인 조합은 아니었다.

이번 년도 영통과 신입생은 총 45명. 그 중 OT참석인원은 30명이었고, 얼추 사람이 모이자 합숙장소까지 타고 갈 버스 문이 열렸다.

'아, 따뜻해…….

30분이 넘게 수영복 차림으로 겨울바람과 맞선 최창수는 버스 안에 가득한 온기에 행복한 미소를 짓게 됐다.

모두가 정상적인 겨울옷을 입고 있는 반면, 홀로 수영복 차림에 행복한 미소를 보이는 최창수 옆이 마지막까지 빈 자리인 건 당연한 결과였다.

'좀 힘들었지만, 그래도 이걸로 확실해졌어.'

아직도 추위에 떨리는 손으로 운수 대통령을 실행했다.

〈축하해요, 운수 대통령님! 트로피를 획득하셨군요!〉

〈한 겨울의 수영복 트로피 획득〉

〈나중에 친구들과 누가 더 미쳤는지 얘기할 때 당당히 꺼낼 수 있겠네요! 그래도 이건 좀…… 너무 미친 게 아닐까요?〉

'무용담. 좀 더 정확하게는 내 인생에 추억이 될 만한 사건을 겪으면 트로피를 얻는 구조 같네.'

어떻게든 혼자 힘으로 그걸 알아냈다는 사실에 뿌듯해하며 주변을 둘러봤다.

'음… 학원 애들은 없네.'

단기강사 마지막 날.

최강대 영통과에서 보기로 했던 애들이 한 명도 없었다.

'떨어졌나? 아니면 다른 과로 간 걸까?'

내심 재회를 기대했기에 조금 아쉬운 마음이 들었다.

그때였다.

"선생님?"

여자 목소리가 들렸다.

고개를 돌리니 익숙한 얼굴이 보였다.

"역시 선생님이구나!"

"너 혹시……."

"기억하시네요!"

초민아.

A&T학원에 있는 동안 가장 많이 자신에게 질문을 하고, 같이 점심을 먹자고 살갑게 다가왔던 학생이었다.

대부분의 여고생이 맨 얼굴에 공부만 할 때, 수업 시간에도 흐트러진 머리를 정리하고 화장을 하면서도 우수한 성적을 보여줬던 학생이었기에 기억에 남아있었다.

"최강대 붙었구나? 다른 애들은?"

"선생님이 가르치던 학원에서는 저만 붙었어요."

"그래? 아쉽네. 그보다 동갑인데 말 놔."

"그럴까? 그럼 말 놓을게, 선생님!"

"그 호칭도 안 써도 되는데……."

"뭐 어떠니~ 아, 옆자리 비었어? 앉아도 되지?"

"어째서인지 아무도 안 앉더라고."

"그럼 누가 가로채기 전에."

초민아가 버스 상단에 짐을 올려뒀다. 그리고 붉은색 야상을 서툴게 벗고 자리에 살포시 앉았다.

어딘지 모르게 여성스러움을 강조하는 행동에 남학생들이 질투 가득한 시선으로 최창수를 바라봤다.

그러거나 말거나 두 사람은 대화를 꽃 피우는데 여념이 없었다.

"천안으로 돌아가고 어떻게 지냈어?"

"대학 준비했지. 너는?"

"나도 마찬가지! 솔직히 수능 때 졸아서 합격 못할 줄 알았는데 턱걸이로 합격했지 뭐니! 그런데 말이야……."

초민아가 최창수를 바라봤다.

"선생님 원래 패션이 이래?"

"……인생은 즐기는 거야."

누구에게도 받지 않은 지적에 잊었던 창피함이 올라왔다.

· · · ◇ · · ·

2박 3일의 합숙은 강원도 철원에서 진행될 예정이었다.

고급스러운 펜션.

집도 크고 총 2층으로 나뉘어 40명에 달하는 OT인원을 전부 수용할 수 있었다.

학생 대부분이 철원의 기온 앞에 무릎을 꿇어, 쏜살 같이 펜션에 들어가 보일러를 켠 이 상황에서!

최창수는 서은결과 함께 등목을 하는 중이다.

"으아아! 쏟아진다!"

"시원하지, 창수야? 계곡이 안 얼었으면 더 장관이었을 텐데!"

"이번에는 선배님 차례에요!"

"으아아아! 여기가! 여기가 천국이구나!"

치를 떨어야 하는 상황.

정말 즐겁다는 듯 등목을 주고 받는 두 사람을 학생들은 이해하지 못했다.

"선생님 괜찮아?"

사시나무처럼 떠는 최창수에게 초민아가 수건과 핫팩을 건넸다.

"저, 저기…… 민아라 했지? 내, 내거는?"

"어머! 어떡하죠? 선생님 몫 밖에 없네요."

혀를 배꼼 내미는 초민아.

대놓고 어필하는 귀여운 모습에 서은결은 어쩔 수 없다는 듯 바들바들 떨며 펜션 안으로 들어갔다.

펜션에서 어느 정도 몸을 녹이자, 서은결이 대표로 2박 3일 간의 일정을 설명했다.

"친구 많이 사귀고 선배들이랑 친해지면 돼! 똥군기 잡는 일 따위는 없으니까 다들 안심하고 먹고 마시자! 술과 고기는 충분하거든!"

서은결이 아이스박스를 열었다.

40명이 배부르게 먹고 마셔도 남을 정도로 가득한 술과 최고급 한우.

학생들이 환호성을 터트렸다.

"구자용이라고. 신입생 한 명이 못 가서 미안하다면서 잔뜩 사다주지 뭐냐."

"……네?"

분위기에 취해있던 최창수의 정신이 확 깼다.

"방금 뭐라고 하셨어요?"

"응? 구자용이라는 신입생이……."

"걔도 영통과에요?"

구자용이 최강대에 합격했다는 사실은 알았지만, 어떤 과를 선택했는지는 몰랐다. 녀석이니까, 보나 마나 의과 아니면 법학과를 선택할 줄 알았다.

"혹시 둘이 아는 사이야?"

"고등학교 동창입니다……."

"그래? 엄청난 걸! 입사관 수석인 최창수랑 수능 수석인 구자용! 우리 과에 우수한 인재가 두 명이나 들어오다니!"

학생들의 시선이 최창수에게 쏠렸다.

한 때 공부 좀 하기로 소문났던 자신들이었지만, 최창수 앞에서는 이빨을 숨긴 동물에 불과했다.

'무슨 꿍꿍이지?'

그러거나 말거나 최창수는 생각은 한곳에 쏠려 있었다.

'대학까지 와서 날 방해하려는 건가?'

구자용의 성격을 생각하면 충분히 가능성 있는 일이었다.

'좋아! 어디 한 번 와봐라, 구자용! 대학에서도 널 이겨주마!'

실내에서 고기를 구워먹을 환경은 아니라, 학생들은 다들 밖으로 나가 술판을 벌일 준비를 했다.

대부분의 학생이 귀찮아서 천천히 일손을 거둘 때, 오직 최창수만 활발하게 움직였다.

'그러고 보니 OT도 여행이잖아?!'

여행의 묘미 중 하나로서 바비큐 파티가 있다.

그리고 최창수는 그게 가장 좋았다.

타 지역에서 초면인 사람과 함께 먹는 음식은 고급 레스토랑의 음식과는 비교도 안 될 정도로 맛있으니까.

한편 그의 속사정을 모르는 학생들은 최창수를 벌써부터 1학년 대표로 인식하고 있었다.

준비가 끝나자 술잔이 채워졌다.

서은결의 말에 따라 학생들은 첫잔을 비우고 자기소개를 시작했다.

처음에는 서먹했던 신입생들, 술이 한 잔 두 잔 들어가자 허물이 사라졌다.

"있지, 선생님."

초민아가 술잔을 갖고 최창수 옆에 앉았다.

"술 잘 마시는 여자가 귀여워, 못 마시는 여자가 귀여워?"

"그건 왜?"

"대답해 봐, 어서~"

"너무 잘 마셔도 보기 안 좋지."

대답하기가 무섭게 초민아가 술잔을 재빠르게 비웠다. 그리고 책상에 얼굴을 콱 박고, 고개를 슬쩍 돌려 최창수를 바라봤다.

"아, 어떡하지 선생님⋯⋯. 나⋯⋯ 취한 거 같아."

"⋯⋯취했으면 들어가 자라."

대충 대답하고 고기를 집었다.

"이상하다…… 한 잔은 더 마셨어야 했나?"

낮은 기온 속에서도 분위기는 식을 줄 몰랐다.

점심때부터 시작된 파티는 저녁 10시가 다 돼서야 마무리가 됐다.

"치우고 좀 들어가지."

최창수는 주변을 둘러봤다.

취했다, 너무 춥다, 자질구레한 변명으로 먼저 들어간 학생들. 남아서 뒷정리를 하는 건 자신을 포함해서 다섯 명밖에 없었다.

심지어 계속 옆에 착 달라 붙어있던 초민아 마저 피곤하다며 먼저 들어갔다.

그때 서은결이 쓰레기 봉지를 갖고 다가왔다.

"다들 고생했는데 이럴 때라도 쉬게 해줘야지. 창수 너도 힘들면 쉬러 가."

"아뇨. 뒷정리도 여행의 재미 중 하나거든요."

둘이서 착실히 뒷정리를 했고, 지저분했던 주변이 처음 왔을 때처럼 깨끗해지기까지는 제법 오랜 시간이 걸렸다.

"네가 우리 과 신입생이라 다행이야."

"그래요?"

"솔직히 우리 대학이, 공부만 하던 놈들이 오는 곳이잖아. 인생을 즐길 줄 아는 애들이 몇 없어."

그 말에 최창수는 술판을 떠올렸다.

한참 취하기 전까지는 다들 조용히 술을 홀짝이며 고기

만 먹었다.

"넌 인생을 즐기는 학생 같아서 기쁘다, 기뻐."

서은결이 최창수의 등을 두들겼다.

"대학 생활하면서 곤란한 점 있으면 나한테 와. 솔직히 영통과에서 내 인지도가 엄청나거든. 교수님들한테 인기도 좋고. 나랑 편 먹으면 후회할 일 없을 걸?"

"하긴, 선배님 행동이 보통 골 때리는 게 아니니까 사랑 많이 받겠네요."

"후하하! 즐겁게 살아야지! 정리도 다 했는데 이만 들어가자."

"네."

두 사람이 펜션으로 들어갔다.

서은결은 동기와 얘기를 나누러, 최창수는 내일을 위해 바로 자기로 했다.

'내 방이 여기였지?'

당연하지만 OT 출발 때는 40명이었던 인원이 돌아갈 때는 그 이상이 되면 안 되므로 남녀각방을 쓰기로 했다.

먼저 잠든 동기를 깨울까봐 조심스레 문을 열었다.

그러자 텅 빈 방이 그를 반겼다.

"안녕, 선생님?"

정정.

초민아만 있었다.

"아, 여기 여자 방이야?"

"아니, 더 즐기고 싶은 애들이 오는 방이야. 남자 방은 바로 옆 방!"

"그래? 그럼 난······."

"잠깐! 어딜 가!"

남자 방으로 가려는 최창수를 초민아가 잽싸게 붙잡았다. 그리고 방문을 닫고, 문을 잠갔다.

"문을 왜 잠······."

"선생님!"

초민아가 비장한 얼굴이 됐다. 그것도 잠시, 정말로 술을 못하는 건지 아니면 연기를 하는 건지 헤벌레 웃기 시작했다.

"우리, 술도 마셨잖아."

"그, 그렇지."

"그러니까······."

초민아가 최창수에게 착 달라붙었다. 두꺼운 옷 위로도 느껴지는 그녀의 부드러운 살결. 심장이 쿵쾅거리기 시작했다.

그녀가 귓가에 입술을 가까이했다. 그리고 뭔가를 잔뜩 말했지만, 취해서 무슨 말을 하는 지 알아듣기 힘들었다.

하지만 확실하게 들렸던 말이 있었다.

"······할래?"

머리가 지끈거렸다.

'어우…… 죽겠네.'

창문 틈새로 들어오는 아침 햇살. 숙취 때문에 기분 좋게 느껴질 그 빛이 두통을 가속시켰다.

'적당히 마실 걸…….'

난생 처음 느끼는 숙취는 고통 그 자체였다.

머리를 깨질 거 같았고, 속은 당장이라도 뒤집어 질 거 같았다. 게다가 온 몸에서 느껴지는 이상한 감각까지……. 제대로 몸을 겨누기도 힘들었다.

'다음에 또 이렇게 마시면 내가 사람이 아니라 개다! 개!'

개가 되는 걸 예약하는 순간이었다.

"아우, 우선 속부터 비워야겠네."

당장 깼을 때는 괜찮았지만, 철원의 맑고 시원한 공기를 몇 번 마시자 속이 요동치기 시작했다. 버티다가는 큰일이 벌어질 거 같아서 천천히 몸을 일으켰다.

그리고 한 발자국 내딛으려 할 때.

"으음……."

작은 신음과 함께 누가 다리를 껴안았다.

천천히 고개를 숙였고, 초등학생 때 부모님 지갑에서 돈을 훔치다 걸렸을 때와는 비교도 안 될 정도로 심장이 덜컹거렸다.

"뭐, 뭐야……."

자신의 다리를 붙잡고 잠꼬대 하는 초민아.

언제 옷을 갈아입었는지 나시에 핫팬츠를 입고 있었다. 나시 위로 비치는 분홍색 속옷과 핫팬츠 밑으로 드러난 매끄러운 다리…….

수많은 생각이 머릿속을 스쳐지나갔다.

"어…… 선생님 언제 깼어?"

초민아가 졸린 눈을 비볐다. 자고 일어났음에도 아름다움이 남겨 있는 얼굴, 그 위에 미소가 더해졌다.

최창수는 다른 의미로 가슴이 두근거렸다.

그런 그에게 초민아가 마지막 일격을 날렸다.

"어제 즐거웠어. 선생님 엄청 잘하더라."

"으, 으아아아아!"

초민아의 말이 끝나기가 무섭게 최창수가 소리를 질렀다. 그리고 후다닥 방문을 열고 밖으로 나갔다.

그리고 슬쩍 초민아를 바라봤다.

왜 그러냐는 표정으로 앉아있는 그녀.

조심스레 물었다.

"우리……. 해, 했냐?"

"응? 응, 했는데?"

"아……."

머릿속이 새하얘졌다. 그리고 하늘이, 술이 원망스러워졌다. 술김에 사고를 저지른 뉴스기사를 보며 자신은 절대 실수하지 않겠다고 다짐했다.

하지만 통째로 끊긴 필름과 그녀의 언행, 결정적으로 단 둘이서만 잤다는 증거가 후퇴로를 완전히 차단했다.

"채, 책임질게……."

"응?"

"내가 책임지겠다고!"

아무리 술 때문이라도 한 여자에게 씻을 수 없는 기억을 남겨버렸다! 이 상황에서 도망치는 건 책임감 없는 녀석들이나 하는 짓, 자신은 그러고 싶지 않았다.

그때였다.

"어, 창수야. 늦게 일어났네?"

어제 몇 마디 나눴던 동기가 계단에서 올라왔다.

"어제 덕분에 재밌었다."

"……뭐?"

"기억 안 나냐? 너 되게 잘하던데. 나도 학교에서 좀 하는 편이었는데, 너는 못 당하겠더라."

"그게 무슨 소리야……?"

술김에 초민아뿐 아니라 동기까지 건드렸다는 가설이 떠올랐다. 남자를…….

"어제 포커 했잖아."

"……어?"

"술 때문에 기억 안나? 민아 쟤가 포커하자고 해서, 네가 아직 안자는 애들 다 불러왔잖아."

그 말에 필름이 한 장 두 장 연결되기 시작했다.

"초민아……!"

"푸하하! 선생님 당황한 모습 되게 귀엽네!"

초민아가 배를 부여잡고 웃었다.

· · · ◈ · · ·

2박 3일의 OT가 끝나고.

점심쯤에 모두 돌아가는 버스에 올라탔다.

"선생님, 선생님. 언제쯤 책임져줄 거야?"

옆자리에 앉은 초민아가 즐겁다는 듯 말했다.

"제발…… 제발 조용해 줘……."

"아, 왜~? 선생님이 먼저 말했잖아, 책임지겠다고."

"그건 실수였어!"

그 날 이후, 초민아는 수시로 언제 책임져줄 거냐고 장난을 쳤고, 그때마다 최창수는 복장이 뒤집어졌다.

처음에는 포커 이후에 실수하지 않았나 걱정스러웠지만, 한결 같은 초민아의 태도가 아무 일도 없었다는 걸 증명해 줬다.

몇 시간 뒤.

드디어 대학으로 돌아왔고, 입학식 날 재회할 걸 기대하고 학생들이 전부 각자의 집으로 향했다.

최창수는 같이 점심이나 먹자는 초민아의 제의에 응해

근처 음식집으로 걸음을 옮겼다.

"선생님이 사주는 거겠지?"

"……장난친 게 미안하면 네가 사라."

"에이~ 난 학생이고! 선생님은 학원에서 번 돈 있을 거아냐, 다음에는 내가 살게."

"다음이 없기만 해봐."

두 사람은 아비꼬라는 이름의 카레전문집에 들어갔다. 문을 열기가 무섭게 짙은 카레향이 코를 찌르고 공복을 일으켰다.

뭘 먹을까 한참을 고민하다가 오늘의 추천메뉴를 주문했다.

최창수는 돈가스와 새우튀김이 토핑으로 올라간 매운맛 카레.

초민아는 버섯과 치즈, 그리고 작은 새우가 토핑 된 카레였다.

"근데 선생님."

식사를 하고 있자 그녀가 숟가락으로 그릇을 툭툭 쳤다.

"천안에 살지?"

"응."

"앞으로 통학할 생각이야? 두 시간은 훨씬 넘잖아."

"음…… 고민 중이야."

천안에서 서울까지 두 시간, 서울에서 버스를 타고 이동하는 시간까지 포함하면 2시간 30분이나 소요된다.

왕복 다섯 시간.

처음 며칠은 괜찮겠지만 장기적으로 보면 정신적으로 지칠 게 분명하다.

하지만 한 달 교통비가 30만원 수준 밖에 안 된다는 게 큰 메리트였다.

자취를 시작하면 달에 5~60만원은 우습게 깨지니까.

돈을 아끼고 불편함을 얻냐, 돈을 쓰고 편의를 얻냐의 문제였다.

"아침에 강의 있으면 새벽에 깨야 할 걸?"

"아침 공기 쐬고 좋네. 넌 어떡할 건데?"

"난 부모님이 벌써 대학 근처에 오피스텔 잡아주셨어. 월세 40만원에 다달이 생활비 150만원 씩."

"……!"

말도 안 되는 지원금에 두 눈이 휘둥그레졌다.

'그, 그러고 보니 애도 부잣집 자식이었지.'

현재 자신의 통장에는 천만 원 정도가 있다. 오직 혼자만의 힘으로 반 년 동안 번 돈…….

자취할 수 있는 여유가 없는 건 아니다.

"잘 생각해봐, 선생님. 4년 동안 통학하면 죽을 걸?"

"긍정적으로 검토해볼게."

"돈 때문에 망설여지는 거면 나랑 같이 살래?"

"푸웁!"

씹고 있던 카레를 뱉고 말았다.

"꺅! 더럽게 왜 뱉어!"

"네가 뱉을 만한 소리를 했잖아!"

"뭐 어때? 오피스텔이라 방도 두 개니까 프라이버시 문제없어. 제 시간에 나 깨워주고, 집안일만 잘 해주면 몸만 와도 좋은 걸?"

"아니…… 사양할게."

"후웅~ 잘 생각해 봐. 옷 두 벌 안사면 선생님 먹여 살릴 수 있거든."

얘기가 끝났는지 초민아가 다시 식사에 집중했다.

그 모습을 보면서 최창수는 생각했다.

'은혜라도 갚으려는 건가?'

A&T학원에서 가장 적극적이었던 초민아, 그만큼 자연스레 도움을 많이 주게 됐다. 선생이라면 학구열 넘치는 학생에게 힘이 되고 싶어지니까.

'내 덕에 최강대 왔다고 생각하나.'

그렇게 생각하면 초민아가 자신에게 말도 안 되는 호의를 베풀려는 게 이해가 된다.

"그러고 보니 선생님. 구자용하고 사이 안 좋지?"

"……왜 그렇게 생각하는데?"

저도 모르게 험악한 표정이 됐다.

"내가 눈치가 빠른 편이거든. 딱 보니까 서로 적대하는 거 같더라. 맞아?"

"맞아."

"구자용이 먼저 잘못했지?"

"그건 어떻게 알았어?"

"학부모 때문에 선생님이 고생했던 날, 계단 밑에서 구자용하고 마주쳤는데 위에서 재밌는 일이 벌어졌다면서 웃더라고. 딱 촉이 섰지."

"한심한 녀석……."

언제 한 번 기회가 되면 꼭 묻고 싶었다.

이렇게 살면 즐겁냐고.

비겁하게 자신을 이기면 만족스럽냐고.

한 때는 일부러 져주고 녀석의 시야에서 벗어날까 고민도 했지만, 그건 자존심이 절대 허락하지 않았다.

귀찮더라도 확실히 밟아서 다시는 대들지 못하게 해야한다.

"구자용은 좋은 녀석이 아니야. 그러니까 접근해도 절대 받아들이지 마."

"흐음~ 선생님 말이면 들어야겠는 걸. 그래야 착한 학생이니까."

초민아가 여우 같이 웃었다.

· · · ◈ · · ·

시간은 빠르게 흘러 순식간에 입학식 날이 찾아왔다.

"서울이 얼마만이니."

조수석에 앉은 어머니가 주변을 힐끗힐끗 살폈다.

"거, 촌티 나게 그러지 마."

"당신도 아까 서울 주유소는 팁 줘야하는 줄 알았잖아요."

"흠! 무, 무슨 소리야! 젊은 친구가 열심히 일하는 게 보기 좋아서 용돈이나 주려고 한 거지."

늘 사이가 좋으신 부모님.

흐뭇하게 그 모습을 바라본 최창수는 다시 고개를 숙여 손에 든 종이를 바라봤다.

'실수하면 안 되니까, 확실하게 외워야지.'

정신없이 외우는 사이, 차는 최강대 주차장을 헤매고 있었다.

부모님과 함께 차에서 내려 입학식이 치러지는 강당으로 향했다.

벌써부터 강당을 가득 채운 신입생과 학부모들.

정해진 자리에 앉았고, 입학식은 한참 뒤에 시작됐다.

교장과 이사장이 교단에 서 길고도 지루한 훈화를 늘어놨다. 하지만 대부분이 모범생 생활을 해왔기에 한 마디 한 마디를 경청했다.

"다음으로 신입생 대표인사가 있겠습니다."

길고 길었던 훈화가 끝나자 학생회장이 말했다.

"구자용 학생. 교단으로 올라와주세요."

온 신입생과 학부모의 시선, 그리고 격렬한 박수세례를 받으며 구자용이 천천히 교단으로 올라갔다.

그리고 주변을 천천히 훑어봤다.

당장이라도 튀어나올 비릿한 미소, 하지만 그는 최대한 사람 좋아 보이는 미소를 지었다.

'우매한 것들!'

수백에 달하는 신입생 중 가장 우수한 자신!

이 자리에 있는 게 당연했고, 자신보다 낮은 녀석들을 보니 자존감이 차오르고 삶의 기쁨이 느껴졌다.

하지만 무엇보다 기쁜 건 최창수를 이겼다는 거였다.

한편, 최창수는 팔짱을 두르고 한숨을 내쉬었다.

'진짜로 쟤가 대표인사 하네.'

얼마나 우수한 학생이 없으면 구자용을 선택했나 싶었다.

구자용은 최고의 논술강사로 소문이 난 사람으로부터 받은 대표인사문을 읽기 시작했다.

속사정을 모르는 신입생과 학부모들은 괜히 신입생 대표라 아니라며 감탄을 터트렸고, 최창수는 가식적인 그 모습에 코웃음을 쳤다.

마침내 구자용이 교단에서 내려왔다. 아까 전에는 형식상의 박수였다면, 지금은 진심에서 우러나오는 박수를 치기 시작했다.

콧대가 잔뜩 높아진 게 느껴지는 구자용.

'우선…… 여기서 한 번 밟아줘야겠네.'

운수 대통령을 실행해 능력을 구매했다.

〈1단계 화술 책을 구매했어요.〉

〈습득한 화술 실력 : 청자로부터 호감을 얻을 수 있을 정도의 실력〉

"신입생 대표인사는 원래 한 명입니다만, 이번 년도 입학식에는 두 명이 있습니다."

학생회장이 말했다.

"최창수 학생. 교단 위로 올라와주세요."

부름을 기다렸다는 듯 최창수는 바로 몸을 일으켰다.

입학식 3일 전.

입학사정관제 신입생 대표로 인사를 해달라는 요청을 받았다. 구자용에 관한 부분도 그때 물어봤었기에 당황하지 않을 수 있었다.

반면…….

'어, 어째서 저 녀석이?!'

구자용은 크게 놀랐다.

확실히 꺾었다고 생각한 잡초가 다시 자란 거니까.

교단에 선 최창수가 마이크를 잡았다.

"안녕하십니까, 친애하는 학우 여러분. 최창수라고 합니다. 우선 분에 넘치는 이 자리에 서게 돼서 진심으로 기쁩니다."

완벽하게 외운 대표인사문을 술술 말하기 시작했다.

"앞으로 4년, 저희는 대한민국 최고의 명문대인 최강대학교에서 함께 동고동락하면서 지내게 됩니다. 짧다면 짧고, 길다면 긴 그 시간 동안 서로 허물없이 지낼 수 있는 각별한 사이가. 사회에 나가서도 웃으면서 만날 수 있는 사이가 됐으면 좋겠습니다."

최창수의 한 마디, 한 마디.

신입생들은 그의 입이 열릴 때마다 호감을 느꼈다. 심지어 구자용마저도 더럽게 말을 못한다면서도, 은연중에 가슴을 울리는 뭔가를 느끼고 있었다.

"마지막으로 제가 이 자리에 설 수 있도록 도와주신 부모님께 정말 감사드립니다. 그럼, 대표인사는 여기서 마치도록 하겠습니다."

고개를 꾸벅 숙인 최창수가 천천히 교단에서 내려와 자리로 향했다.

구자용 때하고는 비교도 안 될 정도의 박수소리가 강당에 쩌렁쩌렁하게 울렸다.

자리로 돌아가려면 필연적으로 구자용과 마주쳐야 한다. 일부러 볼펜을 떨어트리고, 줍는 척 하면서 구자용을 노려봤다.

당황한 얼굴, 동시에 분노 가득한 그의 얼굴.

"긴장해라, 구자용."

그 얼굴에 대고 말했다.

"대학에서도 이겨 줄 테니까."

송근태 현대 판타지 장편소설

세 번째 이야기
최강대에서의 대학생활

운수대통령

운수 대통령

세 번째 이야기
최강대에서의 대학생활

타 대학의 1년 등록금이 800만원에 그치는 반면, 최강대
는 등록금이 무려 천만 원에 달한다.

4년이면 4천만 원.

있는 집 자식은 그것도 돈이냐며 코웃음 치겠지만, 가난
한 집안을 바꾸기 위해서 죽기 살기로 공부해 입학한 학생
들은 부담이 이만저만이 아니다.

때로는 휴학하고, 때로는 학자금 대출을 받으며 대학생
활을 이어가야 한다.

최강대를 졸업했다는 사실 만으로도 어지간한 대기업에
서 채용을 하니까. 오직 그 미래만 바라보고 인고의 시간을
보내는 거다.

하지만 최창수는 그런 걱정을 할 필요가 없었다.

수석학생 명분으로 4년 등록금 면제를 받았으니까.

"아이고, 우리 자식! 정말 자랑스럽구나!"

그 소식에 무뚝뚝한 아버지가 최창수를 등에 업고 동네를 뛰어다니기까지 하셨다. 가게사정이 더 열악해져 등록금을 감당하기 힘들었으니까.

최창수도 마음이 한결 편했다.

받기로 한 세계여행의 비용 절반을, 등록금의 일부를 받았다고 생각하면 편하니까.

그리고 이걸 계기로 자취를 하게 됐다.

"창수 너도 이제 성인인데 경험삼아 자취해 보거라. 생활비는 아버지가 다달이 주마."

"아뇨. 월세만 주세요, 나머지는 제가 알아서 해결할게요."

그 말에 아버지는 큰 감동을 받았다.

한 때는 철없게만 느껴지던 아들이 언제 이만큼 대견하게 자랐는가.

다음 날.

최창수는 바로 고시원 방을 알아보기 시작했다.

서유라와 함께.

"같이 집 보러오니까…… 되, 되게 설렌다."

고시원이 몰린 곳으로 걸으면서, 서유라를 바라봤다.

마지막으로 본 게 졸업식.

그 후로 1개월이 지났다.

전화나 문자는 자주 나눴지만 직접 만난 건 상당히 오랜 만이었다.

그 기간 동안 서유라는 변해 있었다.

고등학생 때 느껴졌던 애티는 온데간데없고, 새내기 대학생의 분위기가 짙었다. 게다가 최창수의 마음에 들려고 노력이라도 했는지 화장도 옷차림도 수수하면서도 자신만의 매력을 확 살렸다.

"괜히 패션과 전공이 아니구나, 옷 잘 입네."

"그, 그래? 마음에 들어?"

기대에 찬 그녀의 표정.

최창수는 고개를 끄덕였고, 서유라는 고개를 휙 돌리고 숨죽여 웃었다.

잠시 후, 두 사람은 고시원 밀집지에 도착했다.

냉장고, 화장실, 인터넷 무료, 관리비 없음 등등. 비슷비슷한 문구로 고시원을 어필하고 있었다.

"그러고 보니 유라 너도 고시원에서 살지?"

"응. 통학은 힘드니까."

"잘 됐네. 네가 봐서 괜찮은 곳으로 골라줘."

"엑?!"

"솔직히 난 잠만 잘 수 있으면 상관없는데, 그랬다가는 저 집으로 갈 거 같거든."

최창수가 어느 건물을 가리켰다.

딱 봐도 30년은 넘은 듯한 허름한 고시원. 월세가 10만 원이란 시점에서 둘러볼 필요조차 없었다.

'창수의 4년이 내 손에 달려있어!'

반드시 좋은 집을 구해줘야겠다는 사명감에 타오르는 서유라. 우선 외관이 가장 좋아 보이는 고시원으로 향했다.

"큰방 필요하세요, 작은 방 필요하세요?"

관리인이 물었다.

"둘 다 보여주세요."

"이게 큰 방이에요. 작은 방이 바로 옆쪽이고요."

큰 방은 5평, 작은 방은 3평 정도였다.

작은 방은 정말 혼자 살만한 정도, 큰 방은 친구 한 명은 불러와도 괜찮을 크기였다.

신축건물이라서 내부는 둘 다 화이트 톤으로 깔끔했다.

"창수 네가 보기에는 어때?"

"나쁘지 않은데. 창문도 큼지막하고."

"음, 다른 곳도 보고 올게요."

서유라는 최창수의 손을 붙잡고 다섯 곳을 더 돌아봤다. 전부 신축이라서 대부분 비슷했다. 하지만 그 중 서유라의 마음을 확 사로잡는 게 없었다.

마지막으로 들른 곳은 몇 개월 전에 완공된 고시원.

작은 방이 8평, 큰 방이 10평이었다. 침대와 벽걸이 TV, 게다가 방안에 화장실 겸 샤워실까지 딸려 있는 최고급 고시원이었다.

물론 그만큼 월세가 비쌌다.

달에 무려 50만원이나 했으니까.

그 대신 한 달에 한 번씩 전문 업자를 불러 청소해주고, 밥과 반찬, 그리고 라면과 계란은 무제한 제공이었다.

비싼 만큼 값을 확실히 하는 곳.

"그냥 이곳으로 하련다."

"너무 비싸지 않아?"

"밥 주잖아. 식비 생각하면 싸지, 큰 방으로 계약할게요."

바로 계약서를 작성했다.

지낼 곳을 정했으니 이제는 생필품을 사야 할 시간.

웃고 떠들며 다이소에서 쇼핑을 하고, 계산대에서 기다리고 있자니 서유라가 조심스레 물어봤다.

"우리, 남들 눈에는 어떻게 보일까……?"

부끄럽다는 듯 어설프게 웃는 얼굴. 예전에는 보여주지 않았던 그 표정을 싸운 뒤부터 드문드문 보여주기 시작했다.

최창수는 대답대신 하루 일과를 떠올렸다.

아침 일찍 만나서 함께 고시원 방을 살폈고, 지금은 쇼핑도 즐겼다. 영락없이 신혼부부, 혹은 동거커플의 전형적인 모습이었다.

"음……."

"여, 역시 대답 안 해도 돼! 그보다 이 젓가락 귀엽지 않니?!"

창피했는지 서유라가 캐릭터 젓가락을 보여줬고, 그때였다.

"선생님?"

뒤에서 익숙한 목소리가 들려왔다.

고개를 돌리니 스타킹을 들고 있는 민초아가 보였다. 방금 막 들어왔는지 코랑 볼이 붉다.

"여기서 뭐해? 선생님도 쇼핑하러 나왔어?"

그녀의 질문.

최창수는 대답대신 한숨을 쉬었다.

'왜 하필 유라랑 같이 있을 때!'

긴장하고 서유라를 힐끗 쳐다봤다.

자신 이외에 여자가 최창수에게 말을 걸었다는 게 불쾌했는지 벌써부터 표정이 안 좋다.

"옆에 있는 여자는 누구야?"

분위기 파악 못한 초민아가 성큼성큼다가왔다. 그리고 최창수와 서유라를 바라봤다.

"아! 여동생이야?"

"아니거든요!"

서유라가 발끈했다. 그러더니 최창수와 팔짱을 둘렀다.

"치, 친구거든요!"

"친구?"

"아, 아직은……."

마지막 그 대답에 초민아는 대충 감을 잡았다.

장난기 다분한 미소가 그녀의 입가에 걸렸다.

"아, 그렇구나~ 친구구나, 선생님도 참! 친구랑 사이좋게 쇼핑하면 나도 부르지. 선생님 친, 구, 좀, 보게."

"그, 그러는 그쪽은 누군데요!"

"저요?"

초민아가 고개를 갸웃거렸다. 그리고 최창수를 바라보며 씨익 웃었다.

불길함을 느낀 최창수는 괜한 말 하지 말라며 입을 뻥끗 거렸지만…… 그 말을 들을 초민아가 아니었다.

"저는요. 선생님이 책임져주기로 한 사람이에요."

"……네?"

"선생님이 책임져주겠다고 말했어요. 그 날 밤…… 뜨거 웠거든요."

초민아가 여우같이 웃었다.

"최창수……."

"야! 기다려! 쟤가 거짓말 하는 거야! 아니, 책임지겠다고 는 말했지만 그건 전부 오해……!"

"그래, 오해겠지."

서유라가 푹 숙였던 고개를 들었다. 화났을 거라 생각했 는데 표정이 밝다.

"그러니까 내가 먼저 연락할 때까지 기다려."

서유라가 지갑에서 꺼낸 돈과 함께 장바구니를 억지로 최창수에게 넘겼다.

그리고 홀로 가게 밖으로 나갔다.

지금 붙잡아봤자 그녀가 얘기를 들어줄 리 만무하지만,

시도조차 안 했다가는 일이 더 꼬인다.

급하게 뒤를 쫓았지만 때마침 도착한 버스에 올라타, 잡을 수가 없었다.

"야!"

화가 나서 초민아에게 소리를 질렀다. 화들짝 놀란 초민아가 움찔하더니 어색하게 웃었다.

"헤헤…… 친구 분 마음이 여린 줄 몰랐지."

"상식적으로 초면에……."

몇 마디 더 잔소리를 하려고 했다.

운수 대통령 알림만 아니었다면.

〈축하해요, 운수 대통령님! 트로피를 획득하셨군요!〉

〈두 여자의 추억 트로피 획득〉

〈좀 더 나이를 먹으면, 왕년에 두 여자가 자기를 두고 기싸움을 벌였다고 자랑할 수 있겠어요! 그래도…… 카사노바 짓은 이제 그만하시는 게……?〉

"아오!"

· · · ◆ · · ·

자취생활이 2주째에 돌입했다.

처음에는 낯선 타지 생활이 신기하면서도 늘 곁에 계시

던 부모님이 없어 살짝 외로웠지만, 1주일에 돌입했을 때부터 진정한 자유를 느껴 이 생활을 만끽하게 됐다.

물론 모든 걸 직접 해결하는 게 귀찮았지만 하다 보니 적응이 됐다.

'엄마는 이 귀찮고 힘든 걸 만날 하셨던 건가!'

엄마의 위대함도 느끼게 됐다.

"갑자기 불러내서 미안해. 짧은 얘기니까 조금만 시간 뺏겨줘."

때마침 공강이었던 시간.

서은결로부터 현재 대학에 있고, 강의 참석 중인 아닌 1학년은 모두 캠퍼스 내 분수로 모이라는 연락을 받았다.

"2주 정도면 대학 분위기도 파악하고, 마음 맞는 동기도 발견했을 거라고 생각하거든? 그래서 1학년 과대표를 뽑을 생각이야."

과대표!

말이 좋아서 과대표지.

온갖 잡일은 도맡아서 다 하는 잡부나 다름없다. 그럼에도 과대표를 하는 경우는 등쌀이 밀리거나, 리더십을 좋아하거나, 아니면 교수나 선배에게 잘 보이기 위함이었다.

그러다 보니 1학년들의 분위기는 너무나도 싸했다.

과대표를 하면 공부할 시간이 줄어드니까.

하지만 최창수는 의욕이 가득했다.

"제가 할게요!"

A&T학원에서 단기강사로 일하면서 학생을 관리하는 재미를 깨달은 최창수다.

대학에서도 그 재미를 느낄 수 있다면 무조건 할 생각이었다.

"오! 창수 네가 한다고?! 그럼 나야 환영이지! 자, 좋아 좋아. 형이랑 같이 영통과를 멋지게 이끌어가자!"

후다닥 달려온 서은결이 최창수를 껴안으려 했다.

그때였다.

"저도 하겠습니다."

구자용이 손을 번쩍 들었다.

방금 전까지 기뻐하던 서은결이 바로 침착해지더니 헛기침을 했다.

"흠, 흠. 그래, 자용이지? 너도 과대표 하려고?"

"네. 초등학생 때부터 반장은 놓친 적이 없습니다. 맡겨만 주시면 최창수보다 더 완벽하게 일처리를 할 수 있습니다."

"선배님. 쟤 순 거짓말쟁이에요, 마음 맞는 절 믿으세요."

서은결은 곤란해졌다.

사실은 따로 통보하지 않고 최창수에게 직접적으로 부탁할 생각이었다.

하지만 혹여나 희망자가 있을 지도 몰라 우선은 신입생을 전부 집합시켰다.

'어쩌지?'

최창수와 구자용을 비교했다.

둘 다 신입생 대표이자 교수가 유심히 지켜보는 인재들이다.

'일은 창수가 더 잘할 거 같은데.'

OT에서의 일을 기억하고 있다. 모두가 변명거리만 남겨두고 펜션으로 돌아갔을 때, 신입생 중 유일하게 최창수만 남아 뒷정리를 했다.

그 모습에서 책임감과 리더십을 느꼈다.

게다가 2주 만에 대학에서 동기 및 선배와 거리낌 없이 지내게 될 정도로 친화력이 좋다.

"좋아. 그럼 투표로 정하자. 앞으로 일주일 후에 신입생 단톡방에서 투표를 진행할 게. 불만 없지?"

"그렇게 하죠."

"알겠습니다."

"그래! 그럼 둘 다 과대표를 향해서 노력해 봐!"

서은결과 신입생이 전부 각자 할 일을 향해 돌아갔다.

남은 건 최창수와 구자용 둘 뿐.

"최창수, 네가 그 날 뭐라 그랬더라?"

구자용이 최창수에게 가까이 다가왔다.

"아, 그래그래. 대학에서도 날 이겨준다고, 너무 웃겨서 웃음도 안 나오는 말을 내뱉었지?"

"당연히 웃음이 안 나오겠지. 벌써부터 어떤 식으로 나한테 깨질까 쫄릴 테니까."

"하! 좋아, 이번 과대표. 누가 되나 한 번 지켜보자고."

"시작부터 지려고?"

"그거야 지켜봐야 알 일이지. 크큭."

그 순간 최창수는 예감했다.

'이 녀석, 정정당당한 방법은 쓸 생각이 없나보네.'

하지만 똑같이 비열한 방법을 사용할 생각은 절대 없다. 한 쪽이 악이라면, 자신은 선이 되고 싶으니까.

그 날부터 두 사람의 치열한 신경전이 펼쳐졌다.

먼저 최창수.

"잘 들어봐, 친구야. 내가 과대표가 되면 교수님에게 건의해서 조별과제를 아예 없애고, 영통과 학생들은 무료로 자판기를 사용할 수 있도록 건의해볼게. 물론 건의라서 된다는 보장은 없지만 혹시 모르잖아? 신입생 대표 부탁이라 들어줄지도."

그는 동기들에게 말도 안 되는 선거공약을 내걸었다.

다른 사람의 말이었다면 헛소리 하지 말라 했겠지만, 상대는 최창수였다.

과대표 선거로 인해 1레벨이었던 화술은 2레벨로 강화했다.

현재의 최창수는 정치인과 비슷한 정도의 화술을 소유, 아무리 말이 안 되도 그럴싸하게 들리고 호감이 생기게 된다.

"야, 배고프지! 내가 점심 사줄게, 그리고 너 과제했냐?

안 했으면 내가 좀 도와줄까? 다 사나이 의리 아니겠냐!"

그 외 다른 방법으로도 차근차근 과대표 당선을 위해 한 발자국씩 나아가고 있었다.

그리고 마침내 과대표 선거날이 다가왔다.

늦은 밤 공원.

서로 5분 거리에 사는 초민아와 만나 과대표 선거가 이뤄지는 단톡방을 노려보고 있었다.

[서은결 : 그럼 지금부터 과대표 선거를 시작할 건데. 생각하니 너희들의 우정을 위해 익명성을 지켜줘야 할 거 같더라고. 한 명씩 따로 초대할 테니까, 그때 말해줘.]

"아, 이게 뭐야."

민초아가 짜증을 부렸다.

"바싹 긴장하고 있었는데."

"뭘 긴장 하냐. 어차피 내가 될 게 뻔한데."

"선생님 되게 자신만만하다? 구자용 걔, 앞에서는 완전 모범생 연기하는 거 알잖아."

"그래도 난 안 져."

"후웅……. 아, 선배님한테 전화 왔다. 네, 선배님! 전 최창수요! 무조건 창수 뽑을 거예요! 네, 수고하세요~"

전화를 끊은 초민아가 최창수를 바라보며 씨익 웃었다.

"고맙다."

"히히, 제자가 선생님 도와주는 건 당연하지! 그보다 그 친구하고는 연락 됐어?"

"아, 유라? 뭐……."

1주일 후에 서유라로부터 전화가 왔다.

그때는 자기가 너무 경솔했다고 먼저 사과를 했고, 최창수는 괜찮다면서 사정을 설명했다.

"잘 풀렸어."

"정말? 으아! 이제 마음이 편하네."

"다음부터는 절대 그러지 마라."

"히히, 알겠어. 멍하니 기다리기도 심심한데 편의점에서 라면이나 먹자! 카레의 답례로 내가 살게."

"저렴한 답례네."

잔소리를 하면서도 그녀의 호의를 받아들였다.

그리고 마침내 집계가 끝났다.

[서은결 : 단체소환! 지금부터 1학년 과대표를 발표할게! 1학년 과대표는…….]

· · · ◆ · · ·

다음 날 영통과 캠퍼스.

교수의 사정으로 인해 오후 수업이 아침 10시로 바뀌었음에도 최창수는 기분이 좋았다.

"선생님 콧노래 좀 그만 불러. 아니면 다른 멜로디로라도 부르던가."

옆에 앉은 초민아가 장난스럽게 말했다.

"그렇게 좋아?"

"그럼 당연히 좋지! 안 좋겠냐?!"

어젯밤.

상대방이 구자용이라서 반드시 자신이 과대표가 될 거라고는 생각하지 않았다. 그러면 충분히 더러운 수를 써서라도 자신을 이기려고 했을 테니까.

그리고 그게 독이 됐다.

"키야, 내가 과대표라니! 그것도 지지율 90%로!"

"과대표 하면 힘든 일 전부 담당해야 하는데 뭐가 그리좋을까?"

"지금쯤 부들부들하고 있을 구자용을 떠올리니 기분이좋네. 속이 다 시원하다, 시원해."

"히히, 선생님이 기뻐하니까 나도 기쁘네! 그나저나 구자용도 참…… 은근히 멍청한 구석이 있네. 최강대 학생들이 어떤 애들인데 돈으로 매수를 하려고 했지?"

어떻게 해서든 최창수를 이기려던 구자용.

그는 중학교와 고등학교 때처럼 학생들을 돈으로 매수하려고 했다. 중학교 때는 2만원, 고등학교 때는 5만원. 대학교 때는 학생들의 그릇이 달라졌으니 한 명 당 30만원에매수를 하려고 했지만……

최강대가 어떤 대학교인가!

부잣집 자식들이 90%를 차지하는 명문 중에 명문대다.

한 달 용돈이 몇 백을 넘는 그들이 고작 30만원에 자존심을 팔 리가 없었다.

"구자용이 구덕철 아들이잖아. 그래서 다들 뒤에서 욕하고 있어. 수석이라고 자기 잘 난 줄 안다고."

"그래?"

"응. 잘 된 일이지! 만날 유치한 수로 선생님 골치 아프게 하던 애 주가가 추락한 거니까. 이번 일로 인해서 다시는 선생님한테 까불지 못할 걸?"

"그러면 좋겠다. 걔랑 엮이는 것도 이제는 지치는데……."

대학교에서도 자신의 천하가 이어질 거라 생각했던 구자용. 그 오만이 독이 되는 순간이었다.

싱글벙글 콧노래를 부르며 최창수는 잠시 후 이어지는 강의에 집중했다.

다른 학생들은 강의가 어렵다고 불만이 많았지만, 기본 지식이 탄탄한 최창수는 너무 쉽게만 느껴졌다.

그렇다고 강의가 지루한 건 아니었다.

모르는 부분이 나오면 그때마다 정신을 집중했고, 강의 시작 전에는 늘 예습을. 집에 돌아가서는 두 시간씩 복습을 하면서 자기계발을 게을리 하지 않았다.

요즘은 영어 뿐 아니라 다른 분야에도 관심을 보이고 있었다.

'지식이 하나 둘 쌓이는 거, 정말 재밌어.'

다른 학생처럼 강의를 시간 때우기 및 학점 채우기 용이 아닌, 조금이라도 더 도움이 되도록 노력하니 한 시간이 10분처럼 휙휙 지나갔다.

드디어 강의가 끝났다.

교수가 나가기가 무섭게 불평을 토하고 쓰러지는 학생들.

초민아는 강의 도중 도망간 지 오래다.

"교수님."

"아, 최창수 학생이군요. 강의도 끝났는데 무슨 일이시죠?"

"궁금한 게 있어서요."

최창수는 강의 도중 살짝 애매했던 부분을 질문했고, 교수는 성심성의껏 답해줬다.

"아, 그게 그렇게 되는군요. 감사합니다."

"아닙니다. 보기 좋네요."

교수가 주변을 둘러봤다.

강의가 끝났다고 놀러가자는 학생들의 대화가 간간히 들린다.

"신입생뿐만 아니라 요즘 대학생들에게 대학은 단지 대기업에 입사하기 위한 스펙을 얻는 곳이지, 지식을 쌓는 곳으로 여기지 않습니다. 하지만 최창수 학생은 지식을 쌓으려 하는 거 같아서 정말 보기 좋군요."

"칭찬 감사합니다."

"면접 때 최고가 되겠다고 말했었죠? 전 그 말을 상당히 긍정적으로 받아들였습니다. 모두 면접관 비위를 맞추려할 때, 혼자 외길을 걷고. 허세가 아니란 걸 실력으로 증명해서 당당히 신입생 대표까지 됐으니까요."

교수가 최창수의 어깨를 두들겼다.

"최창수 학생에게는 많은 기대를 걸고 있습니다."

"네. 절대 배신할 일 없을 거예요."

"넘치는 자신감도 보기 좋군요. 모처럼 늘 열심히 하시길."

교수가 떠나갔다.

다음 강의까지 여유가 있는 최창수는 뭘 할지 고민했다.

'그래. 인생 포인트도 많으니까, 내 능력을 강화할 수 있는 분야를 찾아보자!'

그러기 위해서 가장 적합한 장소는 도서관이다.

최강대 도서관은 국내에서 최고의 규모를 자랑하니까.

도서관에서 이런저런 책을 살펴봤다.

'요즘 요리방송이 유행이던데, 나도 요리나 배워볼까?'

방이 좁아 청소도 금방이고, 옷도 몇 벌 안 돼서 빨래도 금방이다.

하지만 요리는 아니었다.

가장 잘 할 수 있는 요리가 라면, 아니면 간장과 계란을 넣은 비빔밥이면 말 다한 거 아니겠는가.

그렇다고 매일 외식을 하자니 부담이 크다.

'식재료사서 요리하면 절약되겠지?'

그 순간 바로 결정이 났다.

기초적인 요리책 몇 권을 갖고 자리에 앉았다. 그리고 지식을 흡수하기 전, 운수 대통령을 실행해 상점에 들어갔다.

〈1단계 요리 책을 구매했어요.〉
〈습득한 요리 실력 : 훌륭한 10년 차 주부의 요리 실력〉

'좋은 건가?'

엄마를 떠올려봤다.

20년이 넘게 가정에서 요리를 하시고, 간간히 식당 일을 해서 그런지 맛없던 음식이 없었다.

'모르겠다! 오늘 집 가서 직접 요리를 해보면 알겠지!'

말 나온 김에 이른 점심을 먹기로 했다.

도서관에서 나온 최창수는 바로 대형마트로 향했다. 거기서 식재료와 복권 열 장을 구매하고 집으로 돌아갔다.

고급 고시원이라서 부엌에 기본적인 요리 기구는 다 있어 준비할 건 재료뿐이었다.

'어디 보자, 먼저 감자 껍질을 까야겠지?'

오늘 만들 요리는 카레였다. 귀찮고 시간이 제법 걸리지만 한 번 만들면 일주일은 먹을 수 있으니까.

레시피는 도서관에서 훑어 본 책 덕분에 전부 외우고 있다.

'확실히 능력을 구매한 값어치가 있구나!'

예전에 엄마가 감자를 까라고 시킨 적이 있었다.

'감자를 다 먹은 사과처럼 깠다고 엄청 혼났지.'

하지만 지금은 아니었다. 서툴렀던 칼질이 능숙하게 움직이며 부드럽게 감자와 껍질을 나눴다.

그뿐만 아니라 감자와 당근, 양파를 먹기 좋은 크기로 써는 것도 손쉬웠다.

재료손질이 끝나고 본격적으로 요리를 시작했다.

'맛있을 거 같네!'

카레가 거의 완성되기 직전이었다.

상태를 살피려고 냄비 뚜껑을 열자 짙은 카레향이 코를 찔렀다.

'이 정도면 됐겠지.'

이 냄비는 뒷사람이 또 사용해야 한다. 최창수는 미리 구매해 온 통에 카레를 골고루 담고, 밥그릇에 밥을 한 가득 편 다음 부엌 문을 열었다.

"억!"

그리고 누군가가 문에 부딪혔다.

급하게 확인을 하니 살이 제법 많은 남자, 옆방 사람이었다.

"헉! 괜찮으세요?"

"괘, 괜찮습니다……."

"왜 이런 곳에……."

"그게 카레향이 나서……."

옆방 사람이 조심스럽게 카레를 쳐다봤다. 동시에 꼬르륵 소리가 복도에 울려 퍼졌다.

"정말 죄송한데요. 카레, 많아 보이는데 하나만 받을 수 있을까요? 지금 생활비가 끊겨서 어제 오늘 굶은 터라……."

"카레요? 드릴게요."

"헉! 가, 감사합니다!"

카레를 받은 옆방 사람이 바로 부엌으로 뛰어들어가 밥을 푸고, 그 위에 카레를 쏟았다. 그리고 섞지도 않고 한 입 가득 퍼더니.

"마, 맛있다!"

탄성을 내뱉었다.

"어머니의 손맛이 느껴져……!"

"맛있어요?"

"아주 맛있습니다!"

옆방 남자는 몇 번이고 감사 인사를 했다.

생전 처음으로 제대로 해본 요리. 그 요리를 타인이 눈물까지 흘리며 먹어주고 있다.

'엄마도 늘 이 감정을 느꼈던 걸까?'

행복감, 만족감.

기분 좋은 감정이 가슴을 두들겼다.

〈축하해요, 운수 대통령님! 트로피를 획득하셨군요!〉

〈첫 요리의 즐거움 트로피 획득〉

〈나중에 자식이나 힘든 사람들에게 맛있는 카레를 해줄 수 있겠네요! 카레는 뭐니 뭐니 해도 인도! 인도에서 카레를 하면 인도카레!〉

게다가 트로피 획득까지!

'아저씨 개그는 뭐냐.'

쓰게 웃고 방으로 향했다.

30분 후면 강의가 시작된다.

최창수는 급하게 식사를 시작했다.

'엄청 맛있다! 내가 만든 거라고는 믿겨지지 않아!'

부모님에게도 먹여드리고 싶었다.

카레를 먹으면서 최창수는 복권을 책상에 가지런히 펴놨다.

'돈도 없는 주제라. 그래, 없는 것보다는 있는 게 낫겠지!'

자신에게는 운수 대통령이 있다.

운만 따라주면 5억도 꿈은 아니다!

최창수는 복권을 긁기 전 동남쪽으로 절을 세 번, 서북쪽으로 절을 세 번했다.

세 번째 장까지는 전부 5천원 당첨.

네 번째와 다섯 번째는 아쉽게도 모두 꽝이었다.

남은 다섯 장.

그 중 두 장이 십 만 원짜리였다.

'기, 기분은 엄청 좋지만! 이 정도에 만족하면 안 돼!'

세 장 중 한 장은 대박이길 바라며 복권을 긁었지만……

두 장 다 꽝이었고 마지막 한 장만 남게 됐다.

"이거 긁어보고, 안 되면 몇 장 더 사오자!"

지금까지의 총 당첨금은 21만 5천 원.

2천 원짜리 복권 열 장을 샀으니 이미 열 배 넘게 부풀린

거였지만 만족하기는 일렀다.

마지막 복권 첫 번째 게임을 긁었다.

제시된 숫자는 3.

동일한 숫자가 나와야 당첨이다.

최창수는 동전으로 천천히 복권을 긁었다. 3번째까지는

전부 두 자리 숫자, 마지막 한 자리는…….

'2냐! 3이냐!'

윗부분만 살짝 긁었더니 둘 중 하나로 추정되는 숫자가

나왔다.

'제발 3, 무조건 3!'

간절히 바라며 복권을 빠르게 긁었다. 보기가 두려워 두

눈을 질끈 감았다가…… 천천히 떴다.

"아……"

그리고 온몸에 힘이 쫙 빠졌다.

"말도 안 돼……."

나지막하게 중얼거리고 몸을 일으켰다. 그리고 회사 비리를 밝혀 찬밥신세가 된 내부 고발자처럼 힘없이 주섬주섬 옷을 챙겨 입었다.

복권을 또 사러?

아니.

"은행 가자!"

2천만 원을 바꾸기 위해서였다.

"시발! 진짜 당첨되다니, 이게 꿈이냐 현실이냐!"

기쁜 마음에 욕을 마구 퍼부으며 복권을 바라봤다. 몇 번을 봐도 제시된 숫자는 3, 나온 숫자도 3! 당첨금은 2천만 원이었다.

최창수는 바로 은행으로 달려가 복권 당첨금을 수령했다.

5만 원 이하는 세금이 없지만, 그 이상부터는 22%의 세금을. 3억원 초과는 33%의 세금을 내야 한다.

그 결과 최창수가 받은 실 수령액은 1576만 원 가량. 무려 세금으로 444만원이나 냈지만, 꽁돈을 얻은 거나 마찬가지라 신경 안 쓰기로 했다.

'이 돈으로 뭘 하지?!'

복권으로 인해 현재 최창수의 전재산은 2200만원으로 불어났다.

절약한다면 최소 네 나라로 여행을 떠날 수 있는 돈!

하지만 대학 문제가 발목을 잡았다.

'우선 저축을 하고, 부모님에게도 조금 드리자.'

여태껏 자신을 위해 고생하신 부모님.

비록 계좌로 송금한 금액은 500만원으로, 그동안의 노고에 비하면 턱없이 모자란 금액이지만 고마움을 표현하고 싶었다.

작은 선물을 보내놨으니 확인해보라는 문자를 엄마에게 남기고 바로 대학으로 돌아갔다.

이미 시작한 강의.

깐깐한 교수라서 자신보다 늦게 들어온 학생은 절대로 출석체크하지 않기로 소문이 자자하지만, 최창수는 워낙 행실이 좋아서 몰래 출석처리를 해줬다.

· · · ◆ · · · ·

그로부터 며칠이 지났다.

어제야 통장을 확인한 부모님은 어디서 이 큰 돈을 벌었냐며, 혹여나 자식이 나쁜 일이라도 한 건 아닐까 걱정되는 마음에 늦은 새벽에 전화를 했다.

복권에 당첨됐다고 말한 뒤에야 부모님의 걱정을 덜 수 있었다.

한 번의 복권 당첨.

인생한방이라는 교훈을 얻은 최창수는 하루에 열 장씩 복권을 샀다.

저번처럼 2천만 원 당첨은 없었지만, 하루에 꾸준히 30만 원 이상의 수입은 올릴 수 있었다.

단순 계산상으로는 복권만 사도 한 달에 900만원을 버는 것…….

'인생! 즐기면서 살 수 있겠어!'

운수 대통령의 트로피 획득 조건은 추억이 될 만한 경험을 하는 거다. 그리고 운수 대통령의 운은 추억 쌓는 데에만 집중할 수 있도록 여건을 만들어줬다.

그 생각을 한 순간.

늘 가슴 속에 남아있던 작은 불안함이 모두 사라졌다.

"조금만 위로 올려 봐."

최강대 영통과 캠퍼스 본 건물.

강의실로 향하고 있자 학생 세 명이 옹기종기 모여 있는 걸 확인했다.

살펴보니 게시판에 홍보물을 붙이고 있었다.

'동아리인가?'

최강대에도 무수한 동아리가 있고, 명문대답게 대부분이 뚜렷한 성과를 올려 대를 유지한다. 동아리 규정상 성과가 없으면 폐부가 되니까.

최창수도 처음에는 동아리에 입부를 할까 고민했지만, 끌리는 곳이 없어서 관뒀었다.

홍보물을 전부 다 붙였는지 학생이 다른 게시판으로 이동했다.

'뭐지?'

게시물을 확인했다.

그리고 두 눈이 휘둥그레졌다.

'공짜 여행의 기회다!'

게시물 내용은 간단했다.

영통과 학생을 상대로 보조 통역사를 구하는 중이니 관심 있는 학생은 박철대 교수에게 가서 의사를 밝히라는 것.

'박철대 교수면…… 이사장님이네.'

바쁜 이사장답게 박철대 교수의 강의는 일주일에 고작 한 번 있다. 여태껏 네 번 밖에 듣지 못했지만, 그걸로도 그가 상당한 내공의 소유자라는 걸 알 수 있었다.

최창수는 바로 이사장실로 향했다.

"영통과 1학년 최창수입니다, 들어가도 되겠습니까?"

"볼 일 있어서 온 거 아녀? 맘대로 혀."

조심스레 이사장실 문을 열고 들어갔다. 다른 교수실과 똑같이 엄청난 양의 서적과 상패가 가득하다.

방금까지 신문을 읽고 있었는지 박철대가 돋보기 안경을 벗었다.

"바쁘니까 용건만 간단히 말혀."

"보조 통역사 지원하러 왔습니다."

"게시물 방금 붙였는데 빠르기도 허지. 그래, 최창수지? 면접은 인상 깊었다. 역시 그 녀석 손자더구먼."

"네?"

"네 할애비 말이다. 최창불이 맞지?"

최창불.

할아버지의 이름이 나오자 최창수의 눈이 휘둥그레졌다.

"저희 할아버지를 아십니까?"

"국민학교 때부터 친구였는데 모를 리가 있나. 장례식장에서 나 본 기억 없나벼?"

"아, 그게……."

"부조금만 내고 갔으니 모르는 게 당연허지."

박철대가 책상 한쪽에 놓인 사진을 바라봤다. 자신과 최창불이 어깨동무를 하고 활짝 웃는, 최창불이 임종을 맞기 1주일 전에 찍은 사진이었다.

"저승에서 잘 살고 있나 몰러. 농사귀신이었으니 거기서도 농사짓고 있으려나."

"저기!"

최창수의 목소리가 높아졌다.

"저희 할아버지는…… 어떤 분이셨나요?"

할아버지와의 기억은 거의 없다.

아직까지 부모님을 잃은 슬픔을 완전히 떨치지 못한 아버지도 그 얘기는 잘 안하려고 하신다. 가끔씩 술에 취해 계실 때 잘 해드리지 못한 게 천추의 한이라고 말하지만…….

"네 할애비가 궁금허냐?"

"존경하거든요. 할아버지의 삶 자체를."

"네 할애비야 뭐, 좋은 놈이었지. 지식도 있고 열정도 있

고, 요즘 젊은 것들이 창불이 반만 따라가도 이 나라가 이
모양은 아닐 텐데."

박철대는 자신이 알고 있는 최창불에 관한 얘기를 전부
털어놨다. 그리고 마지막에 한 마디를 덧붙였다.

"창불이 그 녀석이, 널 얼마나 아낀 지 아직도 기억이 선
명하다. 그 해 벼농사가 망하기 직전이었는데, 네가 태어난
다음 날부터 다 쓰러져가던 벼가 일어났다 하더구먼."

"하하……."

"그만큼 손자로 인해 부정적이던 시선이 긍정적으로 바
뀌었다는 거겠지. 죽기 전에 창불이 그 놈이 나한테 뭐라한
줄 알어? 손자 잘 부탁한단다."

"저를요?"

"그려. 최강대 나오면 대기업 입사는 확정이니 그리 말
했던 거겠지."

"그럼 설마……."

자신이 최강대에 합격한 이유가 실력이 아닌, 할아버지
덕분인가 의구심이 피어올랐다.

그리고 만약 후자라면 자신에게 크게 실망할 게 분명했다.

"오해 마라. 네가 합격한 건 네 실력 때문이니까."

그 말에 안도할 수 있었다.

"창불이 그 놈에게도 분명히 말했었어. 네 손자가 쓸 만
한 놈이면 도와주겠지만, 아니면 신경도 안 쓸 거라고. 그
리고 넌 내 눈에는 아주 쓸 만한 놈으로 보였다."

대학 내에서도 권위 있기로 명성이 자자한 사람에게 인정받았다.

"단기간에 최강대 합격 수준까지 올라온 성적을 보면 네 집중력과 끈기, 그리고 열정을 엿볼 수 있지. 면접장에서 영어회화를 사용하고, 당당히 자신의 포부를 밝힌 모습에서는 넘치는 자신감이 잘 드러났다. 이제 대학생활 한 달째인데도 불구하고 교수들로부터 평판이 좋은 건, 네가 진정된 놈이라는 증거지."

가슴에 와 닿는 칭찬 하나 하나.

현재에 주저하지 않고 계속 노력하길 잘했다는 생각이 절로 들었다.

"내 기준에서 미달이면 널 도와주지 않겠지만, 그 기준만 통과하면 전폭적인 지원을 해주마."

이제 그만 돌아가라는 듯 박철대가 손을 저었다. 최창수는 잘 부탁드린다 말하고 강의실로 향했다.

평소에는 늘 집중했던 강의.

하지만 박철대의 칭찬이 자꾸만 머릿속에 아른거려 집중이 잘 안 됐다.

'든든한 인맥이 생겼어!'

비록 무엇 하나 공짜로 주지 않는 인맥이지만, 기준만 통과하면 지금으로서는 상상도 못 할 지원을 받을 수 있다.

'구자용. 네게 서형문이 있다면, 내게는 박철대 교수가 있다!'

느리지만 하나씩.

구자용과의 차이점을 벌리고 있었다.

···◈···

보조 통역사 구인기간은 총 2주, 발표는 모집이 종료된 1
주 후 개별통보였다.

그 기간 동안 박철대는 신중하게 보조 통역사 선별에 힘
썼다.

하지만 대부분이 스펙을 쌓으려고 신청한 학생들, 그마
저도 데려갈 놈이 마땅치가 않았다.

그도 그럴 게, 이번 보조 통역사는 최강대학교에 많은 도
움을 주고 있는 철강산업의 임원진 한 명과 함께 1주일 간
외국으로 나가기 위한 인재를 선발하는 것이니까.

철강산업.

국내외에서 유통과 3D업종으로 유명한 산업으로 대한민
국 대기업 세 손가락 중 하나로 꼽히며, 최강대학교 졸업생
중 30%가 한 해마다 철강산업에 취직할 정도로 유대가 깊
다.

철강산업 정도면 훌륭한 통역사를 고용할 수도 있지만,
굳이 보조 통역사로 최강대 학생을 데려가려는 건 인재발
굴이 주된 이유였다.

'그냥 이 놈으로 해야겠군.'

박철대가 휴대폰을 들었다.

발신자는 당연히 최창수였다.

총 서른 명의 지원자 중, 졸업 예정자와 비교해도 손색이 없었다.

'창불이 놈 손자라면, 내 대학에 먹칠은 안 하겠지.'

바로 최창수에게 연락을 했다.

보조 통역사로 선발이 됐고, 1주일 뒤에 출발 예정이니 준비를 하고 있으라고.

이 소식에 최창수는 드디어 기회가 왔다며 좋아했다.

"헉! 선생님 그럼 외국 가는 거야?"

"그래! 외국, 외국이다!"

수업이 끝난 강의실.

최창수는 온몸으로 이 기쁨을 표현했다.

'생에 첫 해외여행을 공짜로 간다니, 대박이야!'

마음 속 어딘가에서 당연히 자신이 될 거라 생각했기에 여권은 진작 만들어뒀다.

"나도 드디어 비행기 타본다!"

해외여행 다음으로 기쁜 건 그 사실이었다.

부모님과 제주도 여행 한 번 가본 적이 없으니까.

이번에 보조 통역사로 선발된 학생은 아무런 부담 없이 짐만 챙겨오면 됐다.

모든 금액을 대학에서 부담해주니까.

"선생님 비행기 타본 적 없어?"

"부자만 타는 게 비행기 아니냐?"

"요즘 세상이 어떤 세상인데, 저가항공 찾아보면 10만 원짜리도 있어. 물론 우리 집은 늘 특등석만 타지만."

"돈 많아 좋겠다."

"당연히 좋지. 그보다 선생님 외국가면 어쩌나~ 누구한테 밥 사달라고 하지?"

초민아와 거의 대부분의 수업을 같이 들으니 점심은 거의 다 최창수가 사주고 있었다.

처음에는 부잣집 딸내미가 왜 얻어먹냐고 핀잔을 줬지만, 아주 가끔 고급 음식점에 데려다줘 일종의 등가교환이라 여기기로 했다.

"나 없는 동안 네 지갑 열고 다녀라."

"히히~ 선생님 없는 틈을 타서 딴 애들이 접근할 텐데?"

"그럼 걔들한테 사달라고 하면 되겠네."

"우음? 질투 안 해?"

초민아가 슬며시 어깨를 맞댔다.

"이렇게 귀여운 애가 선생님 이외에 남자랑 밥 먹는데…… 괜찮아?"

"난 네가 여우인 걸 알거든."

"선생님 친구보다는 내가 훨씬 더 매력적인 거 같은데?"

"네가 유라의 뭘 안다고 그런 말을 함부로 하냐."

저도 모르게 말이 거칠게 나왔다.

"잘 알지도 못하는 사람 함부로 말하지 마."

"어······? 아, 응······. 미안."

처음 보는 화난 최창수의 모습.

놀라서 떨떠름하게 대답해버렸다.

· · · ◈ · · ·

드디어 여행 당일이 왔다.

목적지는 뉴욕.

출국시간은 오전 10시였고, 최창수는 제 시간보다 30분 일찍 도착해 통역사와 함께 철강산업 임원진을 기다리고 있었다.

"일주일 간 잘 부탁드려요."

"나야말로 잘 부탁해."

통역사는 30대 초반 남성이었다.

"주로 내 업무에서 자잘한 부분을 돕게 될 거야. 부득이하게 내가 자리를 비웠을 때는 네가 통역해야겠지만, 어지간해서는 그런 일 없을 테니까 너무 걱정하지 말고. 편하게 외국구경 한다고 생각해."

"네. 그리고 얼마든지 자리 비워도 괜찮아요. 어지간한 통역사 수준은 될 걸요?"

"그거 참 든든하구나."

패기 넘치는 최창수, 첫 인상은 제법 호감이었다.

잠시 기다리고 있자니 저 멀리서 경호원에 둘러싸인 남

자 한 명이 다가오기 시작했다.

근엄하면서도 어딘가 부드러운 인상의 소유자.

"반갑습니다, 이덕민 씨. 이번 통역도 잘 부탁드립니다."

철강산업의 임원인 반재현이 통역사 이덕민과 악수를 나눴다.

"저야 말로 또 불러주셔서 감사합니다. 두 번이나 반재현 임원님의 통역을 맡을 수 있어 영광입니다."

"하하! 제가 뭐 그리 대단한 인물이라고. 음, 옆쪽 학생이 보조 통역사입니까?"

"안녕하세요. 최창수라고 합니다."

고개를 꾸벅 숙였다.

'잘 보여야 해.'

이덕민은 이번 일을 단순한 여행으로 생각하라 했지만 최창수는 그럴 마음이 없었다.

어떻게든 반재현 눈에 들어, 그도 자신의 인맥 중 하나로 만들 생각이 가득했다.

그것이 서형문과 구덕철을 무너트릴 힘의 일부가 될 테니까.

"젊은 친구가 용기 있게 잘 왔습니다. 1주일 동안 잘 부탁드립니다."

"임재현 임원님에게 누가 끼치지 않도록, 대학에 먹칠을 하지 않도록 제 신념껏 열심히 해보겠습니다."

"하하, 첫 인상은 아주 좋군요. 자, 그럼 출국소속을 밟을까요."

대기업 임원 정도 되면 귀찮은 출국절차 없이 한 번에 비행기에 오를 수 있다.

그건 그의 동료도 마찬가지.

최창수는 기본적인 절차만 밟고 바로 비행기에 올랐다.

'대박!'

대학에서 비용을 부담해주는 거라서 영락없이 이코노미석 일줄 알았다. 하지만 임재현과 같은 특등석이 지정석이었다.

좌석이 따닥따닥 붙어있는 이코노미석과 달리, 모든 좌석이 개인석이었고 정면에는 여행 중 심심하지 말라고 TV가 걸려 있었다.

'VOD가 전부 결제되어 있잖아!'

놀라운 점은 여기서 그치지 않았다.

출항까지 남은 시간동안 입이 심심하지 말라고 승무원이 갖다 준 과자는 질소 가득한 국내과자와는 비교도 안 될 정도로 맛있었다.

'첫 해외여행부터 대박이네! 역시 난 운이 좋아!'

네 번째 이야기
보조 통역사

운수 대통령

운수
대통령

네 번째 이야기
보조 통역사

한국에서 뉴욕까지의 12시간.

처음에는 즐거웠던 출국도 장시간의 여행에 점점 힘이
들었다.

"괜찮아?"

이덕민과 박재현은 잦은 출국으로 인해 비행기에서의 지
루함, 그리고 울렁증을 극복했지만 첫 출국인 최창수는 비
행기에서 내렸을 때 조금 지쳐 있었다.

"아, 괜찮아요. 미국…… 엄청 머네요."

바로 옆 나라인 일본은 길어봤자 두 시간이건만, 지도에
서 몇 칸 더 떨어져 있는 미국이 무려 12시간이나 걸릴 거
라고는 생각도 못했다.

'이럴 줄 알았으면 휴대용 게임기라도 갖고 올 걸!'

12시간의 여행 동안 자신이 한 걸 떠올렸다.

국내에 상영하지 않은 영화를 보고, 승무원이 갖다 준 음식을 먹고, 잠을 자고, 구름을 보며 즐거워했다.

물론 이것도 처음 몇 시간 뿐……

금세 질려서 나머지 시간은 뜬 눈으로 멀뚱멀뚱 구름의 개수만 셌다.

하지만 힘든 것도 비행기 안에서 뿐.

"여기가 뉴욕!"

기쁜 마음에 행렬에서 이탈해 먼저 공항 밖으로 뛰쳐나왔다. 그리고 주변을 둘러봤다.

"어라?"

예상했던 건 고층빌딩이 가득하고 세련된 뉴욕의 거리였다. 하지만 막상 그를 반긴 건 허허벌판인 시골이었다.

"하하, 실망한 표정이네?"

"뉴욕이…… 시골이었나요?"

"아니야. 공항 쪽은 대부분 이래. 차로 조금만 더 이동하면 되니까 그 기대한 마음, 버리지 말고 갖고 있어."

반재현과 함께 준비된 차에 올라탔다. 거기서 차로 한참을 이동하자 드디어 최창수가 바라던 풍경이 나타나기 시작했다.

국내에서는 비싼 값에 팔리는 외제차 수십 대가 돌아다니고, 보기 드물었던 외국인이 자유분방한 모습으로 거리를 나돌고 있다.

마치 거대한 숲에 둘러싸인 것처럼 세련된 고층건물이 일대에 가득하고, 거대한 전광판에서는 각종 광고나 뉴스가 흘러나온다.

해외 영화에서나 봐왔던 풍경이 자신을 반겼다.

'뉴욕은 아직 월요일이지?'

한국과 뉴욕의 시차는 13시간이다.

한국에서 출발했을 때가 월요일 아침 10시.

뉴욕은 현재 월요일 아침 10시였다.

'미국은 공기부터 다른 느낌이구나.'

생애 첫 미국.

그 기분은 말로 설명할 수 없었다.

이제 뭘 하면 되나 주변을 두리번 거리고 있자 저 멀리 리무진 한 대가 멈췄다. 검은 양복을 입은 흑인이 나와 반재현에게 자연스레 다가왔다.

"오랜만입니다, 반재현 이사님."

흑인이 영어로 말했고, 이덕민은 바로 통역을 해줬다.

플로다, 그것이 흑인 남성의 이름이었다. 우락부락한 덩치와 사나운 인상과 달리 아주 꼼꼼한 성격으로 오늘 반재현이 만날 해외 임원의 개인비서였다.

플로다는 반재현 일행을 숙소까지 태우기 위해서 시간을 맞춰 공항까지 찾아온 거였다.

반재현 일행은 바로 리무진에 올라탔다.

'와, 대박······.'

리무진은 영화에서나 볼법한 길쭉한 그놈이었다.

좌석은 앉는 순간 몸이 빨려 들어갈 정도로 부드럽고, 벽에는 TV가 걸려있고 사방에 설치된 고급 오디오가 엄청난 사운드를 전해준다.

가는 길에 심심하면 마시라고 고급 와인도 잔뜩이다.

'이래서 아빠가 만날 차는 외국차가 최고라 그랬던 거구나.'

물론 아버지가 얘기했던 차는 해외 승용차였지만, 최창수는 나중에 돈을 벌면 자신도 이런 차를 구매하겠다고 마음을 먹었다.

공항에서 숙소까지는 차로 30분 정도 걸린다.

가는 동안 최창수는 6박 7일 간의 일정을 전달 받았다.

오늘 반재현이 뉴욕까지 찾아온 이유는 계약 의견이 잘 맞지 않아, 직접 얼굴을 보고 의견을 조율하기 위함이었다.

적당히 얘기하고 끝내면 될 걸, 뭐 하러 7일이나? 순간 그 생각이 들었지만 아버지를 생각하자 7일의 여정이 이해됐다.

가게를 계약할 때도 주인과 3일에 걸친 실랑이 끝에 월세를 20만 원가량 줄인 아버지.

고작 20만원 줄이는 데에도 3일이 소요됐다.

대기업과 대기업의 거래.

계약 하나에 천문학적인 돈이 움직인다.

7일의 시간을 두고, 최대한 의견을 조율하면서, 더욱 유리한 조건으로 계약하는 게 사업가의 자세다.

통역이 필요하므로 계약 자리에도 동석한다고 했다.

'좋은 경험이 되겠어.'

당장은 자신보다 훨씬 뛰어난 사람들.

그들로부터 배울 건 셀 수도 없이 많을 거고, 이 기회에 하나라도 더 흡수해 자신의 것으로 만들기로 했다.

이번의 경험이 권력을 손에 넣을 기반이 될 지도 모르니까.

잠시 후, 호텔에 도착했다.

뉴욕의 최고급 호텔 중 하나로 손꼽히는 뉴욕 펠리스 호텔. 1박 숙박요금이 최대 250만원에 달하는 만큼, 최고의 만족도를 주기로 유명한 곳이었다.

'모텔하고는 비교도 안 되네!'

플로다가 열어준 문을 열고 호텔 로비로 들어갔다. 궁전 현관이 자신을 반겼다.

이덕민과 반재현이 안내데스크로 향했고, 신속하게 체크인을 끝냈다.

계약을 진행할 해외 임원은 오후 1시에 도착예정이라 그때까지는 여유가 있다.

최창수는 이덕민을 도와 짐을 풀었고, 최고급 호텔에서 점심을 먹었다.

'맛있어!'

코스 요리로 하나 둘 나오는 음식. 마음 같아서는 그릇째로 붙잡고 흡입하고 싶지만, 바로 앞에 반재현이 있어 차분한 태도를 유지했다.

식사를 끝내고는 곧장 방으로 향했다.

반재현과 그 경호원은 펠리스 호텔에서도 최고의 방에서 지내지만, 최창수와 이덕민은 그보다 한 단계 낮은 방에서 지내야 했다.

물론 그 방도 1박에 백만 원을 넘지만…….

"일주일 동안 같이 생활하니까, 불편한 거 있으면 언제든 말해. 나도 말할 게."

"네, 알겠어요."

짐을 풀고 창밖을 내려다봤다.

최고층이라서 바깥 풍경이 한 눈에 들어온다.

'자유로움…… 그 자체다!'

탁 트인 전경과 함께 한 눈에 들어오는 뉴욕시!

고층빌딩이 아주 가깝게 느껴지고, 고개를 숙이면 개미처럼 작아진 행인이 보인다.

"저기요, 형! 자유시간도 있긴 하죠?"

"응. 반재현 임원님도 휴식은 필요하니까. 아마도 저녁 8시쯤 되면 쉴 수 있을 거야."

"그때는 밖에 나가도 되나요?"

"호기심 가득한 얼굴이네. 좋아, 모처럼 외국인데 일만 하는 것도 재미없지. 이따가 반재현 임원님께 말씀드릴게."

저녁 8시 이후!

그 후부터는 뉴욕거리를 탐방할 수 있다.

뭘 하면 좋을지, 경험자인 이덕민에게 조언을 얻고 있자 통역하러 나오라는 경호원의 지시가 떨어졌다.

자신들의 언행조차 계약에 영향을 준다.

최창수는 미리 준비된 양복을 입었다.

"잘 어울리는데?"

"제가 봐도 그러네요."

나가기 전, 거울 앞에 섰다.

대학생이 돼서도 고등학교 때 입었던 사복을 입고 돌아다녔다. 타인의 시선에 전혀 의식하지 않으니, 가장 편한 옷만 입고 다녀도 됐으니까.

거울 속 자신은 마치 유명한 사업가처럼 보였다.

이덕민의 뒤를 따라 계약 얘기가 진행되는 방으로 향했다.

호텔 한곳에 위치한 회의장.

자리에는 반재현과 계약을 진행할 윌리스가 이미 앉아있었다.

반재현은 이덕민의 도움을 받아 두 사람을 소개했다.

둘 다 바쁜 사람이라서 회의는 빠르게 진행됐다.

이번 계약은 양측에 있어 부족한 기술을 제공해 그로 인한 금전적 이득을 추구하는 게 주 내용이었다.

반재현과 윌리스는 원활하게 계약 얘기를 나눴다.

둘 다 어떻게든 최대한 유리하게 계약을 이끌어, 하나라도 더 좋고 많은 기술을 가져오려는 모습이 보였다.

적절한 합의점을 발견하지 못해 첫 의견 조율은 불발됐다.

"말이 안 통하는 사내군."

반재현은 은근 화난 모습으로 회의장에서 나와 바로 방으로 돌아갔다.

다음 호출이 있을 때까지는 다시 자유시간이다. 두 사람도 방으로 돌아갔고, 가는 동안 최창수는 궁금한 걸 물어봤다.

"형, 아까 통역할 때요. 왜 원문을 전부 전하지 않았어요?"

대화 도중, 둘 다 감정이 격해져 말을 험하게 한 순간이 있었다.

"통역은 무조건 원문을 다 전하는 데에만 힘쓰는 게 아니야. 최대한 호의적으로 번역해서 상대에게 전하는데 의미가 있지. 이번 자리에서는 그게 더욱 필요하고."

"아, 과연……."

한 가지 좋은 걸 배우게 됐다.

'역시, 이런데서 경험의 차이가 드러나는구나.'

다시 한 번 보조 통역사 신청하길 잘했다는 생각이 들었다.

그 후, 자잘한 일을 제외하고는 반재현의 호출은 없었다. 이덕민에게 통역사를 하면서 있던 이런저런 경험담을 듣고 있자 금세 8시가 됐다.

"반재현 임원님의 외출허가가 떨어졌어. 난 따로 처리해야 할 일이 있어서 못 따라가겠지만…… 그 편이 더 편하겠지?"

"네!"

"그래, 12시 전에만 들어오면 되니까. 뉴욕의 밤거리를 만끽하고 와."

허락이 떨어지기가 무섭게 최창수는 바로 호텔 밖으로 뛰쳐나갔다.

"뉴욕의 밤이다!"

분명히 아침에 한 번 봤던 풍경인데, 해가 저문 밤에 보니 느낌이 확 바뀌었다.

주변을 형형색색으로 물든 네온사인과 낮보다 더 자유분방하게 변한 행인들.

눈에 띄는 옷차림, 길거리에서 자유분방하게 다녀도 아무도 신경 쓰지 않는 그 모습이 신기하게 다가왔다.

대한민국은 워낙 타인의 평가를 중시하니까…….

최창수는 마치 뉴욕의 일부가 된 듯 자유롭게 거리를 누볐다.

여행자금으로 어느 정도 돈도 받았기에 먹고 싶은 게 있으면 사 먹었고, 기념품이 될 만한 물건도 몇 개 구입했다.

그 과정에서의 대화?

당연히 완벽 그 자체였다.

뉴욕에서 나고 자란 사람처럼 대화를 이끌어갔다.

워낙 친화력이 좋은 최창수는 영화에서 배운 미국식 조크까지 사용하며 상점가 주민들과 대화를 나눴고, 서비스까지 받아냈다.

한참을 걸어 도착한 분수대 근처에는 버스킹도 적잖게 보였다.

'여기는 홍대와 비슷하네.'

눈을 감으면 사방에 울려 퍼지는 음악이 하나 둘 귓가로 다가와 흥을 돋웠다.

'내가 저거보다는 잘하겠다!'

분위기에 취해 용감해졌기 때문일까!

딱 봐도 취미 그 이상 그 이하도 아닌 버스킹이 존재했고, 당연히 사람은 없었다.

"괜찮으면 제가 한 번 쳐봐도 될까요?"

그 용기가 최창수에게 행동력을 불어넣었다.

외국인은 웃으면서 기타와 자리를 양보했고, 머지 않아 두 눈이 휘둥그레졌다.

"She said: "I don't want to suffer again. Life has already been hard with me, And I don't want to feel the same anymore. (그녀가 말했어. 난 더 이상 고통 받고 싶지 않아. 이미 충분히 힘든 삶이야. 더는 힘들고 싶지 않아.)"

곡명은 Bes Nine의 Feel alive.

감미로운 목소리로 자신 있게 부르는 게 포인트인 곡이다.

최창수는 자연스럽게 그 곡을 소화했다.

노래는 다년간의 연습으로 제법 훌륭했지만, 기타는 4년 정도 만지고 그만둔 지 오래라서 완벽하게 치지는 못했다.

대신, 어떻게 치면 좀 더 아름답게 들리고 잘 해 보이는지 그 포인트를 알고 있어 행인은 모든 게 완벽하다 생각했다.

아름다운 노래와 은은한 기타선율.

동시에 운수 대통령이 안겨다 준 행운 덕분에 최창수 주변에는 순식간에 사람이 몰렸다.

한 사람 한 사람의 시선.

타인이, 그것도 먼 나라의 이웃이 자신의 노래를 즐기고 있다.

그 사실에 가슴이 벅차올랐고, 한 곡만 부르려던 노래가 어느 사이 다섯 곡에 접어들었다.

"However I feel alive for the first time. I've never been so good. Life is nice to me. (하지만 내 생애에 처음으로 살아 있는 기분을 느껴. 이렇게 까지 좋은 적은 없었어. 인생은 정말 멋지구나.)"

슬슬 돌아갈 시간이 가까워졌다.

마지막으로 첫 곡을 다시 부르고 최창수는 유유히 자리를 떴다.

'얼떨결에 돈 벌었네.'

버스킹이 끝나고, 관객들이 기타 케이스에 돈을 넣었다. 그 돈은 당연히 최창수의 것. 받을 생각이 없어 기타 주인에게 전부 주려고 했다.

하지만 기타 주인은 그럴 수 없다며 80%를 최창수에게 넘겼다.

한국 돈으로 환전하면 20만 원가량의 돈이다.

'즐겁다.'

호텔에 들어가기 전.

최창수는 뒤를 돌아 자신이 걸어온 길을 바라봤다.

'이 즐거움이 아직 6일이나 남았어!'

어서 내일이 오기를 바랐다.

· · · ◈ · · ·

다음 날.

오늘은 월리스가 일이 있어서 회의가 저녁 쯤에 이뤄진다. 그때까지 최창수는 이덕민과 함께 방에서 대기를 했고, 간간히 호출을 당했다.

"형, 아직도 속 안 좋아요?"

양복을 입은 최창수는 시간을 확인했다.

6시 55분.

7시까지 회의장으로 가야 하건만, 이덕민은 30분 전에 화장실에 들어가 여태 나올 생각을 안 하고 있다.

"아까 뭘 잘못 먹었나. 왜 자꾸…… 으윽!"

"어떡해요. 조금 늦는다고 전할까요?"

"아, 안 돼……. 얼마나 바쁜 분들인데, 시간을 뺏을 수는 없지. 금방 나갈게."

최대한 속에 있는 걸 다 털어낸 이덕민이 화장실에서 나왔다. 사경을 헤맨 듯한 얼굴이다.

남은 시간은 3분.

두 사람은 바로 회의장으로 달려갔고, 절반 정도 남았을 때 갑작스레 이덕민이 걸음을 멈췄다.

"형?"

"아, 으아아……."

두 다리를 비비 꼬며 상체를 숙인 이덕민.

딱 봐도 큰 신호가 왔다는 게 보였다.

"차, 창수야……."

"네."

"나…… 진짜 죽을 거 같아. 너한테 맡겨도 되겠니……."

"통역이요?"

"응, 으윽! 무, 무리다! 최대한 빨리 갈 테니까 나 없는 동안 잘 부탁할게!"

이덕민이 거북이처럼 느릿느릿 후진하며 근처 화장실로 들어갔다.

홀로 남겨진 최창수.

그의 입가에 승기가 찾아왔다.

'통역이다!'

이덕민에게 통역의 기초와 노하우를 어제 전수받았다.

'충분히 할 수 있어! 아니, 완벽하게 해내겠어!'

최창수는 바로 회의장으로 향했다.

다행히도 제 시간에 딱 맞춰 도착할 수 있었다.

"이덕민 씨는 어디 있죠?"

반재현이 물었다.

그를 향해 최창수가 자신감 넘치게 답했다.

"속이 안 좋아서 잠시 화장실에 갔습니다. 통역은 제가 대신 해드릴 테니 걱정하지 마세요!"

· · · ◈ · · ·

갑작스런 전문 통역사 이덕민의 부재.

'과연 이 학생이 잘 할 수 있을까?'

반재현은 예전 일을 떠올렸다. 이와 비슷한 경우도 한 번 있었으니까. 그때도 최강대 학생이 보조 통역사였는데, 워낙 긴장을 많이 해서 원활한 의사소통이 원활하지 못했다.

결국 전문 통역사가 돌아올 때까지 회의를 잠시 멈췄게 됐다.

'흠. 하지만 박철대 이사장님이 강력 추천한 학생이기도 하고.'

박철대는 말했었다.

이 학생은 다른 학생들하고는 차원이 다를 학생이니까 곁에 두면 든든할 거라고.

'칭찬에 인색한 박철대 이사장님이 그 정도로 말 한 학생이라면, 뭔가 남다른 점이 있겠지.'

30분 후면 윌리스는 자리를 뜬다.

여기서는 최창수를 믿어야만 한다.

"잘 부탁드립니다, 최창수 학생."

"네. 완벽하게 해내겠습니다."

회의가 바로 시작됐다.

최창수는 둘의 대화에 귀를 기울이며, 최대한 서로에게 호감을 가질 수 있도록 원문을 조금씩 바꿔 얘기를 전했다.

'잘 되어야 해.'

자신의 통역, 그리고 회의 결과를 향한 바람이었다.

회의는 일주일 동안 총 네 번 진행된다.

오늘은 두 번째 회의.

마지막까지 의견조율에 실패하면 계약 자체가 무산될지도 모른다.

이덕민에게 들었기에 그 사실을 알고 있는 최창수.

통역을 하는 틈틈이 운수 대통령을 확인했다.

〈행운의 아이템: 검은 뿔테안경〉
〈행운의 색깔 : 짙은 푸른색〉
〈행운의 장소 : 방음이 완벽한 실내〉

'내 운이 주변에 영향을 끼칠 지도 몰라!'
당장 달성할 수 있는 조건을 확인했다.
"죄송한데요, 경호원 아저씨. 안경 좀 빌려주실래요?"
"안경이요? 여기 있습니다."
"감사합니다."
이걸로 첫 번째는 달성. 두 번째로 장소도 달성했다.
'중요한 얘기가 오가는 회의장이니 방음은 어지간한 곳
보다 뛰어나지.'
마지막으로 짙은 푸른색.
창밖을 바라봤다.
구름 한 점 없는 맑은 하늘은 푸름 그 자체다.
그 하늘이 조건으로 충족이 됐길 바라며 다시 통역에 집
중했다.
"이봐요, 월리스 임원님. 잘 생각해봅시다. 그쪽 회사의
기술은 3년이 지났지만, 저희 기술은 개발된 지 1년 밖에
안 됐습니다. 최첨단 기술과 구시대 기술을 서로 교환하면
저희가 손해 보는 건 당연하지 않습니까? 그래서 기술을

하나 더 달라는 겁니다. 경제적 가치는 저희 기술 하나와, 월리스 임원님의 기술 두 개랑 비슷합니다."

"그 구시대 기술을 원한다고 먼저 얘기를 꺼낸 건 반재현 임원님의 회사 아니었습니까?"

"일주일 만에 계약 초안은 먼저 보여준 건 월리스 임원님의 회사입니다."

대화 내용으로 보아 둘 다 서로의 기술을 원하는 모양이었다. 때문에 의견을 계속 조율하려는 것.

'조금만 방향을 틀면 원만하게 해결될 거 같은데?'

한 쪽은 기술을 하나라도 더 받아가려고, 한 쪽은 공평하게 1:1 교환을 하려고.

솔직히 반재현 쪽이 욕심을 부리는 상황이지만, 여기서는 반재현 편을 들어줘야 했다.

"하아……."

회의 종료까지 10분을 남기고, 월리스가 잠시 화장실에 갔다.

회의장에는 최창수와 반재현, 그리고 경호원이 전부였다.

"외국인 놈! 도통 말이 통하지 않는군!"

조금만 양보하면 해결될 문제, 가장 근본적인 이유는 자신에게 있건만 반재현은 분노를 주체하지 못했다.

그런 그에게 최창수가 조심스레 말했다.

"반재현 임원님. 정말 죄송한데 의견을 하나 말해도 될까요?"

"뭐죠?"

"정공법으로 아무리 부딪혀봤자 얘기가 안 통하잖아요? 반재현 임원님이 좋게 말하는데도 알아듣지 못하는 월리스 씨가 저도 답답하네요. 그래서 말인데요. 조금 멀리 돌아가는 방법은 어떨까요?"

"멀리 돌아간다?"

최창수는 통역 내내 생각했던 걸 설명했다.

"철강산업은 엄청난 힘을 가진 대기업이잖아요. 게다가 반재현 임원님! 제가 알기로는 꾸준히 현장에 방문해 상황을 지켜보실 정도로 열정적인 분입니다. 당장 눈앞에 이익만 쫓지 말고, 더욱 커다란 미래의 이득을 쫓는 것도 때로는 현명한 방법이 아닐까요?"

그 말에.

반재현은 깨달음을 얻었다.

'그래, 확실히…… 유리한 계약체결에만 눈이 돌아가 있었지.'

뜨거웠던 머리가 조금씩 차분해졌다.

잠시 후.

월리스가 돌아오고 회의는 다시 시작됐다.

"월리스 임원님."

반재현이 말했다.

"계약에 있어, 다른 길을 제시하고자 합니다."

반재현은 최창수에게 들은 말을 조금만 더 자신에게 유

리하게 고쳐서 월리스에게 전했다.

내용은 간단했다.

우선은 1:1 교환을 하자. 대신, 1년 안에 우리가 그쪽의 기술로 새로운 뭔가를 만들면 그때는 이번에 물 건너간 다른 기술을 하나 더 줘라.

그게 전부였다.

'월리스가 받아들인다면 이 승부는 당연히 우리가 이긴 거지.'

철강산업이 3D업종으로 빠르게 성장한 이유는 열정 넘치는 직원이 가득했기 때문이다. 그만큼 대우가 좋으니 그들도 해고당하지 않으려고 열심히 일하니까.

그와 반대로 월리스도 이 조건이 마음에 들었다.

'그 기술은 우리도 손을 놓았어. 어떤 점이 한국 기업의 마음을 끌었는지는 몰라도, 1:1 교환이면 우리가 이득이지.'

서로의 이해관계가 맞아떨어졌다.

2차 회의는 여기서 종료.

나머지 이틀에 걸쳐 이 조건으로 얘기를 다시 진행하기로 했다.

"느, 늦어서 죄송합니다!"

월리스가 나가고, 얼마 있지 않아 이덕민이 회의장에 들어왔다.

"소, 속이 완전 뒤집어져서…… 회의……. 끝났습니까?"

"최창수 학생이 옆에서 잘 해줬으니 걱정하지 않으셔도 됩니다. 이봐요, 경호원. 혹시 모르니 이덕민 통역사님을 근처 병원에 데려가주세요."

"네, 알겠습니다."

경호원이 이덕민과 함께 밖으로 나갔다.

"최창수 학생은 잠시 제 방으로 와주세요."

"네, 알겠습니다."

반재현의 뒤를 따라 그의 방으로 향했다.

자신의 방도 충분히 좋건만, 그보다 몇 배는 더 넓고 고급스러운 방이 자신을 반겼다.

"박철대 이사장님이 최창수 학생을 보낼 때 뭐라고 하신 줄 아십니까?"

"잘 모르겠네요."

"아주 훌륭한 학생이라고 침이 마르도록 칭찬을 했습니다. 처음에는 저번에 저희 기업에 끼친 실수를 만회하려고 과장을 보탠 줄 알았더니, 오늘 보니 꼭 그런 것만은 아니었군요."

반재현이 최창수를 바라봤다.

그리고 다시 한 번 그의 인상을 살폈다.

첫 인상은 자신감이 넘치는, 하지만 조금은 철없어 보이는 대학생이었다.

하지만 지금은 아니었다.

넘치는 자신감에는 마땅한 이유가 있어보였고, 남들은

함부로 말도 못 붙이는 자신에게 당당히 의견까지 피력했다.

'보통 물건이 아니야.'

만약 그 자리가 면접이었다면?

고민 없이 바로 최창수를 채용했을 거다. 그것도 평사원이 아닌 제대로 된 직급과 같이.

"최창수 학생은 이제 1학년이었지요? 먼 얘기긴 하지만, 괜찮다면 졸업 후 철강산업에 입사하지 않겠습니까?"

"제가요?"

"네. 이번 계약이 잘 체결되면, 제가 최창수 학생이 앉을 자리 하나를 만들어보겠습니다. 제 능력이면 그 정도는 우습죠. 사회인으로서 첫 연봉으로 5천만 원을 받아보고 싶지 않습니까?"

A&T학원에서 제시 받은 게 연봉 4800만원.

철강산업은 그보다 약간 더 높은 5천만 원을 제시했다.

사회 초년생의 평균 연봉이 1500만원인 걸 생각하면 두 곳 다 엄청난 금액이었다.

'내가 마음에 들었나보네.'

그러지 않고서야 이런 파격적인 제안을 할 리가 없다.

하지만 상대방은 뛰어난 사업가이면서도 대기업 임원. 단순히 마음에 들었다고 이 정도 제안을 할 리가 만무하다.

'이 학생은 직접 데리고 있어야 할 거 같군.'

어젯밤.

반재현은 잠이 오지 않아, 시간이나 때울 겸 박철대로부터 받은 최창수의 프로필을 살폈다.

폭발적으로 상승한 성적도, 뛰어난 경력도, 첫 문장부터 눈길을 사로잡는 자기소개서도.

일개 고등학생이 가능한 수준을 월등히 뛰어넘었었다.

그걸로도 충분히 흥미가 돋건만, 오랜 사회생활로 갈고 닦은 인재를 파악하는 능력이 최창수를 바라보고 있었다.

현재 철강산업에서 중요한 기술을 만들어 낸 직원들도 전부 그가 직접 스카우트해서 기른 사람들.

그러다 보니 면접장에서 그의 별명은 '인재판별기'였다.

첫 인상만 봐도 될 놈인지 아닌 지 판별해서 붙여진 이름이었고, 실제로 그가 뽑자고 한 직원은 괜찮았던 반면 그가 뽑으면 안 된다 했음에도 뽑힌 직원은 1년도 버티지 못하고 해고당했다.

그 정도의 인간이 아까 전 최창수로부터 범상치 않은 인상을 받았다.

"대답은 당장 안 해도 괜찮습니다. 제 연락처를 드릴 테니, 졸업 전까지만 대답해주시면 됩니다. 그리고 개인적으로 통역사 일거리도 드리고 싶습니다만."

"그럼 저야 감사하죠! 정말 감사합니다. 반재현 임원님의 호의는 신중하게 생각해볼게요."

"너무 부담 갖지 마세요."

싫다고 하면 돈으로라도 매수할 생각이 가득했다.

반재현은 좀 더 최창수를 알고 싶어서 이런저런 질문을 했다.

물론 아무 질문이나 건넨 건 아니었다.

면접을 하듯, 최창수라는 인간의 내면을 건드리는 질문이었고 최창수는 하나도 빠짐없이 솔직하게 대답했다.

솔직하면 조금은 마음에 안 드는 부분도 있어야 하건만.

대답을 들으면 들을수록 마음에 들었다.

얘기가 무르익었을 때쯤, 이덕민이 가벼운 식중독에 걸렸다는 경호원의 전화가 왔다.

지금은 치료를 받아서 더 이상 문제가 없으니 돌아가겠다는 경호원의 말에, 반재현은 오늘 점심은 밖에서 할 거니 병원에서 기다리라 말했다.

"자, 갑시다."

"네."

반재현의 뒤를 따르는 최창수.

그는 속으로 쾌재를 불렀다.

'역시 난 운도 실력도 전부 좋아!'

행운의 조건을 달성했기에 반재현이 자신의 말에 귀를 기울였다 생각했다.

그 뒤에 일은 전부 자신의 실력이 이뤄낸 결과물이었다.

'반재현 마음도 사로잡았겠다, 이번 여행은 성공 그 자체네. 나머지 시간은 여유롭게 보내면 되겠어.'

바람을 쐬고 싶다는 반재현의 말에 의해 도보로 병원까지 가기로 했다.

"신호가 곧 붉은색으로 바뀌니 조금 빨리 건너는 게 좋을 거 같습니다, 반재현 임원님."

"그러죠."

하지만 다 건너기 전에 신호가 붉게 변했다.

그리고 그때.

부우웅!

근처에 있던 현대차가 갑자기 급발진을 했다.

"이사님!"

그를 경호하던 경호원이 급히 소리쳤다. 하지만 뛰어들기에는 다소 늦은 상황, 그럼에도 경호원이기에 최대한 반재현 이사를 구하려고 했다.

그때.

경호원보다 더욱 빨리 움직인 사내가 한 명 있었다.

"비키세요!"

최창수였다.

엄청난 속도로 달린 최창수가 몸을 던지면서 반재현을 낚아챘다. 바닥을 구르는 두 사람. 오랜만에 느끼는 고통에 반재현은 몸을 일으키지 못했지만, 최창수는 그럴 새도 없이 바로 주변을 살폈다.

"차는?!"

도로를 바라봤다.

급발진했던 차량.

이미 저 멀리 도망간 뒤였다.

"개새끼…… 사과 한 마디도 없이 도망가다니."

마음 같아서는 근처 택시라도 붙잡아 바로 차를 뒤쫓고
싶었다. 하지만 지금은 반재현의 상태를 확인하는 게 먼저
였다.

"으……."

다행히도 의식이 있는 반재현, 상처도 볼에 작은 철과상
이 전부였다.

그가 천천히 몸을 일으켰다.

그리고 아까 있던 일에 소름이 확 끼쳤다.

'하마터면…… 큰일이 날 뻔 했군.'

죽음이 코앞까지 다가왔다는 게 이런 건가 싶었다.

"괜찮으세요, 반재현 이사님?"

"좀 쓰라린 거 말고는 괜찮습니다. 최창수 학생은……."

"저도 괜찮습니다."

그의 걱정을 덜기 위해서 최창수가 활짝 웃으며 브이자
를 그렸다.

"전 운이 좋거든요!"

위급했던 상황에서 흔들림 없이 바로 바뀌는 감정변화.

'아직 어린 친구가 배려심이 참 대단하군…….'

최창수.

기대를 훨씬 뛰어넘는 학생이었다.

••• ◈ •••

일주일의 여정이 끝나고 한국으로 돌아왔다.

"괜찮아?"

이번에는 멀미가 심해 화장실까지 갔다 온 최창수의 등을 이덕민이 두들겼다.

"아…… 바람 쐬니까 한결 낫네요."

극심한 멀미로 비행기 화장실을 제 집처럼 드나들었던 최창수. 착륙 직전에는 속이 뒤집어질 거 같아서 창문을 열고 뛰어내리고 싶을 정도였다.

'순식간에 일주일이 지나갔네.'

창밖을 바라봤다.

자신이 타고 돌아온 비행기와 출국 준비 중인 또 다른 비행기가 보인다.

'첫 해외여행…… 성공 그 자체였어!'

지난 일주일간 쌓인 기억을 떠올렸다.

휴식시간 때마다 틈틈이 뉴욕을 구경했고, 그곳에서 버스킹을 하는 외국인 친구도 사귀었다. 덕분에 매일 밤마다 30분에서 1시간 씩 함께 노래를 불렀다.

철강산업 계약 문제도 최창수의 아이디어 덕분에 원만하게 해결이 됐다. 큰 공로라서 이번 얘기는 철강산업 회장에게까지 전달이 될 예정이다.

대학 정문까지 바래다준다는 반재현의 호의를 받아 차에

올라탔다.

"최창수 학생."

대학가에 접어들었을 때, 반재현이 말했다.

"앞으로의 예정이 어떻게 됩니까?"

"음, 글쎄요……. 정확하지는 않지만, 할 수 있는 일은 전부 다 해보려고요. 젊을 때 많은 경험을 하면서 추억을 쌓아야죠."

실제로 최창수에게는 그만큼의 능력과 기반이 있다.

마침내 대학 정문에 도착했다.

국내에서 흔히 보지 못할 차가 나타나니 근처에 있던 학생들의 발걸음이 멈췄다.

그리고 그곳에서 나오는 최창수!

신입생들은 대게 그의 얼굴을 알고 있었다.

"뭐야, 쟤 왜 저런 차에서 내려?"

"집안도 엄청 잘 사나 봐."

"헉! 저 사람, 반재현 임원 아니야? 뭐야, 뭐가 어떻게 된 일이야?"

학생들의 수군거림이 시끄러웠다.

"바쁘실 텐데 데려다주셔서 감사합니다."

"아닙니다, 이 정도로 뭘. 참, 이건 제 명함입니다."

반재현이 명함을 건넸다.

아무나 받을 수 없는 대기업 임원의 명함!

그 가치는 최창수도 충분히 알고 있었다.

"행복하게 살아가려면 받음만큼 돌려줘야지요. 그게 제 인생 모토기도 합니다. 힘든 일이 있거나, 철강산업에 관심이 생기면 언제든 연락해도 됩니다."

"헉! 알겠습니다."

"그럼 전 이만 가보겠습니다."

반재현이 문을 닫자, 차가 움직이려 했다. 그때 갑작스레 멈추더니 창문이 살짝 열렸다.

그 너머로 보이는 반재현의 두 눈.

그가 말했다.

"전 최창수 학생을 눈여겨보고 있습니다. 훌륭하게 성장하길 기대합니다."

그 말만 남기고 반재현은 회사로 돌아갔다.

복귀하면 우선 이사장실로 오라는 박철대의 말이 있어 발걸음을 옮기려 했다.

그때 같은 과 혹은 모르는 학생들이 최창수에게 달려들어 반재현과의 관계를 물었다.

최강대에 입학한 결정적인 이유는 든든한 인맥을 만들기 위함이니까.

물론 그마저도 졸업 직전에야 만들기 일쑤고, 달랑 졸업장만 갖고 졸업하는 학생도 적지 않다.

그런데 이제 1학년인 그가 벌써부터 반재현 정도의 인물과 안면을 트고 명함까지 받았으니, 질투와 부러움을 받는 건 당연했다.

"보조 통역사로 함께 뉴욕에 갔었어. 거기서 조금 도움을 드렸는데…… 내가 마음에 들었나 봐. 바쁘니까 이만 간다!"

굶주린 좀비처럼 몰려든 학생들을 겨우 뿌리치고 이사장실로 달려갔다.

그의 뒷모습을 보면서, 학생들은 최창수와 친해지면 앞으로가 든든할 거 같다 생각했다.

학생들을 피해 도망친 최창수.

벌써 이사장실에 도착해 있었다.

"처음 밟아본 낯선 타지는 어때, 즐겁더냐?"

"덕분에 잘 즐기고 왔네요."

다른 학생이 이런 식으로 말했다면, 정말 놀고만 왔냐고 비아냥거렸을 거다. 실제로 보조 통역사로서 여행만 즐기고 온 학생들이 수두룩했으니까.

하지만 최창수는 아니었다.

'설마 이 정도로 일을 잘 하고 올 줄은 몰랐는데 말이지.'

계약이 성사된 그 날.

박철대는 반재현으로부터 한 통의 전화를 받았다.

최창수 덕분에 계약이 잘 해결됐다는 말, 그리고 그가 통역사로서도 아주 잘 해줬다는 말.

놀 때는 확실하게 놀고, 할 때는 완벽하게 해내는 최창수의 칭찬을 듣느라 30분이나 전화기를 붙잡고 있어야 했다.

"반재현 임원에게 눈도장을 확실하게 찍은 모양이구나."

"끝내주게 찍었죠. 명함까지 받았어요."

"허허! 최강대에 물건이 하나 들어왔구먼. 역시, 형문이 그 놈은 사람 보는 눈이 없어서 안 돼. 돈 욕심만 많고."

"형문이라면…… 서형문 교수를 말하는 건가요?"

"그래. 너 면접 보는 날, 걔가 뭐라 한 줄 알아? 버르장머리 없다고 불합격 시키자 했다. 미친놈, 말도 안 되는 소리지."

서형문을 계속 욕하면서 박철대가 서랍을 뒤졌다. 그리고 흰 봉투 하나를 꺼냈다.

"원래 보조 통역사는 경력과 경험을 쌓고, 잘 되면 고위급 임원과 친해지라고 만든 거다. 대학에서 경비까지 지원해주니 당연히 급여는 없지. 이건 철강산업에서 주는 거여."

박철대가 봉투를 가볍게 던졌고, 최창수는 가볍게 낚아채 금액을 확인했다.

'헉! 이, 이게 뭐야!'

두 장의 종이. 생전 처음 보는 100만 원짜리 수표 한 장과 50만 원짜리 수표 한 장이었다.

"앞으로도 이렇게만 하거라. 그럼 거물이 될 테니."

"거물……."

지금은 단순한 대학생이지만, 나이를 먹어 높은 곳에 선 자신을 떠올려봤다.

나쁘지 않았지만, 만족스럽지도 않았다.

"거물이라뇨."

단순히 높은 곳으로는 만족 못한다.

"세상을 잡아 삼켜야죠. 전 천재니까요."

무조건 정상!

그 밑은 생각도 안 하기로 했다.

"훗, 젊어서 패기는 좋군. 이제 가보거라."

"예, 수고하세요."

이사장실에서 나와 우선은 집으로 돌아가기로 했다. 오늘까지는 모든 수업이 출석처리 되니까.

'이야호! 여행도 가고, 반재현과도 친해지고, 거기에 급여까지! 완전 꿀 빨고 왔네.'

게다가 이번 일로 반재현은 자신을 통역사로 쓸 의사까지 보였다.

'돈 한 푼 안들이고 이곳저곳 놀러 다니겠네.'

웃음이 절로 나왔고 두 다리는 너무나도 가벼웠다. 마치 지금이라도 모든 걸 용서할 수 있을 것만 같은 마음.

하지만 그 마음으로도 용서할 수 없는 사람이 존재했다.

"벌써 귀국 날인가."

잠시 볼 일을 보러 들른 화장실.

서형문과 마주쳤다.

"평생 미국에서 눌러 살았으면 좋았을 텐데, 아쉽게 됐구나."

"오랜만에 본 학생에게 바로 비난이라니, 여전히 존경할 만한 인물은 아니시네요."

"이 정도가 비난이라. 내 앞에서 정말 호되게 깨진 학생을 아직 못 본 모양이군."

"거 대단하십니다."

흐르는 물에 손을 닦고, 바지에 대충 슥슥 닦았다. 그리고 서형문을 노려봤다.

언제 봐도 재수 없는 그의 얼굴, 인상이 확 찌푸려졌다.

"절 불합격시키려 했다면서요?"

"…… 이사장님이 말했나?"

"그분 말고 당신보다 교수 짬밥 있는 사람이 있나요? 제가 얼마나 무서웠으면 아예 눈 밖에서 추방시키려 했죠?"

"기어오르지 마라, 똥이 무서워서 피하는 줄 아느냐? 똥은 더러워서 피하는 거란다."

"그 똥이 평생 미국에 있길 바랐다니, 이제 슬슬 무서워지나 보네요?"

도발에 이은 도발.

서형문은 입을 꽉 다물었다.

"내가 그 날 말했었죠? 당신처럼 권력이나 휘두르면서 좋아하는 사람 무너트리겠다고. 뿌리를 뽑을 그 날까지 전 한국에 있을 겁니다. 무서우면 제가 힘을 다 기르기 전에 먼저 미국으로 떠나세요."

"…… 정말 버르장머리가 없구나."

"나이가 벼슬은 아니죠."

"흠. 어디 한 번 해보거라."

그 말만 남기고 서형문이 좌변기 칸에 들어갔다. 그걸 보면서 최창수가 혀를 찼다.

"쳇. 구자용이 이럴 때 휴지를 다 버렸어야 했는데."

· · · ◈ · · ·

일주일 만에 돌아온 자취방.

초민아가 사준 방향제 덕분에 좋은 향기가 가득했다.

"으아! 역시 내 집이 제일 편하네!"

옷도 안 갈아입고 침대에 드러누웠다.

샤워를 할까 했지만, 장시간의 비행에 지쳐 우선은 눈을 붙이기로 했다.

우우웅.

잠에 빠질 때쯤, 휴대폰이 진동했다.

'모르는 번호인데…… 누구지?'

일단은 받아보기로 했다.

"누구세요?"

"최창수 휴대폰 맞나요?"

허스키한 여성의 목소리. 잊으려야 잊을 수 없는 그 목소리에 바로 상대방을 알아차렸다.

"너…… 소율이냐?"

"헉! 우예 알았노?"

"목소리 들으면 다 알지! 이야, 오랜만이다. 휴대폰 산 걸 보니 서울 올라왔나 봐?"

"서울이야 창수 너 가고 다음 날 바로 올라갔제!"

"진짜?"

본가로 돌아오고, 일주일은 신소율의 연락만 기다렸다. 잘 왔나 걱정이 됐으니까.

"바로 연락하지. 한 달이나 사람 걱정시키냐."

"헤히, 그게 말이다~ 내 분명 창수 네 번호 적힌 종이를 챙겼거든! 근데 실수로 세탁기에 돌려서 완전 걸레짝이 됐지 뭐야!"

"……그럼 전화는 어떻게 했어?"

"010-1111-1111부터 숫자 하나씩 올리면서 다 전화해봤다! 그러더니 한 달이나 걸리더라고?"

"……어떤 의미로는 니도 참 대단하다."

"응?"

"아냐, 아무것도. 그보다 지금 집이냐? 안 바쁘면 나와, 밥 사줄게."

"헉! 진짜가?! 서울 물가 으마으마하게 비싸던데, 창수 부자가?"

"아무렴 너보다는 부자겠지. 정확히 서울 어디 살아?"

"강남!"

"부자는 네가 더 부자네!"

"아이다, 아이다. 우리 형편 넉넉해질 때까지 친척이 공짜로 빌려준 거지, 우리 집은 아이다."

"……그래? 흠흠, 알겠어. 지금 출발할게, 도착하기 전에 연락할 테니까 역으로 나와있어."

"응! 예쁘게 꾸며야겠네!"

활기찬 그녀의 목소리를 듣고 바로 고시원에서 나와 역으로 향했다.

'서울에 사니 이게 좋구나.'

천안에서 수도권으로 올라가려면 최소 1시간 30분이 걸린다. 하지만 서울에 거주하니 어디든지 30분 내외로 해결이 됐다.

드디어 도착한 강남.

바로 신소율에게 전화를 걸었다.

"너 어디야?"

"나 거의 다 도착했어! 아, 창수 너 보인다! 왼쪽 봐, 왼쪽!"

왼쪽으로 고개를 돌렸다.

그러자 신소율이 보였는데…… 한 달 사이에 어떤 변화가 있었는지 호기심이 피어올랐다.

"창수야! 아이고, 우리 창수 진짜 오랜만이네!"

단걸음에 달려온 신소율이 바로 최창수의 품에 매달렸다. 예전에는 짙은 시골의 냄새가 났는데, 지금은 달콤한 향수향이 코를 찔렀다.

"너, 벌써 서울물 들었냐?"

신소율을 때놓고 천천히 그녀를 훑어봤다.

저번에 봤을 때는 대충 집에 굴러다니던 거나 입은 차림이었는데, 지금은 본인의 스타일을 몇 배는 더 잘 살린 보이쉬한 차림새를 하고 있다.

"히히, 창수 네가 보기에도 잘 어울리노?"

"잘 어울리는 정도가 아닌데?"

주변을 훑어봤다.

몇 몇 남자들의 시선이, 그보다 더 많은 여자들의 시선이 신소율에게 꽂힌다.

"후후, 역시 부모님이나 그 사람들보다 창수 니한테 받는 칭찬이 더 좋네!"

"그 사람들?"

"응!"

그의 질문에 신소율이 활짝 웃었다.

"내 스폰서 생겼데이!"

송근태 현대 판타지 장편소설

다섯 번째 이야기
모델 뺨 치는데?

운수 대통령

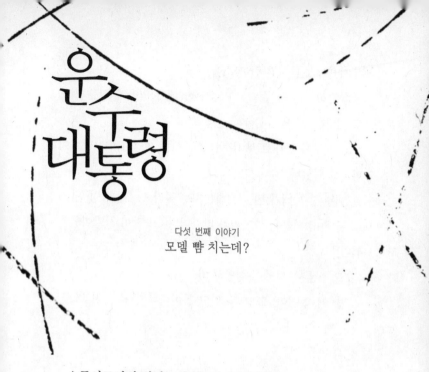

운수
대통령

다섯 번째 이야기
모델 뺨 치는데?

스폰서로서의 의미는 총 두 가지가 있다.

하나는 광고를 부탁하는 대신 페이를 지급하는 긍정적인 스폰서.

또 하나는 개인적인 관계를 가지는 대신, 페이를 지급해 주는 부정적인 스폰서.

전자라면 경사스러운 일이지만, 후자라면 지금 당장 신소율을 설득하고 그 스폰서라는 놈을 잡아서 다시는 그따위 짓거리 못하게 만들 생각이었다.

"야, 자세히 말해 봐. 스폰서라니. 이상한 거 아니지?"

"이상한 거? 스폰서도 좋고 나쁜 게 있노?"

"아, 그게 말이다……."

시골에서 나고 자란 신소율.

솔직히 이만큼 순박하고 순진한 애가 있을까 싶을 정도로 깨끗한 친구다.

그 친구를 상대로 부정적인 스폰서를 설명하자니 말문이 턱하고 막혔다.

"마~ 창수 네가 뭘 걱정하는지는 몰라도~ 내 걱정 안 해도 된데이! 서울은 일거리가 많다더니, 그 말이 참말이었지 뭐냐!"

"그 스폰서, 자세히 설명해 봐."

"별 거 없데이. 그냥 옷 입고 돌아다니거나, 사진 몇 장 찍는 게 끝이다."

"사진?"

그 말에 우선 불안함을 눈 녹듯이 사라졌다.

"서울 올라와서 며칠 안 됐을 기다. 길 잃어버려서 헤매다가, 사람이 딥따 많은 곳까지 와버렸지 뭐야! 곤란해서 어버버 거리고 있는데 말끔하게 차려 입은 남자가 오더라고."

"그래서, 그 놈이 어쨌는데?"

"모델 해볼 생각 없냐 물어보더라고."

"……모델?"

"처음에는 내 까짓게 뭔 모델이냐고 손사래 쳤는데, 스포츠 용품 모델로는 딱 일거리고 허리까지 숙이는데~ 아유, 남세스러워서 우선 알았다 했지."

그녀는 설명을 계속 이어갔다.

모델 제의를 받고, 우선은 사진 몇 장 찍어보자며 프로듀서를 따라 근처 스튜디오에 도착해서 바로 옷을 갈아입고 무대 위에 올라섰었다.

워낙 낯부끄러움이 없는 그녀는 처음인데도 불구하고 자연스럽게 촬영을 즐겼다고 했다.

스포츠 모델로서 중요한 보이쉬한 외모, 그보다 더 중요한 자연스러움까지 갖춘 신소율.

부모님과 상의 끝에 해당 회사 모델로서 계약을 맺었다고 했다.

보통은 이미지 마케팅 때문에 연예인이나 비싼 모델을 쓰지만, 발돋움 한 지 몇 년 안 된 중소기업이라서 일반인에 가까운 신소율을 모델로 발탁한 것이었다.

"제품이 새로 나올 때마다 사진 몇 장 찍고 백만 원씩 받게 됐는데~ 돈 벌기 이리 쉬운 줄 알았으면 농사 접고 진작 서울 올라올 걸 그랬다~"

"그 옷도 거기서 준 거야?"

"응! 동맹 맺은 회사? 어쨌든 자기 회사 많이 도와주는 곳에서 내 사진이 마음에 들었는지, 스폰 해준다면서 옷을 한 박스 보내더라고!"

얘기를 하면서 기분이 좋아졌는지 신소율이 한 바퀴 빙글 돌아서고 멈췄다.

"꾸미는 게 이리도 재밌는 줄 몰랐다니까! 이래서 같은 시골 가스나들이 화장품 산다고 서울까지 가는 거구나 싶었지 뭐야~"

"그렇구나. 후…… 다행이 마음이 놓인다."

사실 신소율에게 서울로 상경하라고는 했지만, 그 뒤에 일이 내심 걱정됐다. 그녀의 가방끈이 긴 편은 아니니까.

집에서 한참 뒹굴 거리다가 공장에 취직이라도 하면, 계획도 없이 무작정 그녀를 서울로 데려온 게 후회될 거 같았다.

'음, 아니다. 이제라면 철강산업에 취직시켜줄 수는 있겠네.'

3D업종이라서 결국은 공장일이겠지만, 자신의 힘으로 취직이 되면 비교적 편하고 봉급도 쌘 곳에 배정받을 게 분명했다.

"히히! 내 창수 걱정 안 시키려고 노력했다~"

"그래, 정말 대견하다. 뭐 먹으러 갈래? 취직도 했겠다, 비싸고 맛있는 거 먹자."

"헉! 진짜가, 진짜가?! 와! 내 안 그래도 이까지 오면서 억수로 맛있어 보이는 거 봤데이! 자, 따라오기라!"

신소율이 최창수의 손을 붙잡고 어딘가로 무작정 걷기로 했다.

그녀가 도착한 곳은 피자집이었다.

"나 나! 피자 먹고 싶다, 피자!"

"아, 너 사는 곳에는 피자집 없었지?"

"배달하면 오긴 하는데, 1시간이라 걸려서~ 먹으려고 기대 잔뜩 하고 박스를 따악! 열면 바로 실망하게 된다……."

"서울 올라와서 하고 싶은 건 다 해봤어?"

"전혀?"

"왜?"

"그야 창수 너랑 같이 하려고 꾹꾹 참았지! 혼자 노는 기보다 친구끼리 노는 게 재밌지 않노?"

"그야 그렇지. 좋아, 그럼 오늘은 하고 싶은 거 몇 개 해보자."

"헉! 약속이다! 6시 넘었다고 집 돌아가기 없기다!"

"막차 12시까지니 걱정 마라~"

그녀와 함께 피자집에 들어가 가장 비싼 메뉴를 주문했다.

"으음~ 입안에 살살 녹네에……."

20년 만에 처음 먹어보는 따뜻하고 제대로 된 피자. 한 입 베어 물 때마다 신소율의 얼굴이 풀어졌다.

피자를 먹은 뒤, 소화시킬 겸 노래방에 갔다.

뛰어난 최창수의 노래 실력에 신소율은 감탄에 감탄을 이었고, 그건 최창수도 마찬가지였다.

'처음인 거 치고는 그럭저럭하네?'

노래를 처음 불렀을 적을 떠올렸다. 음정도 박자도 못 맞춰 가족에게 비웃음을 당했고, 그걸 계기로 돈만 생기면 노래방에 갔었다.

그에 비해 신소율은 적어도 음정과 박자는 다 맞추고 있었다.

'부르는 노래가 전부 동요랑 90년대 트로트인 게 문제지만.'

외모는 서울여자 그 자체. 말투도 아직 사투리가 남았지만 예전보다는 좀 더 서울말을 자주 사용하는 게 느껴졌다.

아직 이런 면에서는 시골의 영향을 완전히 지우지 못한 신소율이 귀여웠다.

그 다음으로 두 사람은 볼링장으로 이동했다. 둘 다 운동신경이 좋은 편이라서 손님들의 시선을 계속 독차지했다.

"아, 즐겁다!"

오후 5시.

아직 돌아가려면 한참 남았건만, 피로감에 최창수는 슬슬 한계를 맛보는 중이었다.

'피곤해서 간다고 말하면 웃으면서 보내주기야 하겠지만⋯⋯.'

신소율의 성격을 뻔히 알면서 그 말을 하기에는 많이 미안했다.

"어, 잠시만~"

그때, 신소율이 휴대폰을 한 번 바라보더니 자신과 거리를 약간 벌렸다. 몇 분 정도 통화를 하고서야 다시 돌아왔다.

"으에⋯⋯ 창수야, 우야면 좋나."

"뭔데? 부모님이 돌아오래?"

"그건 아닌데~ 스튜디오에서 연락이 와서. 분명히 저번에 여러 장 찍었는데, 한 장이 부족하다면서 잠깐 와줄 수 없냐는 데 우야나?"

"그럼 가야지. 일인데."

"모처럼 창수랑 같이 노는데! 그건 좀 아깝지 않나?!"

자신을 바라보는 신소율의 눈동자가 번쩍였다.

"이렇게 된 거! 창수 니도 나랑 같이 가자!"

"스튜디오라……."

신소율은 우선 아무 일도 없다는 듯 말했지만, 서울로 상경한 친구가 괜찮은 곳과 계약을 맺었는지 두 눈으로 직접 확인해보고 싶었다.

"그래, 가자!"

만약 어설픈 곳이면 신소율을 설득하기로 했다.

· · · ◆ · · · ·

잠시 도착한 스튜디오.

여기서 촬영을 한 모델은 성공한다는 소문 덕분에 기성 모델보다는 신인이 많은 곳이다.

3층으로 올라오는 동안에도 제법 많은 모델을 봤다.

"아, 소율 씨."

저 멀리 양복을 입은 남자가 다가왔다.

신소율을 스카우트한 패션 프로듀서였다.

"갑자기 불러내서 미안해요, 사진 한 장이 누락됐다고 하는데…… 아무리 파일을 뒤져봐도 나오질 않아서 연락드렸어요."

"촬영하는 거 재밌으니까 괜찮아요!"

자신과 대화할 때는 조금씩 사투리를 섞었던 신소율이 지금은 완벽한 서울말을 구사했다.

"너 서울말 잘 하네? 지금까지 뭐였어?"

"사투리는 부모님이랑 창수 너 말고는 안 쓴다~ 시골 가스나라고 놀리면 슬프지 않나~"

"저기…… 이 분은?"

프로듀서가 신소율에게 물었다.

"아, 제 친구에요."

"그렇군요. 우선 바로 의상실로 와주세요."

고개를 끄덕인 신소율은 바로 의상실로 달려가 옷을 갈아입고, 메이크업을 받았다.

잠시 후 돌아온 그녀는 몸매가 예쁘게 드러나는 운동복을 입고, 한 손에는 테니스 채를 들고 있었다.

건강미가 넘치는 그녀의 모습.

바로 옆에서 역시 스카우트 하길 잘 했다는 프로듀서의 말이 들렸다.

'잘 어울리긴 하네.'

활기차게 무대에 오른 신소율은 카메라맨의 지시에 따라 능숙하게 포즈를 취했다.

오랜 친구에게 이런 재능이 있다는 사실이 자랑스러웠다.

드디어 카메라맨이 만족할 사진이 나왔는지, 1시간 넘게 이어지던 촬영이 마무리됐다.

촬영이란 게 결코 쉬운 건 아니라서, 무대에서 내려온 신소율은 땀에 흠뻑 젖어 있었다.

"수고했……."

"아! 오, 오지 마라!"

수건을 건네주려 다가가자 신소율이 화들짝 놀라면서 뒷걸음질 쳤다.

"지금 오면 땀 냄새 나서 안 돼!"

"그런 것도 신경 쓰냐?"

"창수 네가 나랑 워낙 친해서 잘 모르나본데, 나도 우선은 여자 아이가? 씻고 올 테니 쪼매만 기다리라!"

신소율이 후다닥 모습을 감췄다.

"소율 씨는 활기차게 정말 좋습니다."

혼자서 시간을 보내고 있자 프로듀서가 다가왔다.

지금이 질문할 찬스였다.

"죄송한데요. 소율이 걱정이 돼서 그러는데, 회사 명함 좀 받을 수 있을 까요?"

"소율 씨 친구 분인데 당연히 드려야죠!"

프로듀서가 명함을 건넸다.

"CL프로덕션?"

"처음 들으시죠? 설립한 지 3년 밖에 안 된 회사라서 모르는 분이 많습니다. 아직 규모가 작기도 하고요. 그렇다고 나쁜 곳은 아닙니다! 모델 전문 프로덕션으로서, 늘 최상의

환경과 좋은 급여로 모델 분들이 부유한 삶을 살 수 있도록
제가 열심히 서포트하고 있으니까요!"

프로듀서가 열정적으로 말했다.

"제가 이제 막 이 바닥에 뛰어들어서 아직 많이 미숙하
거든요. 소율 씨를 보고 촉은 섰지만, 잘못되면 어쩌나 싶
었는데 생각 이상으로 잘 해줘서 다행입니다."

"쟤 좋은 애니까 잘 챙겨줘요."

"저희 회사 소속 모델인데 당연하죠! 참, 소율 씨 친구
분도 같이 온 김에 소율 씨 돌아오면 사진이나 한 장 찍어
보실래요?"

"그래도 돼요?"

"물론이죠. 소율 씨도 좋아할 거 같네요."

생각해보니 증명사진 말고는 사진을 찍어본 적이 없다.
젊은 애들이 자주 찍는 셀카도 좋아하는 편이 아니니까.

잠시 후.

신소율이 돌아왔고, 프로듀서는 바로 아까까지 그녀를
촬영한 카메라맨에게 다가갔다.

"저기 죄송한데, 소율 씨가 친구 분이랑 사진이 찍고 싶
다 해서요."

"흠……."

카메라맨이 마치 물건을 살피는 듯한 표정으로 최창수를
훑어봤다. 40대 중순으로 보이는 어른의 눈빛, 최창수는
어떤 포즈가 좋을 지 벌써부터 생각하고 있었는데……

172 운수
대통령

"안 찍어."

그럴 필요가 없어졌다.

"내 경력이 몇 년인데, 피사체로서는 영 별로야."

"어째서요?"

최창수라 물었다.

"우선 키가 부족해. 그리고 차림새도 옥상 빨랫줄에 걸려있던 거 대충 입고 온 거 같고, 사진이 찍고 싶으면 동네 사진관으로 가."

그 말에 최창수는 충격을 받았다.

자신의 키는 176cm로 큰 편은 아니지만 그렇다고 작은 편은 아니다. 때문에 이 사실은 별로 충격적이지 않았다.

충격을 받은 건 패션에 관한 부분이었다.

'내 옷차림이 뭐 어때서?!'

그동안은 싸면서도 괜찮은 것들을 사 입었다. 그러다 보니 마음에 든 옷은 며칠 내내 입고 다녔지만, 여태껏 그 누구에게도 지적을 받지 않았다.

"후……."

깊은 한숨을 내쉬었다.

그리고 카메라맨을 바라보며 말했다.

"일주일. 일주일 안에 절 찍고 싶어 안달이 나게 만들어드릴게요. 렌즈 잘 닦고 계세요."

· · · · ❖ · · · ·

그날 밤.

최창수는 집으로 돌아가는 길에 서유라에게 전화를 걸었다.

"야, 유라야. 너 언제쯤 공강이냐?"

"오랜만에 전화해서 그거는 왜?"

"너 밖에 못 들어줄 일이 있거든. 자세한 건 나중에 말해줄 테니까 일주일 안에 시간되는 날, 내 자취방으로 와."

"나 밖에 못 들어줄 일이라면서, 또 옷 골라달라는 건 아니지?"

"……너 뭐냐?"

용건이 간파당하자 식은 땀이 흘렀다.

"정곡을 찌른 모양이네. 후우…… 그래. 저번에 봤던 그 여우가 네 옷을 골라주는 것보다는 훨씬 좋으니까, 조만간 찾아갈게."

"고마워! 너 밖에 없다!"

"……너 밖에 없다는 말, 딴 여자 애들한테도 자주 해?"

"음, 아닐 걸?"

"그, 그래?"

수화기 너머로 숨 죽여 웃는 소리가 들렸다.

그녀와 전화를 끊고 최창수는 바로 운수 대통령을 실행했다.

'살다 살다 내 키가 작다는 사람은 또 처음 봤네. 좋아, 나도 180cm 못 찍어서 아쉽긴 했으니까.'

운수 대통령 상점에는 엄청나게 많은 능력이 존재한다. 검색기능조차 없어 일일이 스크롤을 내리면서 원하는 능력을 구해야 하지만, 솔직히 그 정도 수고는 괜찮다.

'요새는 인생 포인트가 남아도니까.'

일주일에 평균적으로 다섯 개의 트로피를 획득한다. 즉, 첫 단계 능력만 구입한다면 일주일에 총 다섯 종류의 새로운 능력을 손에 넣는다는 뜻.

최창수는 종종 세계를 손에 쥔 기분이 들었다.

"여기 있네."

한참 동안 스크롤을 내린 뒤에야 필요한 능력을 발견했고, 망설임 없이 구매를 눌렀다.

〈1단계 성장판의 책을 구매했어요.〉
〈습득한 능력 : 총 이틀에 걸쳐 키가 총 4cm 성장합니다.〉

· · · ◈ · · ·

남자의 로망인 키 180cm!

아무래도 키가 크면 같은 옷이더라도 맵시가 더 잘 살고, 여자의 선호도도 높아지다 보니 대한민국 남성이라면 자연스레 큰 키를 바라게 되어 있다.

콤플렉스가 있는 사람이나, 키가 중요하게 작용하는 직업 종사자는 억지로 성장판을 여는 수술까지 받을 정도다.

가격은 5천만 원 선으로 1년 동안 휠체어를 타야하고, 시술이 성공적으로 끝난 뒤에도 한 동안 재활훈련을 해야 할 정도로 고통스러운 수술이지만…….

그럼에도 수요가 있다는 건 그만큼 키에 집착하는 사람이 많다는 뜻이다.

'한 번 사는 인생, 무시당하면서 살 수는 없지!'

하지만 최창수는 아무런 고통도 없이 키를 늘릴 수 있었다.

근처 보건소.

서유라와 함께 키를 재는 중이었다.

"헉! 눈높이가 좀 높아졌다고 생각은 했는데…… 정말로 성장했네."

"180cm 맞냐?"

"응, 한 치의 오차도 없이 딱 180이야."

"좋았어! 역시 잘 먹고 잘 자니까 자라는구나!"

운수 대통령에서 성장판의 책을 2단계까지 구입하니 모든 남자가 바라는 키를 얻게 됐다.

"창수 안 그래도 키 컸는데. 더, 더 크니까…… 더 멋있네."

"나야 원래 멋있었지!"

그 역시 우선은 남자라서 키가 컸다는 사실이 기쁘게 다가왔다.

보건소에서 나온 두 사람은 바로 번화가로 향했다.

예전에는 길을 걸어도 주변의 시선은 거의 느끼지 못했건만, 단순히 키만 컸을 뿐인데 지나가는 여자들의 시선이 자주 느껴졌다.

'여기에 옷까지 잘 입으면 난리 나겠네.'

콧대가 높아진 최창수였다.

한편, 그에게 몰리는 시선을 느낀 서유라는 조바심이 들었다.

'대체 얘는 왜 이렇게 여자한테 인기가 많은 거야! 없었으면 얼마나 좋냐고!'

똑바로 걷다가도 갑자기 최창수와 어깨가 닿을 듯 말 듯하게 거리를 좁히는 여자들을 보며 이를 갈았다.

이 불안함을 없애기 위해서라도 어서 최창수를 확실하게 사로잡아야 한다.

하지만 늘 한결 같은 태도를 유지하니 속이 답답했다.

'저번에 봤던 그 여자애, 예뻤지.'

거울을 봐도 자기 외모가 딱히 모났다고는 생각하지 않는다. 친구들 사이에서는 으뜸이고, 대학에 입학해서도 벌써 몇 번이고 남학생들의 적극적인 어프로치를 받기도 했다.

고등학생 때야 워낙 자신과 최창수가 자주 어울리는 건 주변 모두가 알고 있어서 적이 없었지만, 대학생이 된 뒤로는 늘 불안해하며 지내게 됐다.

그렇다고 여자 친구도 아니면서 일거수일투족을 감시하
자니, 자기를 귀찮다 생각할까봐 억지로라도 태연한 척 연
기를 해야 했다.

"창수야."

"왜?"

"인기 많으니까 좋아?"

"……갑자기 왜?"

그녀의 질문에 최창수는 또 뭔가 잘못했나 싶어졌다.

신소율이나 초민아는 자신이 뭔 짓을 해도 좋게 봐주지
만, 서유라는 말 한 마디에도 기분이 확 상하는 경우가 자
주 있다.

이런 점이 간혹 귀찮긴 하지만, 오랜 친구라서 또 싫지만
은 않다.

"대답해 봐. 인기 많으니까 좋아?"

"그럼 넌 안 좋냐?"

"어?"

"인기가 많다는 건, 그만큼 날 사랑해준다는 사람이 많다는
건데. 이 세상에 사랑 받는 걸 싫어하는 사람이 어디 있냐."

"그, 그건 그런데……."

"또 뭔 생각을 했는지는 몰라도, 너무 불안해하지 마라."

때마침 도착한 번화가 백화점.

최창수는 서유라의 손을 붙잡고 바로 의류 전문 매장에
들렀다.

불안해하지 마라.

아무리 많은 길을 걸어도 결국은 너한테 갈 거라는 긍정적인 의미로 받아들이자 서유라는 마음이 한결 편해졌다.

최창수의 말 한 마디에 흔들리는 자신이 싫었지만, 그렇다고 아예 흔들릴 일 조차 없어지는 건 또 괴로웠다.

의류 전문 매장에 도착한 최창수는 서유라의 등을 가볍게 밀었다.

"자! 어서 내게 어울리는 옷을 골라와 줘."

"어떤 스타일이 좋은데?"

"카메라맨이 찍고 싶어지는 옷."

"카메라맨?"

그녀의 물음에 최창수는 경위를 차근차근 설명해줬다. 물론 신소율 얘기는 쏙 빼놨다. 자기 이외에 여자랑 같이 있었다는 걸 알면 화내거나 삐지거나 둘 중 하나니까.

"창수 네 어디가 못나서 사진을 안 찍어줘?"

"옷이나 똑바로 입고 오라더라."

"완전 어이없다! 나만 믿고 기다려 봐."

일반 학생으로 패션과에 입학한 서유라. 제법 뛰어난 패션 센스로 벌써부터 교수 눈에 들 정도였다.

그녀는 옷 여러 벌을 갖고 와 최창수 몸에 들이댔다 거뒀다를 계속 반복했고, 한참 뒤에야 선택지가 조금 좁아졌다.

"이거야, 이거. 한 번 입고 나와 봐."

"알겠어."

최창수는 옷과 함께 탈의실로 향했다.

잠시 후.

옷을 갈아입고 나온 최창수는 완전히 다른 사람이 되어 있었다.

"와……."

자신이 직접 골라줬지만, 이 정도로 잘 어울릴 거라고는 생각 못 한 서유라는 그저 넋을 놨다.

플란넬 셔츠, 그 위에 입은 흰색과 검은색 줄무늬 스웨터. 슬림핏 9부 면바지와 전체적인 분위기를 한층 더 강조시켜주는 검은색 코트까지.

방금 전까지 계산대에서 수다를 떨던 점원도, 친구 및 남자 친구와 함께 길을 걷던 여자들도 하던 걸 멈추고 최창수를 바라봤다.

거울 앞에 선 최창수가 자신감 있게 포즈를 취했다.

'와, 이래서 사람들이 꾸미는 거구나. 내가 봐도 완전 딴 사람이네.'

이거면 충분하다 생각한 최창수는 망설임 없이 구매를 결정했다.

"이제 더 살 거 없지?"

"아니야. 어울리는 신발도 사야하고, 머리도 한 번 손보자."

신발은 옥스퍼드 신발을 구매했고, 생전 처음으로 동네

미용실이 아닌 고급 헤어숍에서 머리를 손봤다.

원래 머리카락을 좀 기르는 편인데, 오늘은 패션에 어울리게 짧은 형식의 투블럭으로 선택했다.

모든 준비가 끝났을 때.

최창수는 새로 태어나 있었다.

"사, 사진 찍어도 돼?"

그의 모습에 서유라는 가슴이 두근거렸고, 저도 모르게 휴대폰을 꺼내 들었다.

그녀의 반응에 기분이 좋아 최창수는 번화가 한복판에서 모델처럼 자세를 취했다.

그러자 화보라도 촬영하고 있다고 행인들이 착각했는지, 한 사람 두 사람 걸음을 멈추더니 몰래 최창수를 찍기 시작했다.

순식간에 셔터의 주인이 된 최창수.

늘 자신감 넘치는 그였기에 그 짧은 시간을 즐겼다.

"사고 싶은 거 골라."

다시 길을 걸으면서, 최창수는 여성 의류 전문 매장거리에 들어섰다.

"오늘 도와줬으니까, 뭐든 좋아."

"뭐든이라니. 무리하는 거 아냐? 너 옷이랑 신발, 머리까지 오늘 얼마 쓴 지 알아?"

"60만원 밖에 안 썼어."

"밖에라니……."

"걱정 마. 나 돈 많아."

단순히 운수 대통령으로 키만 구입하고 나머지 시간 동안 놀기만 한 게 아니다.

서유라가 올 때까지의 4일.

그 동안 최창수는 하루에 50장씩 복권을 구매했다.

평소에도 일주일에 복권 10장씩은 꾸준히 긁고 있고, 그때마다 최소 30만 최대 50만원의 수익을 올리고 있다.

그런데 하루에 50장이면?

4일 동안 긁은 200장의 복권, 2천만 원이 한 번 더 당첨된 덕분에 세금을 제하고도 2300만 원가량의 돈이 한 방에 들어왔다.

자금에 여유가 생기니 요즘은 하고 싶은 거, 사고 싶은 게 있으면 망설임 없이 지갑을 꺼내게 됐다.

"그럼 나…… 가방 하나만."

"가방?"

"응. 패션과라서, 애들 중에 좋은 옷 비싼 옷 입고 다니는 애들이 많거든. 여자애들은 특히 가방…… 근데 내 형편으로는 엄두가 안 나서."

"야! 그런 일 있으면 진작 말하지. 가방 말고 옷도 사, 내가 다 사줄게!"

소중한 친구가 남에게 무시 받는다. 두 눈 뜨고 볼 수 없는 일이었다.

···◆···

다음 날.

최창수는 혼자서 스튜디오로 향했다.

카메라맨은 다른 모델을 촬영 중이었고, 잠시 쉬기로 했는지 물을 홀짝였다.

"사진도 마냥 쉬운 일은 아닌가 보네요."

"……모델 도움 없이 어떻게 들어왔지? 밑에서 직원이 지키고 있을 텐데."

"저번에 소율이랑 함께 왔다고 하니 들여보내주던데요? 약속 지키러 왔어요."

최창수가 자신감 넘치는 미소를 보였다.

하지만 반응은 시원찮았다.

"자, 다 쉬었으면 다시 시작하자."

카메라맨은 당장 눈앞에 있는 모델에만 집중할 뿐이었다.

'뭐지?'

이 정도면 충분히 렌즈에 담고 싶어할 거 같았건만, 생각한 반응이 안 나오자 당황스러웠다.

'기다려 보자. 바빠서 그런 거겠지.'

딱히 내쫓으려는 사람도 없어서 팔짱을 두르고 얌전히 현장구경을 했다. 그리고 종종 모델의 포즈를 따라 해봤고, 그때마다 카메라맨의 시선을 느끼게 됐다.

하지만 그뿐.

촬영이 끝났는데도 자신을 렌즈에 담으려는 기색이 보이지 않았다.

'그냥 돌아갈까?'

생각해보면 카메라맨 덕분에 패션의 즐거움을 알게 됐다. 그 덕분에 변할 계기까지 얻었으니 이득을 봤으면 봤지 손해는 아니다.

고민 끝에 최창수는 돌아가기로 했다.

그때였다.

"어, 어딜 가는가?"

계단을 밟자 카메라맨이 다급하게 물었다.

"딱히 절 찍으려 하는 거 같지 않아서 돌아가려고요."

"흠. 내가 언제 안 찍는다고 했나?"

"그럼?"

"내가 졌어. 무대 위세 서 봐."

"진짜죠? 야호! 진작 말하시지, 솔직하지 못해서 사람 애간장 태우시네!"

단걸음에 무대 위에 섰다.

카메라맨은 주변 부하직원을 시켜 조명을 설치하고, 카메라 렌즈에 최창수의 모습을 담았다.

"가장 자신있는 포즈 취해 봐."

"이렇게요?"

"나쁘지 않군. 혹시 어디서 패션 관련 일을 했나?"

"아뇨. 저번이랑 오늘, 보고 배웠는데요?"

"흠⋯⋯."

태연한 척 했지만 속으로는 놀라고 말았다.

'저번이랑은 분위기부터가 다르군. 4일 동안 뭘 한 거지? 그 사이에 키도 제법 큰 듯 하고.'

처음에는 어디에서나 볼 수 있을 법한 대학생이었건만, 지금은 상당히 좋은 피사체였다.

솔직히 최창수를 처음 보는 순간 이 녀석은 찍어야겠다는 생각이 강하게 들었지만, 저번에 그렇게 폼을 잡았는데 갑자기 태도를 바꾸자니 자존심이 상했다.

하지만 최창수가 돌아가려할 때.

여기서 놓치면 다시는 못 볼 지도 모른다는 생각이 들었다.

카메라를 처음 잡은 그 순간부터, 렌즈에 담고 싶은 피사체는 언제나 사진으로 그 기록을 남겨 놨다.

알량한 자존심 때문에 소중한 기회를 놓칠 수는 없었다.

카메라맨은 쉬지 않고 셔터를 눌렀다.

"사진은 며칠 뒤에 찾으러 와."

드디어 촬영이 끝나고, 카메라맨은 찍은 사진을 최창수에게 보여줬다.

"캬, 사진 잘 찍으시네요?"

"경력이 몇 년인데. 그나저나⋯⋯ 내게 선전포고를 한 뒤 뭘 했기에 확 변했지?"

"궁금하세요?"

최창수가 능글맞게 웃었다.

"말해봤자 이해 못 하실 걸요. 노력 했다는 것만 알아두세요."

그때였다.

〈축하해요, 운수 대통령님! 트로피를 획득하셨군요!〉

〈스튜디오의 추억 트로피 획득〉

〈나중에 자식들한테 아빠가 젊을 적에 이렇게 잘 생겼다고 자랑할 수 있겠네요! 제가 인간이었다면 운수 대통령님과 잘 해보려 했을 텐데…….〉

또 하나의 추억이 쌓였다.

· · · ◈ · · ·

그로부터 2주일 뒤.

"대박! 이거 진짜 창수야?"

"헉! 요 근래 더 잘생겨졌다고 생각했는데 언제 이런 일까지 하게 됐어?"

영통과 캠퍼스는 소란스러웠다.

그 이유는 바로 한 개의 잡지!

신소율이 실리는 스포츠 잡지였다.

그 페이지 중 한 곳에 최창수가 실려 있었다.

사진을 찍은 그 날, 돌아가려고 하니 신소율 담당 프로듀서가 찾아왔고 카메라맨이 찍은 그 사진을 보게 됐다.

잘 찍었다고 감탄을 터트렸고, 카메라맨은 이번에 페이지가 한 장 부족하지 않냐고 괜찮으면 이 친구 한 번 실어보라고 얘기를 꺼냈다.

상대는 일반인.

하지만 사진만 놓고 보면 잡지에 실어도 문제없는 레벨이었다. 잡지 회사 측도 쌍수를 들고 환영했기에 일처리에는 막힘이 없었다.

"와, 진짜 장난 아니다."

동기 및 선배 상관없이 영통과 학생들은 넋 놓고 최창수의 사진을 바라봤다.

차가운 도시 남성다운 옷차림, 거기에 전체적으로 어두운 배경을 등지고 있으니 여심을 사로잡는 건 아무 일도 아니었다.

그때.

"무슨 일인데 소란스러워?"

구자용이 자연스레 무리에 섞여 들었다.

"아, 자용아. 이 사진 봐! 창수 진짜 멋있지 않냐?"

"이건……."

잡지에 실린 최창수의 사진.

그걸 보자 구자용은 심기가 불편해졌다.

'이 녀석은 대체…….'

단순히 자신을 맹추격하는 줄만 알았건만, 이제는 경험해보지 못한 일까지 이 녀석이 먼저 경험하고 있다.

그 사실에 구자용은 자신의 발판에 금이 생긴 걸 느꼈다.

그 때문일까.

주변에 학생들이 잔뜩 있음에도 말을 날카롭게 해버리고 말았다.

"공부는 안 하고 이런 거나 하고 다니냐?"

"질……."

"야! 공부도 잘하고 옷도 잘 입는 애한테 왜 그래!"

그의 비아냥거림이 당사자보다 더 거슬렸는지 갑자기 여학생들이 언성을 높였다.

"맞아! 창수 저번에 우리 과제도 도와줬거든?"

"난 밥도 사 줬어!"

"친구 무시하는 거 아니다, 야."

"혹시 질투하냐? 구자용도 은근 속 좁네."

거세게 쏟아지는 항의.

구자용은 당황한 나머지 그게 아니라고 변명을 했다. 그리고는 너도 무슨 말 좀 해보라는 듯 최창수를 바라봤다.

필요할 때만 도움을 요청하는 구자용.

"친구야."

그의 어깨를 두들기며 말했다.

"아무래도 여심은 내 편인가 보다."

송근태 현대 판타지 장편소설

여섯 번째 이야기
복권식당

운수 대통령

여섯 번째 이야기
복권식당

눈 깜짝 할 사이에 1학년 1학기가 종료됐다. 종강날, 최창수는 리더십을 발휘해서 서은결과 함께 펜션을 잡아 1박 2일로 영통과 학생들과 파티를 벌였다.

비용은 물론 전부 최창수가 부담했다.

이제는 자신이 원하면 돈을 벌 수 있으니 걸리는 게 없는 인생이었다.

'대학은 방학이 빨라서 좋구나!'

대학에서 맞이하는 방학 첫 날.

최창수는 일주일 정도 집에서 푹 쉴 생각으로 지하철에 올랐다.

잠시 후.

오랜만에 고향에 도착한 최창수는 망설임 없이 집으로 향하려다가, 발걸음을 다른 곳으로 돌리기로 했다.

'일이나 도와드려야겠다.'

본격적으로 공부를 시작한 뒤로는 딱히 부모님의 일손을 돕지 않았다.

그전까지는 자의로도 돕고, 용돈을 받기 위해서도 도왔건만.

일주일 동안 쉬면서 틈틈이 부모님의 일을 돕기로 하고, 바로 부모님이 운영하는 치킨집으로 향했다.

"……이게 뭔 소리야?"

치킨집에 도착한 최창수는 두 눈을 비볐다.

〈미성년자에게 주류를 판매해서 한 달간 영업정지합니다.〉

A4에 대충 휘갈겨 쓴 듯한 그 문장.

수많은 생각이 머릿속에 맴돌았고, 몇 번이고 간판을 확인했다.

부모님의 가게가 확실했다.

'부모님이 왜 이런 실수를……?'

일에 관해서는 확실한 부모님이다. 조금만 어려 보여도 신분증을 확인하고, 미성년자가 깽판이라도 부리면 바로 경찰을 부른다.

"그전에 신고한 새끼들은 또 뭐야?"

늘 생각했다.

본인이 좋아서 미성년자 신분으로 술과 담배를 샀으면 얌전히 즐기고 말아야지. 어째서 신고를 해서 남에게 피해를 주냔 말이다.

'미치겠네. 가뜩이나 장사 안 돼서 힘들어하셨는데…….
그보다 이런 일이 있었는데 왜 나한테는 비밀로 한 거야?'

바로 부모님에게 전화를 하려다가, 그전에 라이벌 치킨집으로 향했다.

QQC라는 프렌차이즈 치킨집.

아직 오후 시간인데도 불구하고 제법 손님이 있었다.

"오랜만이에요."

가게 안으로 들어가면서 최창수가 사장에게 인사를 했다.

전체적으로 비열하게 생긴 인상의 사장.

부모님의 가게 사정을 어렵게 만든 주범이었다.

프렌차이즈가 영업이 잘 되는 이유는 다양한 메뉴와 평균 이상의 맛 때문이다.

게다가 치킨은 젊은이가 선호하는 음식.

동네 치킨집보다 프렌차이즈 치킨집을 더 선호하는 추세라서, 두 개의 치킨집이 있으면 망설임 없이 후자를 선택하게 되어 있다.

게다가 법률상 일정 거리 안에 동종업계 식당이 들어와서는 안 되게 되어 있다. 한 골목에 똑같은 음식점이 잔뜩 있으면 동반자살이나 마찬가지니까.

그러다 보니 이 거리에는 부모님의 가게, 그리고 이 재수 없는 남자가 사장인 치킨집이 전부였다.

한 푼이라도 더 벌어보자고 개인 치킨집을 차린 부모님이 늘 패배하는 건 어쩔 수가 없었다.

"어. 맞은 편 치킨집 아들아냐. 못 본 사이에 많이 컸다?"

"저희 부모님 가게가 영업정지를 당했는데, 혹시 아는 거 있으세요?"

"내가 알 리가 있나. 워낙 장사가 안 돼서 미성년자한테 술이라도 팔아야 했나 보지."

"······아, 예."

예전이나 지금이나 변함없이 싸가지 없는 말투의 주인.

말싸움하기 싫어서 조용히 가게에서 빠져나왔다. 그리고 곧장 집으로 향했다.

현관문을 연 최창수는 차마 입이 떨어지지 않았다. 거실 불은 전부 꺼져 있었고, 평소에는 늘 틀어져 있는 TV조차 꺼져 있다.

"엄마."

조심스레 부엌으로 향하니 테이블에 엎어져 있는 어머니가 보였다. 뒷모습만 봐도 기운이 없어 마음이 무거워진다.

"아······ 창수 왔니?"

"아무리 영업정지를 당했어도 그렇지. 왜 이렇게 칙칙하게 있어?"

거실 형광등을 키고, 조금이라도 생기를 넣으려고 TV전

원을 켰다. 밖이 조금 소란스러워지자 아버지가 나오셨다.

주말이어도 늘 단정하신 아버지가 지금은 머리가 이리저리 삐쳐 나오고, 면도조차 하지 않은 상태였다.

"널 볼 면목이 없구나."

냉장고에서 물을 마신 아버지가 묻지도 않았는데 먼저 입을 열었다.

"너한테 늘 정직하게 살아야한다고, 그게 인생을 행복하게 살 수 있는 최고의 방법이라 말했는데 미성년자한테 술이나 팔다니. 애비도 많이 늙었나 보다."

"그런 말 하지 말아요, 아빠. 그보다 어떻게 된 일인지 설명이나 해주세요."

"하아… 그게 말이다."

아버지가 담담히 말을 이어갔다.

사건은 1주일 전에 발생했다.

딱 봐도 학생 같은 네 명이 맥주를 주문해서 신분증을 검사했지만, 이번 년도에 막 성인이 된 나이였다. 자기 자식도 20살인데 아직 고등학생 같으니 그러려니 하고 술을 팔았다.

그리고 다음 날 덜컥 경찰이 들이닥쳤다.

미성년자에게 술을 판매해서 영업정지 처분을 내리겠다고.

"알고 보니 위조 신분증이었더구나."

"네? 아니, 뭐 그런 개념 없는 새끼들이!"

일본은 미성년자가 술과 담배를 구입하는 순간 판매자 책임이 아닌 구매자 책임이 된다.

하지만 대한민국은 미성년자가 위조 신분증을 사용하더라도, 술과 담배를 팔면 무조건 판매자 책임이다.

이를 악용하는 미성년자는 점점 늘고 있고, 덕분에 자영업자들은 늘 골치를 썩고 있다.

"사정 설명했어요?"

"하면 뭐 하니, 어찌됐든 우리 쪽 책임인데."

"그 고등학생 놈들은요? 그 뒤로 못 봤어요?"

"봤으면 이 애비가 가만히 있었겠냐. 당장 멱살 잡고 부모 부르라 하지."

"하아…… 그런 일이 있었으면 저한테 말씀하지 그랬어요."

"너 공부하는데 방해되는 짓을 부모가 어떻게 하느냐."

당장 자신이 힘든 상황에서도 자식을 생각하는 부모님.

예전 같으면 이 상황에서 그저 답답해하고, 욕 하는 거 말고는 방법이 없었다.

하지만 이제는 아니다.

자신에게는 힘이 있다.

그것도 아주 강력한…….

"이 참에 가게 일 한동안 쉬는 건 어떠세요? 생활비는 제가 드릴게요."

"네가 돈이 어디 있다고 우리 생활비를 주니."

어머니가 반론했다.

최창수는 대답 대신 휴대폰 인터넷 뱅킹 어플을 실행해 자신의 통장잔고를 보여줬다.

5200만원.

가게를 구하느라 얻은 빚을 당장 갚을 수 있는 그 돈에 부모님의 두 눈이 휘둥그레졌다.

"차, 창수야. 너 이런 돈을 대체 어디서……."

"제가 직접 일해서 번거예요. 엄청난 고액 과외를 세 개나 하고 있거든요. 그러니까 엄마, 아빠."

부모님의 손을 붙잡았다.

"몇 년 동안 저 키우시느라 쉬는 날도 없이 계속 일하셨잖아요? 그러니까 앞으로는 푹 쉬면서 노후 만끽하세요. 돈 걱정은 제가 안 하게 해드릴게요."

그저 어린 줄만 알았던 자식.

실제로도 어린 나이건만, 벌써부터 자신들을 책임 질 능력을 갖고 있다는 사실에 부모님의 눈시울이 붉어졌다.

하지만 자식의 이 호의를 덜컥 받을 수는 없었다.

"그럼 한 달 생활비만 받으마."

"왜요?"

"이 애비랑 네 엄마랑 결심한 게 뭔지 아냐? 늙어도 절대 자식에게 뒷바라지 안 맡기는 거란다. 그리고 얌전히 집에서 쉬기만 해서 뭘 하냐?"

"그래, 창수야. 가게 일이 힘들긴 하지만 엄마랑 아빠는 그 일이 즐거워. 그러니까 너무 걱정 마렴."

너무나도 올곧은 부모님.

이런 부모님이 존경스러웠지만, 이 순간만큼은 답답하게 다가왔다.

"후…… 잠시 산책 좀 하고 올게요."

조용히 식탁에서 일어선 최창수는 밖으로 향했다.

그리고 다시 부모님의 가게로 돌아갔다.

'개 같은 새끼들. 내가 반드시 잡고 만다.'

고개를 높이 들어 주변을 살펴봤다. 가로등 꼭대기에 설치된 CCTV. 총 다섯 대였고, 한 대는 정면으로 부모님의 가게를 촬영하고 있다.

"평화를 즐기고 있어라, 이놈들아. 곧 폭풍이 몰아칠 테니."

휴대폰으로 CCTV와 인근지대를 전부 촬영했고, 어느 정도 사진이 모이자 바로 경찰서로 향했다.

때마침 경찰서 밖에서 담배를 태우고 있던 이 형사.

바로 그에게 달려갔다.

"이 형사님."

"얼레? 창수 아니냐? 오랜만이네."

고등학교 2학년 때.

고등학생들의 패싸움을 신고하거나, 소매치기범을 잡는 등 좋은 일로 여러 번 경찰서를 드나들었다.

그때 친해진 사람이 바로 이 형사였다.

껄렁하게 생긴 외모에 비해 정의감이 투철하며, 그러다보니 모두가 무시하고 지나갈 일에 자발적으로 뛰어드는 최창수를 좋게 평가했었다.

그뿐 아니라 이 형사가 빈집털이범을 추적할 때, 근처를 지나가던 최창수가 대신 범인을 잡기도 해서 둘의 사이는 제법 좋은 편이다.

"서울에 있는 거 아니었냐?"

"주말이라서 내려왔어요. 그보다, 혹시 CCTV 기록 좀 보여주실 수 있나요?"

"그건 왜?"

"그게요……."

최창수는 사정을 전부 털어놨다.

그러자 이 형사가 불 같이 화를 냈다.

"우리가 요즘 단속강화 했는데 아직도 그런 놈이 있다니!"

"아무리 위조신분증이었더라도, 우선은 저희 가게 과실이라서 정식으로 사건을 의뢰하기가 애매하네요. 이 형사님 말고는 딱히 부탁할 사람도 없고요."

"네 덕분에 내가 진급했는데 그 정도는 해줘야지. 대신 둘만의 비밀이다."

"역시 이 형사님! 말이 통한다니까요!"

최창수가 이 형사를 따라 경찰서 안으로 들어갔다.

CCTV판독결과 부모님 마음에 큰 구멍을 뚫은 놈들은 자신의 모교 학생들이었다. 교복 차림으로 근처 건물에 들어가 잠시 후 사복으로 갈아입고 나왔으니 확실했다.

'미성년자인데 술을 좋아해. 백이면 백 무조건 양아치다.'

다음 날, 오후.

최창수는 하교 시간에 맞춰 교문 앞에서 대기하는 중이었다.

'우선은 저 쟤네들부터다.'

때마침 교문을 넘으려던 남학생 무리, 그들에게 다가갔다.

갑작스레 자신의 앞길을 막은 대학생.

아무리 고등학교에서 날고 기어봤자 대학생 앞에서는 자연스레 당황하기 마련이다. 게다가 최창수의 덩치가 작은 편도 아니라 긴장하게 됐다.

"바쁘냐?"

"누, 누구세요?"

"누군지는 알 거 없고, 한 가지 물으마. 너희 혹시 행복 치킨집에서 술 사먹은 적 있냐?"

"없는데요."

"진짜지?"

"아, 정말 모른다고요."

갈색으로 염색한 머리와 피어싱, 딱 봐도 우두머리로 보이는 학생이 대답했다.

"그런 치킨집 들어본 적도 없는데 왜 난리에요?"

"그래, 모르면 됐다. 가 봐라."

최창수는 바로 다른 양아치 무리에게 향했다.

그 뒤로 한 시간.

총 네 개의 양아치 무리에게 물었지만 수확은 없었다.

'순순히 대답은 안 해도 찔리는 게 있으면 표정변화는 있을 텐데. 하긴, 거짓말을 입에 달고 사는 놈들인데 연기도 잘 하려나.'

마지막으로 한 명에게만 더 물어보고 오늘은 이만 돌아가기로 했다.

"얘들아, 잠시만."

때마침 학교 담벼락을 넘던 학생들.

분위기가 딱히 양아치는 아니었지만, 양아치 특성상 범법행위를 자랑스럽게 떠드는 놈이니 어쩌면 일반학생 귀에 들어갔을 지도 모른다는 희망을 갖고 말을 걸어봤다.

"내가 지금 사람을 찾고 있거든. 혹시 네 친구들 중에서 행복 치킨집에서 몰래 술 사마셨다고 떠들던 놈 있냐?"

"행복 치킨집이요?"

"야, 거기 아냐? 저번에 이성용이 말한 곳."

"이성용? 자세히 좀 말해 봐."

최창수가 학생의 어깨를 붙잡았다.

어쩌면 범인을 잡을 지도 모른다는 생각에 표정이 험악해졌다.

"그, 그게요."

덜컥 겁을 먹은 학생이 며칠 전 학교에서 있던 일을 말했다.

사촌이 위조 신분증과 용돈을 주면서 어느 가게에서 술을 사 마시라 시켰다고.

"그 새끼 어떻게 생겼어?"

"귀, 귀에 피어싱하고…… 갈색으로 염색했어요. 그리고요……."

학생은 조목조목 이성용의 생김새를 설명했다.

그리고 설명을 다 들었을 때.

최창수는 이를 악 물고 뒤를 돌아봤다.

"아까 그 새끼잖아!"

· · · ◈ · · ·

부모님의 치킨집이 있는 거리.

이성용 무리 중 한 명이 불안한 얼굴로 뒤를 돌아봤다.

"야! 그만 좀 봐!"

그를 향해 이성용이 한 마디 했다.

최창수로부터 도망쳐 어느 정도 거리를 벌린 뒤, 두 친구는 계속해서 최창수의 존재를 신경 쓰고 있었다.

"성용이 너는 안 무섭냐? 아까 그 형, 키도 크고 싸움도 잘 할 것처럼 생겼잖아."

"그래서 뭐 어쩌라고? 쪽수는 우리가 더 많은데 왜 쫄아, 병신아. 정 뭐하면 애들 다 부르던가."

"전부 우리 따까리인데, 도와달라고 부르기는 좀 쪽팔리지 않냐?"

"그럼 닥치고 가만히 있어! 모른다고 시치미 딱 뗐는데 걸릴 리가 있겠냐."

"그렇긴 한데…… 아, 진짜 미치겠다! 괜히 돈 받고 일한 거 아냐?"

"이 병신아! 머리 잘 굴려!"

이성용이 친구의 멱살을 거칠게 붙잡았다.

"우리는 이미 그 사람한테 받은 돈도 다 썼고, 치킨도 맥주도 배부르게 먹었어. 걸려도 협박당해서 어쩔 수 없이 했다고 말하면 돼."

"그, 그렇겠지?"

"그래, 인마. 돈에 쪼들리는 학생이, 돈에 혹해서 그랬다는데 뭐라 할 놈이 어디 있냐?"

"그래, 역시 성용이 너는 우리 중에 제일 똑똑하다니까. 마음이 한결 편해졌어."

"당연하지, 자식아! 너희들이 반에서 35등 할 때, 난 29 등 했는데!"

방금 전까지 불안에 떨던 그들이 왁자지껄해졌다. 그리고 때마침 자기들이 직접 문 닫게 한 행복치킨집에 도착했다.

"야, 스프레이 꺼내."

"여기. 뭐라고 쓸 거야?"

"존나 맛없는 치킨집이 양심도 없다 쓰라더라."

이성용이 사악하게 웃으며 스프레이를 뿌렸다.

붉은 글씨로 천천히 써지는 글자……. 부모님이 보시면 마음이 찢어질 게 분명했다.

"돈 벌기 쉽지 않냐? 술 한 번 마시고 30만원, 낙서 한 번 하고 40만원이라니. 정직하게 사는 놈이 병신이라니까."

마침내 일이 끝났다. 혹여나 최창수가 쫓아오거나, 타인에게 발각되면 큰일이므로 그들은 급하게 자리를 뜨려고 했다.

그때였다.

"야 이 새끼들아!"

귀가 쩌렁쩌렁해 질 정도로의 호통이 들려왔다.

화들짝 놀라 뒤를 돌아보니 엄청난 속도로 달려오는 최창수가 보였다.

"시발! 야, 튀어!"

잡히면 죽는다!

본능적으로 그걸 느낀 이성용 무리가 엄청난 기세로 도망치기 시작했다.

'젠장! 이러다 놓치겠네.'

그 학생들의 도움으로 범인을 발견한 뒤, 쉬지도 않고 동네를 이 잡듯 뒤졌다. 그리고 마침내 발견! 하지만 거리 차이가 심하다.

학교도 알겠다, 내일 다시 찾아갈까?

잠시 그 생각을 했지만, 부모님 치킨집에 적힌 글자를 보자마자 생각이 바뀌었다.

'이건……'

부모님이 치킨집을 차리는 걸 가장 가까이서 지켜봤다. 인테리어 장식에 고민하던 부모님, 더 맛있는 치킨을 만들려고 매일 같이 연구를 하셨던 부모님.

라이벌 가게가 등장할 때까지는, 그토록 즐거워하던 부모님을 본 적이 없었다.

"이 개자식들! 다 죽었어!"

숨을 들이마시고, 두 다리에 힘을 다 싣고 바닥을 박찼다.

여태껏 경험해보지 못한 달리기 속도.

바람을 가르며 달렸고, 순식간에 이성용 무리 근처까지 도달했다.

"억!"

있는 힘껏 주먹을 휘둘러 이성용의 뒤통수를 후려쳤다.

마치 돌에 맞은 듯한 고통! 이성용은 순간 눈앞이 새하얘졌고 앞으로 넘어지고 말았다.

"야. 깽값 주기 싫으니까 어금니 꽉 깨물어."

"잠깐만요! 저, 저희가 잘못했어요!"

사과를 하면서 힐끗 뒤를 돌아봤다. 어서 도우라는 명령
을 내리기 위함이었지만…… 방금 전까지 함께 하던 친구
들은 온데간데없었다.

"사람 죽여 놓고 잘못했다면 끝이냐?"

"사, 사람을 죽인 건……."

"말대꾸하냐?"

"히익! 죄, 죄송해요!"

"네가 사과한다고 내 기분이 풀리는 것도, 내 부모님 가
슴에 생긴 구멍이 사라지는 것도 아니거든. 이리 와."

힘으로 이성용을 일으켜 세우고, 머리끄덩이를 붙잡은
채 가게 앞으로 돌아갔다.

"아까 너랑 같이 있던 새끼들한테 전화 해."

또 말대답하면 죽는다!

이성용은 기겁해서 바로 친구들에게 전화를 걸었다. 하
지만 둘 중 누구도 받지 않았다.

"안 받는데요……."

"그럼 네가 찾아서 데려 와."

"네?"

"친구니까 집 정도는 알 거 아냐. 한 시간 준다. 한 시간
안에 안 돌아오면 도망쳤다 생각하고 내일 학교로 쳐들어
갈 줄 알아."

그동안 최창수처럼 학교로 쳐들어온다는 어른을 몇 보았다. 하지만 그 중 누구도 행동하지 않았고, 며칠이 지나면 똥 밟았다 치고 자신을 포기했다.

'이 형은 위험해……'

자신을 보자마자 망설임 없이 휘두른 주먹.

그 주먹에서 최창수의 결단력과 행동력을 엿보았다.

지금은 어떻게든 살아보겠다고 도망치는 건 오히려 명을 단축시키는 일, 반드시 그의 명령을 따라야했다.

이성용은 고민하지도 않고 바로 친구의 집으로 달려갔다. 다행히도 두 녀석 다 집에 있었고, 아슬아슬하게 시간을 딱 맞출 수 있었다.

"너희 셋이 전부야?"

"네……."

"엎드려뻗쳐."

"지금부터 우리 부모님을 부를 거거든? 오시면 무릎 꿇고 잘못했다고 싹싹 빌어라."

"네!"

최창수는 바로 부모님에게 연락했다. 범인을 잡았으니까 어서 오시라고. 수화기 너머로 아버지의 호통이 들린 걸로 보아 좋게는 못 넘어가겠다 싶었다.

잠시 후 도착한 부모님.

어머니가 물었다.

"창수야. 애들이냐?"

"네, 얼굴 한 번 봐보세요."

"맞네. 얼굴 보니까 기억난다."

"정말 죄송합니다!"

"죄송하면 끝날 일이야!"

아버지가 버럭 소리치셨다. 그러자 어머니가 급하게 어머니를 말리며 둘 다 진정하라 말했다.

"애들아."

"네……."

"대체 왜 그런 짓을 했니? 우리 가게 치킨이 맛없어서, 술김에 신고한 거니?"

"그, 그건 아니에요. 정말 죄송합니다!"

이성용 무리가 무릎을 꿇고 두 손을 비볐다. 반성하는 모습에 부모님은 분노가 조금씩 누그러졌다.

부모의 입장이니까…….

하지만 최창수는 아니었다.

"애들 부모님 불러서 정식으로 사과 받죠."

"꼭 그렇게까지 해야겠니?"

"엄마, 마음 약해지지 마요. 당한 일을 생각해보시라고요."

"그래, 그렇게 하자꾸나. 얘네 부모님도 아실 건 아셔야지."

결국 이성용 무리는 부모님을 소환하게 됐다.

그 중 둘의 부모님은 정말 죄송하다고 허리까지 숙이고, 사죄의 뜻으로 50만원 씩 주기로 했다.

문제는 이성용의 아버지였다.

"아직 어린애가 실수 할 수도 있지, 애 뒤에 혹까지 만들 어야 합니까?"

마치 자신이 피해자인 듯 한 당당함.

진짜 피해자인 부모님은 당황스러워서 말문이 막혔다.

"당신네들 아들은 이 나이 때 실수한 번 안 했습니까? 아 직 어린애가 돈에 혹해서 신고할 수도 있는 거지. 불만이 있으면 애초에 가게에서 술을 팔지 말던가."

말 한 마디 한 마디가 분노를 끌어올렸다.

"그래요."

부모님을 대신해 최창수가 입을 열었다.

"무식한 부모 밑에서 자란 애들이 그럴 수도 있죠. 하지 만 당신이 그러면 안 되죠."

"뭐? 무식해?"

"이 상황에서 그거 말고 적절한 표현이 안 떠오르더군 요."

"이 자식이, 진짜 무식한 게 뭔지 보여줘?! 성용아 당장 경찰 불러라. 이 새끼 폭행죄로 신고해야겠다."

"아, 아빠. 그냥 사과하고 끝내자."

"뭔 사과를 해! 닥치고 불러!"

"부를 거면 부르세요."

CCTV가 있기에 현 상황에서 신고를 당하면 불리해진 다. 그 점을 이용해서 이성용의 부모도 나름의 협박을 한 것이리라.

하지만 최창수에게는 아무런 소용이 없었다.

"설령 제게 피해가 있더라도, 반드시 사과 받고야 말 겁니다."

"너 이 자시익……."

이성용의 아버지가 말끝을 흐렸다.

물러설 거라 생각했던 최창수가 당당하게 나오자 당황스러웠기 때문이었다.

마음 같아서는 정말로 경찰을 부르고 싶지만, 아쉽게도 현재 이성용은 보호관찰중이다.

물론 이 정도 사고로 청소년보호소에 갈 일은 없겠지만, 최창수의 저 자신만만한 태도가 불안했다.

만약 경찰 중 고위급 인물이라도 알고 있다면 자식 이름에 붉은 줄이 쳐지는 걸 막을 수 없다.

"제, 제가 생각을 잘못했습니다. 너무 흥분했군요……."

결국 최창수와 그의 부모님에게 허리를 숙여야만 했다.

하지만 아직 일이 끝난 건 아니었다.

"이 일 시킨 사람, 누구야?"

이제는 주범자를 붙잡을 차례였다.

· · · ◈ · · ·

사건의 주범자는 라이벌 가게 주인이었다.

어째서 이런 치사한 짓을 저질렀는지는 몰라도, 이 사실을 알았을 때 최창수는 큰 분노를 부모님은 허탈함을 느꼈다.

자신의 가게가 오픈했을 때 웃는 얼굴로 왔던 그, 비록 라이벌 사이로 변질됐지만 동종업계 사장이라서 좋게 봤었는데.

"어떡하면 좋죠? 가서 따져봤자 모른 척 할 텐데."

"그러게나 말이다. 상종도 안 할 생각으로 무시하는 건 내키지 않고."

"그 가게를 망하게 하면 되죠."

부모님의 대화에 최창수가 끼어들었다.

"무슨 수로 말이냐?"

"상대방이 비열한 수를 썼다고, 저희까지 그럴 수는 없으니까 매출로 짓눌러서 가게를 접게 만들면 돼요."

"창수야. 그게 말처럼 쉬운 일이 아니란다. 게다가 우리는 한 달 영업정지잖니."

"네. 그 점은 상대방한테 감사해야죠. 덕분에 엄마 아빠 가게가 성공할 테니까요."

예전부터 어떻게 하면 부모님 가게가 번창할 지 제법 고민을 했었다.

정말 기가 막힌 아이디어가 하나 있었는데, 자금상의 문제로 얘기조차 못 꺼냈었다.

'지금이라면 가능해!'

돈도 충분히 있고, 자신만의 재테크 수단이 있다.

게다가 도와줄 인맥까지 충분한 상황!

"조만간 기획안 보여드릴게요. 저만 믿고 따라오세요."

그 날.

최창수는 잠도 안자고 아이디어를 구체화시키고, 좀 더 객관적인 눈으로 보기 위해서 능력까지 구매해 기획안을 검토했다.

'일주일만 쉴 생각이었는데, 방학 내내 집에 있겠네.'

정해뒀던 예정이 전부 물 건너갔지만 기분이 좋았다.

첫째로 부모님께 제대로 된 효도를 해드릴 수 있고.

두 번째로 자신의 기획안으로 탈바꿈 한 가게가 번성하면 사업능력이 있다는 증거가 되니까.

그로부터 이틀 후, 기획 초안을 완성한 최창수는 바로 부모님께 보여드리지 않고 주변 사람들에게 먼저 의견을 구했다.

결과는 생각도 못 한 아이디어라고.

음식이 먹을 정도만 되도 어지간하면 여기서 주문하고, 음식이 맛있기까지 하면 평생 이 가게에서만 사먹는다는 확답을 보여준 30명 모두에게 들었다.

'이걸로 충분할까?'

다시 한 번 기획안을 꼼꼼히 검토했다. 그러자 불현듯 생각이 스쳐지나갔다.

'그러고 보니 엄마가 어지간한 요리는 다 잘하시지.'

왕년에 이런저런 음식점에서 근무를 하셨고, 요리 관련

자격증도 제법 갖고 계시다.

'아빠는 내 또래를 모두 자식처럼 생각하시고.'

어머니의 요리 솜씨와 아버지의 마음씨.

그 두 개가 시너지를 발휘할 수 있는 걸 떠올려봤다.

"그래, 그거야!"

· · · ·◆· · · ·

다음 날.

최창수는 동네를 돌아다니며 나름의 조사를 시작했다.

'역시나 고시원이나 오피스텔이 많네. 중학교랑 고등학교도 하나씩 있고.'

손님이 음식점에 찾아올 때 고려하는 건 거리와 가격, 그리고 맛이다.

우선적으로 거리가 가까우면 찾아오게 되어 있다. 그 다음으로는 가격을 고려하고 마지막으로 맛을 따진다.

사실 맛은 먹을 만한 정도면 문제가 없으므로 가장 중요한 건 거리와 가격이다.

괜히 상권에 따라 임대료가 확 올라가는 게 아니다.

'부모님 가게 5분 거리에는 주택가. 10분 거리에는 오피스텔촌이 있어. 5분 거리의 고객은 사실상 그 가게에 전부 뺏긴 거나 마찬가지니까, 10분 거리의 고객을 사로잡아야 해.'

고시원과 오피스텔 거주자는 대부분 자취생 및 독신 사회인이다.

돈에 쪼들리는 그들이 가장 선호하는 게 무엇일까?

바로 저렴하면서도 양이 많은 음식이다.

최창수는 오피스텔촌 인근을 돌아다니며 존재하는 음식점을 전부 메모했다.

'분식점과 백반집이 대부분이네. 가격은 거기서거기고.'

자취생과 인부가 제법 있던 걸로 보아, 운영은 그럭저럭 되는 모양이었다.

'좋아. 주 고객은 이 일대의 거주자, 그리고 학생으로 좁히자.'

좀 더 확실한 데이터를 얻기 위해서 최창수는 주변을 둘러봤다. 때마침 저 멀리서 편의점 도시락을 갖고 고시원 건물로 들어가려는 젊은 남성이 한 명 보였다.

"저기요."

"네?"

"죄송한데 질문 하나만 해도 될까요? 평소 어떤 식으로 식사를 해결하시죠?"

"식사요? 뭐…… 편의점 도시락이나 라면으로 때우거나, 김밥천국 가서 먹죠."

"역시 돈 문제인가요?"

"그렇죠. 다른 곳은 밥 한 끼에 못해도 7천 원은 나오는데, 편의점은 3천 원 선으로 해결할 수 있고 김밥천국은 비싸도 5천원을 안 넘으니까요."

"그럼 혹시 10분 거리에 가격도 저렴하고, 돈까지 벌 수 있는 음식점이 생기면 그곳에서 식사를 해결 할 생각이 있나요?"

"돈을 번다뇨?"

그 질문에 최창수는 자신의 아이디어를 말해줬다.

돌아온 반응은 긍정적이었다.

"그런 곳이라면 무조건 가야죠!"

"그렇군요. 배고프실 텐데 친절하게 대답해줘서 감사합니다."

그 뒤로도 최창수는 3시간이 넘게 자리를 지켰고, 고시원이나 오피스텔에 진입하는 사람들에게 다가가 똑같은 질문을 건넸다.

돌아온 대답은 전부 비슷했다.

· · · ◈ · · ·

그날 밤.

부모님은 최창수의 기획안을 꼼꼼히 검토했다.

"흐음, 창수야."

"네."

"이건 너무 현실성이 없는 거 아니니?"

"돈이 없으면 현실성 없는 아이디어가 맞아요. 하지만

돈이 있으면 얘기가 달라지죠."

보여줬던 30명 중에서는 박철대가 연결해준 사업 컨설팅 직원과도 개인적인 만남을 가졌었다.

그로부터도 현실성이 없다는 얘기를 들었지만 그 이유가 바로 돈 때문이지. 이 사업의 버팀목이 될 자금만 확실하게 쥐고 있으면 도전할 가치는 있다고 했다.

"돈은 어디서 구할 생각이니?"

"매출이 안정권에 돌입할 때까지는 제가 부담할게요."

"네가 무슨 돈이 있다고 그러니."

"제 통장 보여드렸잖아요. 그 외에도 저 돈 진짜 잘 벌어요. 고액과외를 두 개나 하고 있거든요. 그 외에도 돈 들어올 곳이 많아요."

부모님이 불안한 눈빛으로 최창수를 바라봤다.

얼마 전까지만 해도 품안에 있던 자식. 언제 부모의 짐을 어깨에 질 정도로 성장했나 싶어서 눈시울이 붉어졌지만, 한편으로는 어디서 나쁜 짓이라도 하고 있지 않나 걱정이 됐다.

하지만 부모 된 입장으로 자식을 의심할 수는 없었다.

여기서는 우선 자식을 믿고 따르는 게 정답이다. 부모님도 내심 새 출발이 하고 싶었으니까.

"그래, 돈은 네가 부담하니 더 이상 왈가왈부할 수는 없지. 대신 언제든지 이 시스템을 폐기할 수 있는 권한은 줬으면 하는구나."

"물론이죠. 전 가게만 차려드리는 거지. 운영 및 관리는 부모님이 하시는 거니까요."

"알겠단다. 그럼 우리는 이제부터 뭘 하면 되겠니?"

"우선 부모님은 20개 정도의 메뉴를 개발해주세요. 기존에 판매되는 메뉴라도 괜찮아요."

"갑자기 메뉴는 왜? 치킨 파는 거 아니었니?"

"엄마도 참, 기획안 꼼꼼히 안 읽으셨죠? 고객층을 바꾸기로 했어요. 자취하는 손님으로요."

부모님이 이해하지 못한 얼굴이라서 어째서 그렇게 됐는지 그 이유를 차근차근 설명했다.

"그러니까 창수 네 말은, 똑같은 음식으로 싸워봤자 큰 효과가 없으니까 아이디어에 어울릴 고객들을 상대하자 그거니?"

"바로 그거에요."

"흐음, 그래 알겠다. 닭 값이랑 기름 값이 부담스러웠는데 잘 됐구나. 이거라면 배달 걱정 할 필요도 없고. 그 외에 더 할 일은 없냐?"

"고소 절차를 차근차근 밟아주세요. 나머지는 제가 알아서 다 해결할게요."

· · · · ◈ · · · ·

업종이 뭐냐에 따라 사업 시 화력을 집중해야 할 곳이 달라진다.

PC방의 경우에는 의자와 컴퓨터, 카페의 경우에는 분위기에 집중하는 편이다.

음식점이라면 당연히 음식에 집중!

그렇다고 인테리어를 대충해도 된다는 말은 아니다.

최창수는 박철대의 지인이 운영하는 인테리어 업체가 있는 수원으로 향했다.

"연락드렸던 최창수라고 합니다."

"아, 기다리고 있었습니다."

박철대보다 몇 살 어려보이는 사장이 최창수에게 악수를 건넸다.

"철대 형님으로부터 얘기는 들었습니다. 젊은 친구가 참 대단하다고 생각합니다, 효도 한 번 확실히 하더군요."

"부모님이 편안해야 제 마음도 편안하니까요. 바로 인테리어 얘기로 넘어갈 수 있을 까요?"

"물론이죠."

원래 이런 일은 직원이 하지만, 박철대의 지인이라서 사장이 직접 최창수와 얘기를 진행하게 됐다.

"이게 저희 업체에서 시공한 인테리어 샘플입니다. 마음에 드는 걸 고르시고, 의견을 제시하면 그에 걸맞게 도안을 한 번 짜고 보여드리죠."

최창수는 진지하게 샘플을 바라봤다.

'이사장님 지인이 운영하는 곳이라 그런지, 하나 같이 전부 다 괜찮네.'

그렇다고 아쉬운 점이 없는 건 아니었다. 너무 화려한 색 위주라서 장시간 머물러있기에 적합하지 않은 것과 손님이 많으면 산만한 느낌이 될 거 같았다.

'음식점이라서 못 해도 30분은 머물러 있게 돼. 게다가 내 생각으로는 늘 손님이 붐빌 거 같고.'

부모님의 가게 기존 인테리어를 떠올려봤다.

호프집이라서 전체적으로 분위기가 어두웠고, 한 푼이라도 아껴보자고 인터레이도 단출하게 해 놨다.

그에 비해 라이벌 가게는 하나부터 열까지 빵빵하게 투자를 해서 고급스러운 이미지가 강했다.

'그 당시야 부모님 가게 밖에 없었으니 자연스레 손님이 몰렸지만, 이제는 아니지. 모든 게 그 가게보다 뛰어나야 이길 수 있어.'

최창수는 바로 의견을 제시했다.

"벽지는 눈에 피로감을 덜 주는 민트색으로 해주세요. 가구도 따뜻한 색으로 통일해주시고요."

주 고객은 공부와 회사 생활에 지친 사람들이다.

단순히 음식만 먹는 것이 아닌, 가게라는 공간 안에서 잠시나마 삶에 여유를 느꼈으면 했다.

이런저런 얘기를 나누고서야 인테리어 초안이 잡혔다. 이제 이걸 부모님께 보여드리고 몇 번 더 수정을 거치면 인테리어 문제는 걱정할 필요가 없다.

첫 번째 일처리를 끝내고 최창수는 철강 산업 본사로

향했다.

그 이유는 하나.

반재현을 만나기 위함이었다.

"4시에 약속 잡아둔 최창수라고 합니다."

반재현 담당 비서에게 신분을 밝히자 이사실로 최창수를 안내해줬다.

넓고 고급스러운 방.

그곳에서 반재현이 업무를 처리하고 있었다.

"반재현 이사님. 저 왔습니다."

"오! 창수 학생, 오랜만이군요. 다시 만나서 반갑습니다. 기다리고 있던 참이에요."

"그럼 바로 본론으로 들어가도 될까요?"

"그러도록 합시다."

반재현과 소파에 마주 앉았다.

등이 확 들어가고 푹신푹신한 소파. 가게 벽 쪽에 위치할 의자를 이런 걸로 하는 것도 괜찮을 거 같았다.

오늘 반재현과 만난 이유는 그로부터 투자를 받기 위함이었다.

3D업종 분야의 으뜸인 철강산업.

십 년 전부터 가구 산업에도 뛰어들어 무섭게 성장 중이다.

기존 가구를 전부 버리고 새 가구를 배치하려고 했다. 물론 값은 만만치 않지만, 어떻게든 감당 가능한 수준이었다.

괜찮은 가구를 찾아보고 있을 때, 반재현이 먼저 안부전화를 했다. 이런저런 얘기를 나누다 거론된 사업 문제 및 가구 문제.

좋게 평가한 최창수가 부모님을 위해 준비한 사업 아이디어가 뭔지 반재현은 흥미가 동했고, 괜찮으면 자신이 시간 될 때 잠깐 회사로 와서 보여줄 수 있냐고 양해를 구했다.

반재현 이사의 의견도 들으면 좋고, 무엇보다 괜찮으면 가구를 지원해주겠다고도 하니 최창수 입장에서는 안 갈 이유가 없었다.

최창수는 바로 자신의 기획안을 꺼냈다.

"흐음."

반재현이 진지한 얼굴로 기획안을 읽었다. 그리고 읽는 내내 역시나 최창수는 재밌는 학생이라는 걸 다시 한 번 실감하게 됐다.

"이런 아이디어였군요."

"어떤가요?"

"아이디어의 신선도 자체는 굉장히 좋군요. 하지만 저라면 절대 이 아이디어로 사업을 하지 않을 겁니다. 실패시 패널티가 너무 크군요."

"실패하지 않으면 되는 문제 아닌가요?"

실패하지 않으면 된다.

그 자신감 넘치는 대답에 반재현은 재밌다는 듯 웃었다.

"하하! 그렇죠. 실패하지 않으면 되는 거죠."

"네. 실패하지 않을 자신도 있습니다."

"어째서죠?"

"사람이라면 당연히 돈을 좋아하니까요."

그 대답에 반재현은 기획안을 다시 읽어봤다.

가게 이름은 복권 식당.

아이디어는 간단명료했다.

한 번 식사하면 쿠폰을 준다.

한 장은 최소 500원부터 1천원까지의 당첨금액을. 두 장은 1천원부터 5천원까지. 세 장은 1천원부터 1만원까지. 당첨 금액이 다른 가게 자체 제작 쿠폰을 준다.

그 자리에서 현금으로 즉시 지급이었다.

돈에 쪼들리는 자취생과 회사원이라면 필히 가게를 찾을 수밖에 없는 시스템이었다.

가격대는 4천원부터 6천원까지이므로, 김밥나라 및 한 스델리와 비슷한 가격대다.

이 가격대에 운이 나쁘고 성질이 급해도 500원은 아낄 수 있는 시스템이 있으니.

돈에 쪼들리는 학생과 사회인이라면 필히 찾을 수밖에 없다.

"맛있게 식사도 하고, 세 번을 채우면 돈도 벌고. 설정한 타깃이라면 좋아할 수밖에 없는 가게라 생각합니다."

"이득은 어떻게 취할 생각인지 궁금하군요."

"가격이 저렴하고 파격적인 시스템이라서 박리다매 형

식으로 갈 생각이에요."

처음에는 고민을 많이 했다.

치킨 한 마리가 1만 8천원. 이것저것 다 따지면 한 마리를 판매할 때 프렌차이즈의 순이익은 2천 원, 개인 업체는 그보다 약간 더 많은 정도다.

판매가에 비해 적은 순이익.

주문량이 많지 않으면 필연적으로 손해를 볼 수밖에 없다.

'손해를 볼 바에야 차라리 박리다매가 낫지.'

방학 전, 틈틈이 도서관에 찾아가 꾸준히 독서를 했다.

그 중에 경영학도 대부분이었고, 좀 더 확실하게 이해를 해서 자신의 것으로 만들려고 운수 대통령으로 경영학의 책도 2단계까지 구매했다.

덕분에 그 바닥에서 5년은 있어야 얻을 수 있는 능력을 얻게 됐다.

단순히 번뜩이는 아이디어로 승부하려는 게 아니라.

나름의 조사를 전부 마치고, 그 가능성을 엿 봐 실험적인 도전을 하려는 것이었다.

"물론 손해가 심하면 복권 시스템은 바로 폐기할 거예요. 하지만 적더라도 이득을 볼 수 있다면 계속 이어갈 생각이고요."

회사 생활을 잘 하시던 아버지가 갑자기 퇴사를 선택하고 자영업을 한다 하셨을 때.

어째서 힘든 일을 선택했냐고 물은 적이 있었다.

그 질문에 아버지는 웃으며 답하셨다.

몇 십 년 동안 회사 생활만 하니 이제는 삶이 퍽퍽하다고, 자영업을 통해서 삶의 활력을 얻고 싶다고.

물론 활력을 얻은 건 처음 몇 년이고, 그 뒤로는 스트레스만 받으셨지만……

'이제는 내가 아빠의 꿈을 이뤄드릴 시간이야.'

최창수가 진지한 눈빛으로 반재현을 바라봤다.

"가구를 투자해주셔도 제가 반재현 이사님께 돌려드릴 수 있는 건 없습니다. 가구 값이 아까울 거 같으면 굳이 무리 안 하셔도 돼요. 제 능력으로도 해결할 수 있거든요."

"흐음……"

잠시 고민해보기로 했다.

현실성이 떨어질 뿐 아이디어 자체는 괜찮았다. 게다가 자비로 가구를 투자해봤자 자신에게는 돈 같지도 않은 금액이라 손해가 없다.

그가 걱정하는 건 딱 하나.

자신감 넘치는 최창수가 한 번의 실수로 와르르 무너지는 거였다.

'지금까지 몇 명의 인재가 무너지는 꼴을 봐왔는가.'

반재현은 30분 동안 침묵을 유지하며 어떤 게 정답일지 진지하게 고민했다.

그리고…….

"요즘 젊은이들은 안전하고 쉬운 길만 가려는 경향이 잦습니다. 하지만 최창수 학생은 아니더군요. 함부로 말도 걸기 힘든 제게 의견을 주장하고, 경호원도 더 빨리 절 구해냈습니다. 그리고 이번에도 남들과 같은 길을 걷지 않고, 자신만의 독자적인 길을 만들려고 하고 있죠. 저는 그 점을 높게 평가하고 있습니다."

"그렇다는 건?"

"도와드리겠습니다. 젊은이의 가능성에 투자가 하고 싶어졌군요."

"정말인가요? 이야호! 감사합니다!"

철강산업의 가구는 비교적 값이 비싼 대신 그만큼 디자인이 아름답고 재질이 좋았다.

'이거라면 인테리어를 더 아름답게 꾸밀 수 있겠어!'

라이벌 가게를 무너트릴 발판이 거의 다 완성됐다.

그 뒤로도 최창수는 단 하루도 게을리 보내지 않았다. 몇 번이고 가게 근처 지리를 파악하며 고객의 동선, 오는 길에 무엇이 있나 파악해서 그들에게 필요한 걸 메뉴로 선정해 부모님에게 얘기를 꺼냈다.

한 번 시작한 건 완벽하게 하는 최창수.

그 모습을 다시 한 번 보여줄 때가 찾아왔다.

시간은 빠르게 흘러 오픈이 코앞까지 다가왔다. 영업정지는 진작 풀렸고, 대학생이 돼서 처음으로 맞이한 방학도 며칠 남지 않았다.

'예쁘게 잘 뽑혔네. 방학 끝나기 전에 거의 다 해결해서 다행이야.'

인쇄소에서 뽑아온 전단지를 바라봤다.

가게 외관과 내부, 약도, 메뉴명과 사진이 예쁘게 잘 인쇄되어 있었다.

이제 남은 일은 오픈 전까지 열심히 홍보하고, 장사가 잘되길 바라는 것뿐!

그전에 부모님과 가게 구경을 하기로 했다.

"이게 우리 가게라고?"

아버지가 탄식을 터트렸다.

시공이 완료된 지는 일주일이 지났다.

하지만 메뉴 문제로 부모님이 친척 분식집에서 일을 배우느라 오늘 저녁까지 집을 비웠다.

하루 푹 쉬고 내일 봐도 되건만, 마음이 급한 지 최창수를 닦달했다.

"마음에 드세요?"

"마음에 안 들릴 리가 있나. 허허…… 역시 돈이 최고구면."

기뻐하는 부모님.

최창수는 실실 웃으면서 가게를 바라봤다.

예전에는 세월의 흔적 때문에 공사를 했음에도 허름한 느낌이 약간 남아있었지만, 지금은 시대 흐름에 맞춰 세련된 느낌으로 탈바꿈 한 상태였다.

"어머, 예뻐라."

가장 좋아한 건 어머니였다.

인테리어 업체와 얘기했던 대로 벽지는 민트색으로, 테이블과 의자는 따뜻한 느낌의 색깔로 설치했다.

그 외에도 낮에 켤 전등과 저녁 때 켤 전등을 따로 구분해서 설치했고, 스트레스를 줄여주는 향을 가진 아로마 향초도 군데군데 놓아뒀다.

'반재현 임원 덕분에 예상보다 더 화려하게 꾸밀 수 있었어.'

몇 번을 봐도 만족스러운 결과물이었다.

"그런데 창수야. 파는 메뉴에 비해 가게가 너무 화려하지 않니?"

"고객층을 생각하면 이 정도 화려함이 딱 좋아요. 이 근처 학생들은 전부 여중고생이잖아요? 그 나이 때라면 당연히 고급스러운 분위기에 가게를 좋아할 수밖에 없죠. 그리고 자취생. 형편 문제로 저렴한 가게 말고는 마음대로 가지도 못할 텐데, 이제는 이곳이 그 대리만족을 채워줄 거예요."

"음, 듣고 보니 일리 있구나."

하나부터 열까지 논리적인 사고로 입각해 기획했다.

이제 그 사고가 실전에도 먹힐 지 기다려보는 것뿐.

· · · ◈ · · ·

다음 날.

최창수는 천안역에서 누군가를 기다리고 있었다.

'시간이 몇 시인데 아직도 안 와?'

시간을 확인했다.

1시.

약속시간은 분명히 12시였건만 상대방은 나타나지 않고 있다. 그렇다고 도움을 먼저 요청한 자신이 돌아갈 수는 없다.

조금만 더 기다려보고 안 오면 우선은 자기 먼저라도 전단지를 뿌리고 있자.

그로부터 얼마 있지 않아 저 멀리서 익숙한 사람이 보였다.

"선생님~"

초민아였다.

원래도 꾸미기 좋아하는 애라서 어지간한 패션과 학생에게 뒤지지 않을 정도로 예쁜 차림새로 등교했는데, 오늘은 평소보다 더 아름다운 외모였다.

대충 봐도 아름다운 여성과 그에 필적하는 외모의 남성.

행인의 이목을 사로잡는 건 당연했고, 다들 역시 비슷한 사람끼리 사귀는구나 생각하게 됐다.

"야! 지금 시간이 몇 시인 줄 알아?"

"선생님도 참~ 코리안 타임 몰라? 12시면 1시까지로 알아들어야지."

"내 사전에 코리안 타임은 없거든? 늦으면 솔직하게 늦는다 대답하지, 이게 뭐야."

초민아와 나눈 대화 메시지를 보여줬다.

어디냐고 물을 때마다 출발했다 신호가 멈췄다 지하철이 안 온다 거의 다 왔다 등등 앵무새처럼 똑같은 말만 반복한 모습이 인상적이다.

"어쩔 수 없는 걸! 오랜만에 선생님 만나는 건데 대충 꾸미고 올 수는 없잖아? 게다가 선생님 부모님도 만나 뵐 텐데!"

"그걸 네가 왜 신경 써?"

"혹시 몰라? 선생님 부모님 눈에 내가 쏙 들어올지?"

부모님이 어떤 며느리를 좋아할 지 떠올려봤다.

아버지는 널 좋아하는 여자면 된다 했고, 어머니는 싹싹하고 집안일 잘 하면 좋겠다 말한 기억이 남아있다.

'첫 번째부터 아닌 거 같은데?'

초민아가 자신에게 관심이 있다는 사실은 모를 수가 없다. 대학에서 거의 대부분 자신을 졸레졸레 따라다니니까.

'두 번째는…… 미묘하네.'

외모 덕분에 자신감이 넘치는 지 초민아가 사교성은 좋은 편이다. 하지만 집안일은 썩 잘 할 거 같지 않다.

집안일을 잘하면 애초에 매일 같이 밖에서 식사를 할 필요도 없고, 저번처럼 과제 문제로 그녀의 집에 놀러갔다가 실수로 장롱을 열었는데 억지로 쑤셔 넣은 빨랫감이 떨어지지도 않았을 거다.

결혼은 아직 먼 미래의 일, 벌써부터 고민해봤자 머리카락 빠지는 게 고작이다.

"모르겠다. 우선 이거 받아."

초민아에게 전단지 건넸다.

오늘 그녀를 부른 이유는 하나.

가게 홍보를 하기 위함이었다.

처음에는 서유라를 부를 생각이었다. 부탁할 때 가장 부담이 없는 상대고 방학이니 천안에 있을 줄 알았으니까. 하지만 예상과 달리 패션 공모전에 제출할 작품을 디자인 중이라 바쁘다는 대답을 받았다.

신소율도 피서 시즌이라 바쁘다고 하니, 마지막 구원자는 초민아 밖에 없었다.

"절반 줘도 괜찮은데?"

"멀리서 도와줬는데 조금이라도 덜 힘들게 해야지."

"헉! 선생님 지금 내 걱정해주는 거야? 어떡해! 완전 감동이다!"

"……그만 떠들고 가자."

"응!"

두 사람은 바로 터미널로 향했다.

주말답게 인산인해를 이루고 있다.

"네가 200장, 내가 500장 돌릴 거야. 그 다음으로 가게 근처에서 또 돌릴 거고. 끝나면 전화 해."

"오케이~ 이 정도야 금방이지!"

초민아가 바로 근처 남자들에게 다가가 영업용 미소를 지으며 전단지를 건넸다. 미녀의 등장에 남자들은 쑥스러워 하면서 전단지를 받았다.

'어쩌면 쟤를 부른 게 정답이었을 지도 모르겠네.'

뒷일을 걱정하지 않고 바로 다른 곳으로 이동하면서 전단지를 나눠주기 시작했다.

"전단지 받아가세요."

근처를 지나가던 여대생 무리에게 접근했다.

최대한 근사하게 웃으면서 전단지를 건네니 방금 전까지 조용하던 여대생 무리가 갑자기 미소를 머금게 됐다.

"무, 무슨 가게에요?"

"복권 식당이라고 한스텔리 같은 가게에요. 내일 오픈하거든요? 전단지 갖고 오면 쿠폰 없이도 바로 복권 긁을 수 있어요."

"아, 그렇구나~ 꼭 한 번 가볼게요!"

전단지를 받은 여대생 무리가 다급하게 자리를 떴고, 몇 번이나 뒤를 돌아 최창수의 얼굴을 확인했다.

전단지를 받으면 보통은 버리기 마련.

물론 아예 안 버려진 건 아니었지만, 타 전단지에 비하면 아주 극소수에 불과했다.

그마저도 남자들이 버린 것!

여자들은 어떻게 해서라도 최창수와 다시 만나고 싶어서 전단지를 챙겼다.

'벌써 입소문이 돌았나?'

전단지를 배포하기 시작한 지 1시간 째.

처음에는 느린 속도로 전단지가 줄어갔는데, 지금은 여자들이 먼저 다가와서 전단지를 받을 수 있냐고 물어봤다.

못 줄 것도 없기에 한 장씩 나눠주고 있자니 벌써 절반도 안 남게 됐다.

"저도 전단지 주세요!"

"저도요, 저도!"

이제는 가만히 서 있어도 알아서 손님들이 찾아와 전단지를 받는 경지에 이르렀다.

"저기 오빠, 사진 한 장 같이 찍어주시면 안 돼요?"

"저도 사진 찍을래요!"

"내일 가게 가면 오빠 있어요?"

"이 사진 이거! 오빠 맞죠?"

쉴 새 없이 쏟아지는 질문.

최창수는 최대한 성심성의껏 대답해줬다.

"꼭 가겠다고 약속하면 사진 찍어드릴게요! 내일은 저도 함께 일하고요, 사진은 뭘 말하는 거죠?"

"이거요. 오빠 맞죠?"

한 여학생이 휴대폰을 보여줬다.

서유라와 함께 쇼핑을 했던 날 행인들에게 찍혔던 그 사진이 얼짱이라는 태그와 함께 인터넷에 게시되어 있었다.

그뿐만 아니라 공석을 채우느라 응한 모델사진도 함께였다.

"와. 이게 인터넷에도 올라가네."

조심스레 휴대폰을 건네받아 반응을 확인했다. 대부분 자신의 얼굴을 프로필 사진으로 걸어둔 그들, 남자들은 자기도 꾸미면 저 정도는 된다 말했고 여자들은 어디 사는 사람이냐고 만나서 인사라도 하고 싶다고 했다.

"어…… 음."

얼굴도 모르는 사람들에게 사랑받고 있다.

기쁘면서도 묘한 기분이 들었다.

휘이잉!

기분이 좋아 전단지에 잠시 신경을 껐다. 그때 강한 바람이 불었고 전단지 몇 십장이 하늘에 휘날렸다.

"헉!"

떨어진 걸 주워 잠정적 손님에게 줄 수는 없다. 급하게 달려가 몇 장이라도 낚아채려고 했지만, 인파 때문에 여간 쉬운 일이 아니었다.

그때.

"음?"

"뭐지?"

날아간 전단지는 총 30장.

그 중 다섯 장은 어떻게든 낚아챘고, 나머지 스물 다섯 장은 바람에 휘날려 지나가던 행인의 가방에 들어가거나 머리 위에 떨어졌다.

"……역시 난 운이 좋아."

집에서 나오기 전, 행운을 3단계까지 충족한 보람이 있었다.

2시간도 안 돼서 500장의 전단지가 전부 동났다. 못 받은 여자들은 어디에 위치했을지라도 알려 달라 요청했고, 몇 몇은 바닥에 떨어진 전단지라도 챙기기까지 했다.

때마침 초민아가 끝났다는 전화를 해서 몰려드는 인파 속에서 빠져나올 수 있었다.

"대박! 선생님, 그 많은 걸 벌써 다 돌렸어?"

"어쩌다 보니까. 자, 다음 곳으로 이동하자."

택시를 타고 도착한 집, 바로 전단지를 갖고 나왔다.

이번에는 직접적으로 전단지를 나눠주기 보다는 아파트 현관이나 주택 대문에 붙이는데 집중했다.

덕분에 1시간도 안 돼서 전단지가 바닥을 보였고, 끝났을 때는 5시쯤이었다.

"밥·먹고 갈 거지?"

"맛있는 거 사줄 거야? 나 애슐리 가고 싶은데!"

"애슐리보다 더 맛있는 곳으로 데려다줄게."

"헉, 어딘데?"

초민아를 데리고 함께 자신의 가게로 향했다. 빕스를 생각한 그녀의 얼굴에 실망에 물들었다.

"선생님 가게잖아……. 자취하면서 만날 이런 거 먹는단 말이야."

"우리 부모님이 해주시는데? 것 봐, 안에 계시잖아."

"안녕하세요! 어머님, 아버님!"

언제 실망했냐는 듯 초민아가 영업용 미소와 함께 활기차게 인사하면서 가게 안으로 들어갔다.

내일 있을 오픈을 위해 마지막으로 점검을 하시던 부모님, 제사라도 지내는 마음으로 오늘은 다 같이 이곳에서 식사를 하기로 했다.

"창수 왔구나. 옆쪽이 네가 말한 친구냐?"

"안녕하세요! 초민아라고해요!"

"음, 그래. 싹싹해보여서 보기 좋구나. 생긴 것도 예쁘고, 우리 창수랑 잘 지내줘서 고맙단다. 주말인데 일까지 도와주러 오고."

"에이~ 아니에요~ 어머님, 아버님 소식을 듣자마자 이건 가야겠다 싶었는걸요! 더 큰 도움이 못 되어드려서 죄송해요~"

"하하! 이거 참, 정말 좋은 친구를 두었구나."

"좋은 애는 맞는데……. 아빠 옷차림이 왜 그래요?"

평소에는 대충 입으시는 아버지, 지금은 잘 다린 양복을 입고 있었다.

"창수 네가 여자 친구 데려온다고 하니 아침에 미용실까지 갔다 오셨어."

주방에서 요리 중이던 어머니가 웃으면서 말했다. 그러자 아버지는 쓸데없는 소리 좀 하지 말라면서 평소처럼 작은 말다툼을 하셨다.

"선생님."

초민아가 실실 웃으며 최창수의 옆구리를 찔렀다.

"나 선생님 여자 친구야?"

"……아니."

"아직은 아닌 거겠지?"

"몰라. 그런 거 묻지 마."

"품. 선생님도 참~ 부끄러워 하기는. 귀엽다니까~"

바빠서 뒤 돌아볼 겨를도 없이 보낸 두 달…….

오랜만에 마음 놓고 웃을 수 있는 날이 찾아왔다.

저녁 식사가 끝나고 가족끼리 잡담을 나누고 있자 벌써 해가 어두워졌다.

밤도 늦었는데 여자를 혼자 돌려보낼 수는 없어, 천안역이 아닌 고속버스터미널로 향했다.

"자, 표."

"땡큐~ 덕분에 차비 아꼈네. 오늘 즐거웠어! 아버님 정말 유머 넘치시더라."

"즐거웠다니 다행이네. 부담스러울까봐 내심 걱정했거든."

"후후, 그보다 느낌이 딱 왔어! 두 분 다 날 마음에 드셔 했다니까? 이제 선생님만 확……!"

"그래, 그래. 알겠으니까 어서 가라, 10분 뒤에 출발하니까 지금 탑승해야 해."

"후후, 그래~ 대학에서 애들 다 보는 앞에서 큰소리로 떠드는 게 더 좋겠지! 이만 가볼게, 선생님 안녕~"

초민아가 손을 붕붕 흔들면서 버스에 올라탔다. 그리고 창가에 앉아서도 계속 손을 흔들었다.

'아이고, 정신 사나워.'

초민아를 보내고 바로 집으로 돌아갔다.

내일 아침 10시에 오픈을 할 예정이고, 손님이 잔뜩 찾아올 걸 대비하려면 일찍 자둬야 한다.

그때, 바닥에 떨어진 전단지를 확인했다.

'바람에 날렸나?'

다행히 전단지의 상태는 깨끗해서 지나가다 보이는 집에 붙이려고 했다. 그때 좋은 생각이 하나 들었고, 최창수는 다른 곳으로 발걸음을 옮겼다.

도착한 곳은 라이벌 치킨 가게.

12시가 가까운데도 손님이 제법 있었다.

"아저씨 소원대로 저희 가게가 망하니까 장사가 두 배는 더 잘 되나 봅니다?"

그동안은 라이벌 사장이 마음에 안 들어도 예의를 지켰다.

하지만 부모님의 가게를 망하게 했다는 걸 안 이상, 더 이상 예의를 지키고 싶지 않았다.

"또 너냐? 치킨 안 살 거면 돌아가."

"이거만 드리고 돌아갈게요."

최창수가 전단지를 건넸다.

"뭐야. 영업정지 당해서 가게 판 줄 알았건만 리모델링한 거였어?"

"내일 오픈하거든요. 꼭 한 번 와주세요."

"미쳤어? 내가 거길 왜 가?"

"당연히 오셔야죠."

최창수가 씨익 웃으며 말했다.

"아저씨 가게를 망하게 할 곳인데."

"……뭐?"

"프렌차이즈 대표문구는 정직한 치킨만 팝니다인데, 아저씨는 아니네요?"

"생뚱맞게 뭔 소리야?"

"정말 모를 거라 생각하세요? 누구 때문에 영업정지가 됐는지."

"허! 이제는 다짜고짜 생사람까지 잡네. 나가, 이 녀석아!"

가게 주인이 억지로 최창수를 내쫓으려 했다. 어차피 돌아갈 생각이었기에 제 발로 당당히 걸어서 나갔다.

그리고 마지막으로 한 마디만 더 하기로 했다.

"조만간 집에 고소장 날아갈 겁니다. 어떻게 하면 살 수 있는지 열심히 궁리해두세요."

· · · ◆ · · ·

오픈 당일 새벽.

복권 식당 근처를 누군가가 서성거렸다.

새까만 옷과 복면 때문에 얼굴을 확인하기 힘든 괴한, 그
가 주변을 확인했다.

'아무도 없군.'

해가 뜨려면 4시간은 더 있어야 한다. 그렇다고 여유롭
게 작업을 해서는 안 된다.

'나이도 어린 새끼가, 감히. 어디 한 번 엿 먹어 봐라.'

괴한이 검은 봉지에서 스프레이를 꺼내 팔이 아파올 때
까지 흔들었다. 그리고 복권 식당 전체를 스프레이로 도배
하려고 했…… 지만.

"윽!"

어디선가 날아온 돌덩이가 자신의 손목을 후려쳤다. 놓
치고 만 스프레이가 요란한 소리를 내며 바닥을 굴렀다.

돌덩이가 날아온 방향을 바라보니, 누군가가 엄청난 기
세로 달려오고 있었다.

"젠장!"

붙잡히면 골치 아파진다.

괴한은 스프레이를 전부 버리고 급하게 자리를 떴다.

전력으로 달려가면 충분히 잡을 수 있는 상황!

하지만 최창수는 가게 앞에서 딱 멈춰 섰다.

"역시, 오길 잘했네."

상대를 도발하기 위해서 이런저런 얘기를 꺼냈지만, 집으로 돌아가면서 생각해보니 괜한 짓을 한 거 같았다.

상대방은 양심의 가책 없이 고등학생을 이용해 자신의 가게를 망쳐놓은 쓰레기.

얌전히 넘어갈 리가 없었고, 혹시나 싶은 마음에 1시간 전부터 멀리서 대기하고 있었다.

'피곤해서 돌아가려고 했는데 딱 그 타이밍에 오다니. 역시 난 운이 좋아.'

어지간해서는 돌아오지 않겠지만, 만일에 경우를 대비해서 가게 안에서 모자란 수면을 충족하기로 했다.

그리고 다음 날 아침.

"창수야?"

자는 사이에 부모님이 왔다.

"왜 여기서 자고 있니?"

그 질문에 어제 있던 일을 말했고, 어머니는 어이가 없어서 침묵을, 아버지는 머리끝까지 열이 올랐다.

"그 싸가지 없는 녀석! 안 되겠다, 그런 놈은 한 번 망해봐야 정신을 차려. 확실히 망하게 해야겠어! 자, 여보! 어서 준비하자고!"

아버지가 콧바람을 강하게 내뱉으면서 부엌으로 들어갔다.

정식 오픈은 오전 10시.

그전까지는 손님을 받을 준비를 해야 한다.

부모님은 밑반찬을 준비하면서 재료 손질을 했다. 구경만 할 수 없던 최창수도 두 팔 걷어 부모님의 일을 도왔다.

그리고 9시 30분.

아직 오픈까지 30분이나 남았는데 바깥에는 서른 명의 손님이 대기하고 있었다.

그 중 5명은 자취생, 나머지 25명은 전부 여자였다. 여대생이 가게 앞에 잔뜩 몰려 있으니 남자 자취생들은 괜히 머리를 정리하게 됐고, 지나가던 사람들도 걸음을 멈췄다.

'시작은 순조롭네.'

시간이 차츰차츰 흐르면서 대기하는 손님도 점점 늘어났다.

애초에 치킨 집이었던 가게라 테이블은 많다. 하지만 저 많은 손님을 전부 수용하기에는 무리가 있다.

고민 끝에 최창수는 번호표를 나눠주기로 했다.

"와! 저것 봐, 내 말대로 엄청 잘 생겼지?"

"헉! 그러게. 한참 동생 같은데 남자답게 생겼다."

"오빠! 전단지 갖고 왔어요!"

번호표를 갖고 나가기가 무섭게 몇 몇 여성들이 환호성을 질렀다. 보통 부담스러운 게 아니라 어색한 미소로 흘려 보냈다.

현재 인터넷에 나도는 최창수의 사진……

이 정도 반응은 아직 약과였다.

"생각보다 손님이 많아서 번호표를 배부할게요. 차례대로 서주세요."

그 말에 여자들이 엄청난 기세로 몰려들었다. 남자 자취생들은…… 그냥 돌아갈까 하다가도 복권이랑 오늘이 아니면 또 어디서 이 많은 여자 사이에 껴 있나 싶어서 얌전히 행렬에 끼어들었다.

계속해서 새로이 주어지는 역할을 수행하고 있자 금방 10시가 됐다.

번호표를 하나씩 거두면서 손님을 받아 자리로 안내했다.

"여기 치즈 돈가스랑 김치 돈가스 나베 1인분씩이요!"

"더블 햄버그스테이크랑 치즈 오븐 스파게티주세요!"

"순살 치킨 오므라이스랑 스파이시 치킨 볶음밥이요!"

고객층이 좋아할 법한 메뉴로 가득한 메뉴판.

쉴 세 없이 주문이 몰아쳤고, 주문을 끝낸 손님은 음식이 나오기 전까지 무한리필 음료를 즐겼다.

"엄마! 여기 주문서요!"

"알겠단다!"

어머니가 빠른 속도로 음식을 조리하기 시작했다. 아쉽게도 치킨 튀기는 거 말고는 요리에 전무한 아버지는 옆에서 보조만 하는 정도였다.

'시간이 흐르면 손님이 더 늘 거 같은데, 과연 셋으로 충분할까?

고민해본 결과 일손이 더 필요할 거 같았고, 급한 대로 초민아에게 전화를 하려 했다.

바로 그때.

"선생님~"

저 멀리서 달려오는 초민아가 보였다.

"너 왜 여기 있어?"

"바쁠 거 같아서 몰래 찾아왔어! 짜잔~ 잘했어? 아버님과 어머님도 분명히 기특하게 보시겠지?"

"잘하기만 했겠냐! 안 그래도 전화하려고 했는데 정말 잘 왔다!"

기쁜 마음에 초민아를 와락 껴안고 말았다. 그러자 초민아가 함박웃음을 지으며 최창수의 등을 쓰다듬었다.

"헤헤. 나만 믿으라고!"

초민아가 가게 뒷문으로 들어가 부엌에 도착했다.

"안녕하세요! 도와드리려고 왔어요!"

어제는 잔뜩 치장하고 온 초민아. 오늘은 매니큐어도 안 바르고 머리도 가지런하게 정돈했다. 차림새도 좁은 부엌에서 활발하게 움직일 수 있도록 입었다.

초민아는 부모님을 도와서 능수능란하게 요리를 시작했다.

"너 요리 제법 하네?"

서빙을 하면서 최창수가 물었다.

"여자인데 요리는 기본이지."

"근데 왜 만날 사먹어?"

"귀찮잖아~ 돈만 있으면 먹을 게 나오는데 귀찮게 내가 왜 해? 오늘 같은 날에만 하면 되지."

"아, 그러냐."

도와주는 건 고마웠지만 초민아와 얘기하면 머리가 아픈 건 어쩔 수 없었다.

우선은 그녀를 신경 끄고 일에만 집중했다.

예상대로 시간이 흐르면서 손님이 계속 늘었고, 회전률도 좋아졌다.

"1만 6천원입니다."

"여기요. 참, 전단지 갖고 왔는데요."

"아! 복권 여기 있습니다."

최창수가 복권을 건넸다. 인쇄소에 부탁해 자체적으로 만든 이 식당만의 복권.

손님이 즉석에서 복권을 긁었다.

"축하드립니다! 2천원 당첨이네요, 자 여기 2천원입니다."

"헉! 바로 주는 거예요? 대박!"

돈을 받으면 1만 4천원에 식사를 해결한 게 된다. 가격을 알고, 그보다 적은 돈을 지불했다고 생각하니 손님 입장에서는 엄청난 이득이라도 본 거 같았다.

젊은이 입맛에 딱 맞는 음식과 계산 후 얻게 되는 소소한 이득까지.

오늘 처음 가게를 찾아온 손님들은 앞으로 자주 여기에 와야겠다는 생각을 갖게 됐다.

특히나 자취생은 무조건 이 가게만 들르기로 마음을 먹을 정도였다.

"대박이군!"

저녁시간이 가까워졌는데도 손님은 줄어들지 않았다.

게다가 좋은 기회까지 찾아왔다.

"저기요. 학생."

30대 초반으로 보이는 여성이 카메라를 꺼내며 말했다.

"제가 인터넷 기자거든요? 이 가게 시스템이 참신하고, 학생도 잘 생겨서 취재가 하고 싶은데 잠깐만 시간 좀 내줄 수 있을 까요?"

"헉! 저희야 환영이죠!"

"저는 파워블로거인데 블로그에 가게 올려도 되죠?"

"홍보 해주신다는 데 당연히 괜찮죠! 뭐든 좋습니다! 입소문 부탁드려요!"

최창수는 바로 취재를 진행했다.

어쩌다 가게를 차리게 됐고, 이 아이디어를 어떻게 떠올렸고, 앞으로의 운영방침과 각오, 그리고 개인적인 얘기도 몇 마디 나눴다.

마지막으로 기사 대문을 장식할 사진을 부모님과 함께 찍었다.

모든 게 순조로운 이 상황.

다급함을 느끼는 한 명이 있었다.

"이런 씨부럴!"

라이벌 가게 주인이 거칠게 욕설을 내뱉으며 죄 없는 바닥을 계속 짓밟았다.

"대체 뭐 얼마나 맛있기에 손님이 전부 저기로 가냐고!"

자신의 가게를 바라봤다.

평소에는 점심쯤에도 손님이 있지만 오늘은 파리만 날렸다. 간혹 있는 일이라 신경 쓰지 않았고, 저녁이 되면 눈엣가시 같았던 저 가게에 몰린 손님도 전부 이곳으로 오리라 생각했다.

하지만 아니었다.

이 시간쯤 되면 슬슬 손님이 와야 하건만.

철 이른 파리가 신경을 거슬릴 뿐이었다.

"비켜! 다 비키라고!"

라이벌 가게 주인이 잔뜩 몰린 인파를 억지로 뚫고 지나가려 했다. 그러자 대기 중이던 여대생들이 거칠게 그를 밀어냈다.

"아! 아저씨 뭐해요? 사람들 줄 선 거 안 보여요?"

"비켜, 이 가시나들아!"

"뭐, 가시나? 대머리에 얼굴도 못 생겼으면서 뭐라는 거야!"

"누가 대머리야! 아직 반 밖에 안 까졌거든?!"

기어코 그와 여대생들이 말싸움을 하게 됐다.

'무슨 일이야?'

조용히 서빙 중이던 최창수.

갑자기 밖이 소란스러워지자 잠시 초민아에게 서빙을 부탁하고 소란의 정체를 확인하기로 했다.

이윽고 시야에 들어온 라이벌 가게 주인.

둘의 눈이 마주쳤다.

"잘 만났다, 너 인마!"

"식사하러 오셨어요?"

"뭐? 식사? 시이이익사아아? 이 대가리에 피도 안 마른 놈이 지금 어른을 놀려? 지금 당장 가게 문 안 닫아?!"

"아직 영업종료도 안 했는데 문을 왜 닫아요?"

능글맞게 웃으면서 대답했다.

그게 라이벌 가게 주인의 속을 더 벅벅 긁어놨다.

"지금 너희 가게 때문에 우리 쪽에 손님 한 명도 없는 거 안 보여?"

"멀어서 안 보이는데요."

"안 보이면 가서 보고 와! 아침부터 지금까지 우리 쪽으로 와야 할 손님 다 뺏으니까 좋냐?!"

"그럼 아저씨는 학생 시켜서 저희 가게 영업정지 당하게 만드니까 좋아요?"

"뭐?"

"이성용. 박휘찬. 강신혁. 이름 기억하죠? 아저씨가 친절하게 위조 신분증까지 만들어서 줬으니까요."

"윽……!"

반박할 수 없는 증거가 제시되자 라이벌 가게 주인의 입이 꽉 다물어졌다.

"제가 몰라서 지금까지 가만히 있던 줄 아세요? 천만에요. 오늘을 위해서 근질근질한 입 계속 다물고 있었거든요."

"그래! 내가 그 짓거리 했다! 그래서 뭐? 이제 와서 경찰에 신고라도 하려고?"

"신고는 이미 했고요. 고소도 다 마무리해서 조만간 법정에서 볼 겁니다. 그뿐만 아니라 매출로 아저씨 가게도 망하게 할 거고요. 제 소중한 부모님 가슴에 대못을 박은 죗값, 가벼울 거라 생각하지 마세요."

"핫! 코 묻은 애들 돈이나 벌면서 내 가게를 망하게 한다고?"

"지켜보면 알 일이죠. 용건 끝났으면 돌아가세요. 한창 바쁠 때니까."

"가게 문 닫기 전에는 안 돌아가!"

"그럼 가지 마세요."

"이 녀석이!"

도발이 먹히지 않고, 최창수가 계속 여유로운 태도만 보이자 슬슬 조급해졌다. 이 손님의 행렬이 얼마나 이어질지는 몰라도 당분간은 타격이 크니까.

"에이! 젠장! 빌어먹을 새끼!"

결국 자신이 직접 억지로라도 문을 닫기로 했다. 최창수를 밀쳐내고, 대기 중인 손님이 앉아있는 의자를 억지로 뺏어 밟고 올라간 다음, 닿지 않는 셔터를 어떻게든 잡으려고 했다.

　그때였다.

　"뭐하는 짓이여, 이 개놈의 새끼가!"

　밖이 소란스러운 게 이상했는지, 밖으로 나온 아버지가 대뜸 의자를 걷어찼다. 발판을 잃은 라이벌 가게 주인은 그대로 바닥에 떨어져 고통을 호소했다.

　"남의 가게 다 죽여 놓은 것도 모자라서! 반성도 안 하고 또 이 따위 짓거리를 해?!"

　"이봐요, 형씨! 같은 업계사람끼리 서로 돕고 살아야 할 거 아니요?!"

　"돕고 사는 게 애들 시켜서 우리 집 영업정지 당하게 만드는 거냐! 당장 돌아가! 아니다, 너 오늘 나랑 끝을 보자!"

　아버지가 옷소매를 걷어 올렸다. 그러자 드러나는 두터운 팔목. 가차 없이 라이벌 가게 주인의 머리를 후려쳤다.

　"컥!"

　"컥은 뭔 컥이야! 너 같은 새끼는 매가 약이야!"

　"그, 그만해요 여보!"

　소란스러움을 느낀 어머니가 급히 뛰쳐나와 아버지를 붙잡았다.

　잠깐의 틈.

"두, 두고 보자! 당신! 폭력죄로 신고할 줄 알아!"

라이벌 가게 주인이 되도 않는 협박을 하면 저 멀리 도망
쳤다.

· · · ◈ · · ·

그 뒤로 두 달이란 시간이 흘렀다.

겨울의 추위도 슬슬 사그라지고, 여름이 찾아올 시
기…….

"그 사람 있지? 며칠 전에 보니까 임대 공고 붙여놨더라.
미안해서 어쩌지?"

어머니가 약간 미안하다는 목소리로 말했고, 수화기 너
머로 미안하긴 뭘 미안하냐는 아버지의 호통이 들려왔다.

첫 2주는 라이벌 가게 주인도 잠자코 부모님 식당의 상
태를 살폈다. 그리고 도저히 안 되겠다 싶어서 얼굴에 철판
을 깔고, 과일세트와 함께 부모님을 찾아갔다.

그때는 한 푼이라도 더 벌려고 실수했다면서 제발 용서
해달라고 싹싹 빌었다.

여기서 끝났으면 부모님도 동정심에 서로 도우려고 했을
거다.

문제는 다음 발언…….

어차피 망할 가게 같아서, 두 분 편히 쉬게 하려고 했다
는 그 말이 부모님의 신경을 제대로 건드렸다.

부모님은 평소보다 더 열심히 가게를 운영하셨고, 최창수의 의도대로 복권 당첨금이 영향에 없을 정도로 가게는 주 고객층에 의해 원활하게 운영됐다.

　그뿐만 아니라 라이벌 가게 주인의 인성이 동네에 소문까지 돌기 시작했고, 하루가 무섭게 매출이 점점 줄어들었다. 결정적으로 고소로 인해 엄청난 합의금을 지불하거나, 아니면 군소리 없이 감옥에 가게 되자 라이벌 가게 주인은 조용히 발을 빼기로 했다.

　"가게 덕분에 요즘 엄마도 아빠도 살맛나지 뭐니? 합의금도 조만간 들어올 예정이야. 전부 우리 아들 덕분이네? 아들 최고! 사랑해~"

　"하하! 효도 확실히 한 거 같아서 기분 좋네요! 달에 한두 번씩은 제가 꼭 도우러 갈 테니까, 너무 무리하지 마세요."

　"그래, 그래~ 공부 하느라 바쁠 텐데 시간 뺏어서 미안하구나. 이만 끊어볼게."

　"네, 수고하세요."

　기쁜 마음으로 전화를 끊었다.

　그리고 컴퓨터 앞에 앉아 복권 식당을 검색했다.

　인터넷 뉴스부터 시작해서 블로그 게시물까지 가득 채운 자신의 결과물.

　복권이라는 시스템과 친절한 주인, 맛있는 메뉴가 인기의 비결이었다.

이번 일로 인해서 반재현과 박철대도 자신을 칭찬했고, 학과 동기 및 선배들은 머리가 좋은 애는 역시 뭘 해도 뛰어나다면서 부러운 시선을 보냈다.

"아아~ 밝은 내 인생~ 모든 게 순조롭구나~"

기쁜 마음에 콧노래를 부르면서 편의점에 갈 채비를 차렸다.

그리고 고시원 현관문을 열기 전…….

다시 한 번 엄마에게 전화가 왔다.

"참! 창수 너한테 우편 왔더라. 그거 말하려고 전화했는데 깜빡했네."

"저한테요? 누가 보냈는데요?"

"잠깐만. 아, 여기 있다. 병무청에서 왔네."

"병무청이요?"

"응. 신검 받으라는데?"

송근태 현대 판타지 장편소설

일곱 번째 이야기
대학축제

운수 대통령

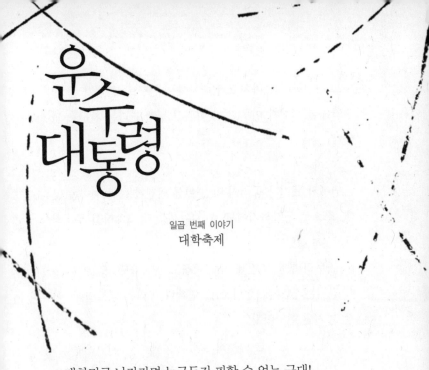

운수대통령

대한민국 남자라면 누구든지 피할 수 없는 군대!

성인이 된 뒤로 늘 각오는 하고 있었지만 막상 신검 소식을 전해 들으니 조금 당황스러웠다.

"야, 너 신검 받았냐?"

신검 날짜는 다음 주.

미뤄도 상관없지만, 우선 친구들에게 의견을 구해보기로 했다.

"나 저번 달에 받았지. 2급 나오더라!"

"야, 2급이면 최전방은 안 간다는데? 난 1급이었어! 오, 부모님! 왜 절 건강하게 낳아주셨습니까!"

20살의 생일이 지난 친구들은 대부분 신검을 받은 상태였다.

그 중 1학년을 마치고 입대한다는 친구도, 군대가 좀 더 편안해질 때까지 미루고 또 미뤄서 늦게 간다는 친구도 있었다.

'어쩌지?'

면제가 됐거나 공익이 아닌 이상 언젠가는 가야 하는 군대. 스스로 생각하기에도 자신은 건강 그 자체라서 무조건 1급일 거 같았다.

'아무리 행운 조건을 다 충족하고 가더라도 공익이 나올 거 같지는 않고. 그렇다고 또 면제나 공익은 별로인데. 이왕 갈 거면 현역이지!'

우선 신검 날짜는 미루지 않기로 했다.

그 대신 전역자인 선배들에게 조언을 얻는 걸로 방향을 옮겼다.

"서은결 선배."

"왜? 심심해?"

"아뇨, 그게 아니고요. 선배 군대 갔다 왔죠?"

"1학년 끝내자마자 갔지. 기분 나쁜 복학생 오빠 안 되려고 얼마나 고생을 했는데! 2년 동안 남자만 보다가, 오랜만에 여자 보니 아무리 나라도 버티기 힘들더라고."

"군대 어때요?"

"군대? 아, 그러고 보니 창수 너도 슬슬 군대 걱정 할 나이구나. 신검은 받았어?"

"다음 주에 받아요."

"너는 무조건 1급 나오겠네. 축하해, 국민의 의무! 멋진 남자가 돼서 돌아오렴! 아, 아니지. 너 전역하면 난 사회인이겠구나. 아, 졸업 전까지 보내기 싫은 걸~"

워낙 말이 많은 서은결.

그와 대화하면 한 가지였던 주제가 늘 수십 개로 변해서 초민아를 상대할 때처럼 정신적으로 피곤해진다.

하지만 사람은 좋아서 딱히 싫지는 않다.

최창수는 군 생활 얘기나 해달라고 못을 박았다.

"음, 군대라. 나는 최전방 GOP였거든. 하루 종일 북한 바라보면서 근무선 게 전부야. 우리 쪽은 최전방 중에서도 최전방이라 훈련도 거의 없었거든. 내가 조금 말이 많은 성격이잖아?"

"그렇죠."

"응. 부정하지 않는 구나. 어쨌든, 그래서 처음에는 선임한테 호불호가 많이 갈렸어. 누구는 재밌다고, 누구는 시끄럽다고. 근데 할 일 다 하니까 딱히 적은 안 생기더라. 슬슬 짬이 짜서부터는 후임 잘 챙기니까 포상휴가도 많이 받고. 난 제법 재밌게 지내고 왔지."

"힘든 점은요?"

"음, 우선 밥이 엄청 맛없어! 그리고 집이 많이 그리워. 거기서 부모님의 소중함을 더 많이 느끼더라."

"그렇군요."

"뭐! 너무 걱정하지 마! 거기도 결국은 사람 사는 곳이거든. 너무 잘하지도 말고, 너무 못하지만 말고 중간만 하면 돼. 크아! 창수 처음 만났을 때 파릇파릇한 고등학생이었는데 벌써 군대 걱정할 나이라니. 감격스럽다."

"선배도 참, 오버는."

유쾌한 그의 말에 저절로 웃음이 터졌다.

그 뒤에도 최창수는 다른 선배들에게 군 생활 조언을 들었다.

"내가 백호부대였거든? 진짜 나보다 군 생활 힘들 게 한 놈 없을 거다."

"요즘 군대 개꿀이야. 나 전역할 때쯤부터 푸른병영생활이라는 게 시작했는데. 요즘은 이등병도 생활관에 누워서 TV본다 하더라."

"훈련소에서 총기 나눠주거든? 나중에 반납하라는데 이때 몰래 자대까지 갖고 가면 너 완전 에이스! 군 생활 쫙 핀다!"

사실인지 거짓인지 알 수 없는 기묘한 군 생활 경험담.

우선은 전부 믿어보기로 했다.

· · · ◆ · · ·

며칠 후.

최창수는 대전 병무청으로 향하는 중이었다.

신검 시작은 오전 9시부터.

근처에서 가볍게 아침식사를 하고 바로 병무청 본 건물에 들어갔다.

'헉. 대기번호 87번? 아, 이게 있을 줄 알았다면 우선 표부터 뽑고 밥 먹는 건데.'

근처 의자에 앉아 주변을 둘러봤다.

자신과 같은 처지에 20대 초반 남자들이 가득했고, 벌써부터 작은 군대 안에 속한 느낌이 들었다.

시간은 빠르게 흘러 대기표가 300번까지 갔다.

"신체검사 시작하겠습니다!"

병무청 관계자가 말했다.

"재검을 받거나, 혹은 증빙서류가 있는 분들은 왼쪽으로 서시고 아닌 분들은 전부 오른쪽으로 서주세요!"

오른쪽에 서서 건물 본관으로 들어갔다.

1층에서부터 있는 수많은 의사들.

저들에 의해 오늘 이곳에 있는 남자들의 2년이 결정된다!

"오른쪽에 계신 분들은 제 안내를 따라주세요. 증명사진 찍고, 나라사랑카드 발급 절차 밟겠습니다. 다 끝난 분들은 인성검사실에 있는 컴퓨터 앞에 앉으세요."

텅 비었던 인성검사실이 순식간에 채워졌다.

잠시 후, 병무청 관계자가 인성검사 방법을 설명하기 시작했다. 빨리 끝내면 더 빨리 돌아갈 수 있지만, 이걸로 인해 군 입대에 영향을 미치니까 신중하게 작성하라고 했다.

최창수는 성심성의껏 작성했지만, 어떻게 해서든 군 입대를 피하고 싶은 대다수는 자기 자신을 싸이코처럼 포장했다.

인성검사가 끝난 뒤에는 소변 검사와 피 검사가 이어졌다. 그 뒤에는 2층에서 환복을 하고 X-레이를 찍었지만 그 어느 곳에서도 신체적 하자는 없었다.

길고 길었던 검사가 전부 끝나고 혈압검사가 이어졌다.

'이게 마지막인가. 흐아, 길다 길어.'

어서 집에 돌아가고 싶은 마음에 바로 의자에 앉았다.

"숨 편히 쉬세요."

맞은편에 앉은 여의사가 최창수의 혈압을 체크했다. 그러더니 갑자기 두 눈이 휘둥그레졌다.

"헉! 혈압이!"

"무슨 문제라도 있나요?"

"기, 긴장해서 그런 거겠죠? 자, 다시 숨 편히 쉬세요. …… 이상하네, 이상해! 안 되겠다, 상의 탈의 해보세요."

"네……?"

혈압을 재는데 어째서 상의 탈의를 해야 하는 지 이해가 안 됐다.

"신경 쓰이는 게 있어도 혈압이 높아지거든요? 어쩌면 옷이 불편해서 그런 걸 수도 있으니 어서요!"

"아, 네……."

의심스러웠지만 우선은 상의를 탈의했다. 그러자 잔 근육이 가득한 상의가 나타났다.

여의사가 대놓고 함박웃음을 지었다.

"호호, 역시 옷이 문제였네. 자, 이제 정상 나오네요. 나가보세요."

"……예. 감사합니다."

바로 옷을 입고 밖으로 나갔다. 그리고 드디어 신체급수를 확인하는 순간이 왔다.

〈축하합니다! 1급! 현역입영대상자입니다!〉

"좋았어!"

경험해보기로 마음먹은 군대! 거기에 1급까지 나오자 저도 모르게 소리를 질렀다.

아직도 순서를 기다리는 남자들은 대체 현역이 뭐가 좋다고 저렇게 기뻐하는지 이해할 수 없었다.

• • • ◈ • • •

신체검사가 끝난 뒤, 강의가 있을 시간이라서 바로 대학으로 향했다.

다행히 지각은 안 했지만, 하필 교수가 서형문이었다.

'아, 수업 듣기 싫네.'

워낙 서형문에게 악감정이 많은 터라, 그의 목소리만 들어도 짜증이 난다. 하지만 중요한 과목이라서 안 들을 수도 없었다.

'여전히 수업은 못 가르치네.'

강의 도중, 최창수는 참지 못하게 하품을 했다.

교수들마다 강의 스타일이 있다.

누구는 즐겁게, 누구는 요점만 딱딱 집어서. 명문대학교답게 교수의 수준도 높은 편이고, 학생들도 집중을 잘 한다.

하지만 서형문 만큼은 예외였다.

그는 강의 도중 정치 얘기를 자주 꺼냈고, 수업을 어려우면서도 재미없게 진행을 했다.

게다가…….

"박남신 학생. 방금 내가 설명한 부분에 관해 자네의 의견을 한 번 말해보게."

"어, 그게요……."

의견이 전혀 필요 없는 부분에서 질문을 건네 학생들을 자주 곤란하게 만들었다.

"잘 모르겠어요……."

"잘 모르려고 내 수업을 듣는 건가? 학점도 낮아서 장학

금도 못 받을 텐데, 부모님이 돈이 많으신가?"

"그게······."

"한심하긴."

이런 식으로 별 것도 아닌 이유로 학생들을 괴롭혀 자신의 자존감을 채우려는 모습이 많이 보였다.

덕분에 대학 내에서의 평가는 최악.

그럼에도 불구하고 교수 자리를 지키는 건 경력이 있고, 학점 문제로 그에게 반항하는 학생이 없기 때문이었다.

"서형문 진짜 싫다, 그치?"

바로 옆에 앉은 초민아가 말했다.

그녀도 몇 번 서형문의 공격을 받은 적이 있었다.

"그러게. 욕 많이 먹고 만수무강하고 싶은가 보다."

물론 최창수라고 공격을 안 받은 건 아니었다. 하지만 번번이 유창하게 그의 공격을 무효화시키고, 반격까지 하니 이제는 서형문이 거의 건드리지 않게 됐다.

"수업도 지루하면서 중요한 과목은 거의 다 담당하고 말이야. 여자 애들 사이에서 엄청 욕먹고 있어."

"서형문 교수 좋아하는 애가 누가 있겠냐. 아······ 없는 건 아니려나?"

시선이 저 앞자리로 향했다.

우뚝 서 있는 학생은 다름 아닌 구자용.

현재 그는 서형문으로부터 칭찬을 받고 있었다.

"역시 구자용 학생, 훌륭한 실력이군."

"하하! 감사합니다. 교수님 설명이 알아듣기 쉬워서 이해도 잘 되네요."

"암, 그렇고말고. 자네들도 구자용 학생을 본받도록."

서로가 서로를 이용하는 관계.

짜고 치는 고스톱이란 이런 것을 말하는 거였다.

"선생님, 구자용 재, 서형문이 뒤 봐준다는데 사실이야?"

"응."

"진짜? 와 대박, 완전 대박. 다른 애들은 그것도 모르고 구자용하고 친하게 지내는 거 아냐. 친한 애들한테 말할까?"

"아니, 아직은 안 돼."

"아직이라니?"

"지금 두 사람은 대학에서 입지가 제법 돼. 서형문은 경력으로, 구자용은 집안 배경으로. 당장 적을 만들려 해도 이 대학교 학생들의 특성을 생각하면, 똥이란 걸 알면서도 친한 척 하겠지."

"오…… 선생님 완전 똑똑하다."

"난 저 둘에게 쌓인 게 많거든. 뭐, 상대도 마찬가지겠지만."

현역입대가 확정이 난 뒤, 최창수는 1학년이 끝나면 빠르게 입대를 하기로 했다.

취직에 견줄 만큼 군 입대하기 힘든 요즘!

행운의 조건 세 개를 전부 달성하니 입영신청 홈페이지를 켜자마자 빈 자리가 그를 반겼다.

'1학년 졸업까지 앞으로 반 년……. 그 안에 둘 중 하나는 무너트린다.'

그동안 많은 일이 있어서 복수할 계획을 제대로 세우지 못하고 있었다.

얼추 할 일이 전부 정리된 지금이 바로 그 기회!

홀가분한 마음으로 군 입대를 하고 싶었다.

지루했던 강의가 겨우 끝나고 서형문이 밖으로 나갔다. 그 틈을 놓치지 않고 학생들이 바로 서형문을 욕하기 시작했다.

그 중 유일하게 서형문을 욕하지 않는 건 구자용뿐이었다.

"야, 자용아. 너 서형문한테 돈이라도 줬냐?"

"돈은 무슨. 어쩌다 보니까 마음에 들었나 봐. 덕분에 너희들한테 미안하다. 친구가 욕먹는데 가만히 있어야 한다니."

"그렇게 미안하면 너도 욕먹던가."

강의실 출구로 나가면서 최창수가 나지막하게 말했다.

"아니면 친구들 욕하지 말라고 서형문한테 얘기 해."

"최창수……. 하하! 서형문이 뭐냐, 서형문 교수님이라고 해야지."

평소에는 서로를 못 잡아먹어서 안달인 두 사람.

주변 시선을 신경 쓰는 구자용은 친구들이 있기에 친한 척을 했다.

"서형문을 교수님이라고 부르는 애는 너밖에 없을 걸."

"아, 혹시 너한테도 교수님이 뭐라고 했어? 으음, 안 되겠다. 고등학교 동창한테까지 그러면 내 마음이 많이 불편한데…… 서형문 교수님한테 넌지시 말해볼까? 애들한테 좀만 더 살갑게 대해달라고."

사람 좋은 미소를 짓는 구자용.

그의 본 모습을 알고 있기에 역겹게만 느껴졌다.

"난 됐으니까, 딴 애들한테나 잘 해달라고 해."

그 말만 남기고 유유히 강의실을 떠났다.

'구자용 녀석, 언제까지 착한 척 하려는지.'

대화를 나눌 때는 짜증이 났는데, 돌이켜보니 동정심이 들었다. 저러지 않으면 남과 제대로 어울리지 못하는 거니까.

'내게 패배하고, 그로 인해 정신을 차리면 좋을 텐데. 아니지. 그보다 지금은 서형문을 무너트릴 계획을 떠올려야 해. 뭔가 녀석의 흠이 될 만한 게 없을까?'

서형문 주변에 도는 소문을 하나 둘 생각하면서 건물 밖으로 나가려 했다.

그때.

"아아……."

서형문의 교수실.

그곳에서 영통과 여자 선배가 울상을 지은 채 나왔다.

"선배님?"

평소에는 제법 활발한 여 선배가 울상을 지으니 걱정이
됐다.

"왜 그러세요? 무슨 일 있으세요?"

"창수구나. 그게…… 으음. 아무것도 아니야."

딱 봐도 무슨 일이 있는 표정.

하지만 상대방이 말하고 싶지 않아하는 걸 억지로 묻는
것도 예의가 아니었다.

"참, 그보다 은결이한테 축제 생각해두라고 전해줄
래?"

"축제요?"

"응. 한 달 반 남았거든."

· · · ◆ · · ·

어느 사이 대학교의 꽃이라 할 수 있는 축제가 코앞까지
다가왔다.

"다들 모였어?"

취업준비로 바쁜 4학년을 대신해서 3학년 과대표인 서
은결이 시간적 여유 있는 학생들을 전부 토론실에 모았
다.

총 60명의 학생.

최창수와 초민아도 있었다.

"오늘 너희를 부른 이유는 다름 아니라 축제 때 무얼 하나 결정하려고 해."

앞으로 3주 후면 최강대학교 축제가 3일에 걸쳐 진행된다.

타 대학교는 축제 마지막 날, 가수가 오는 걸 제외하고는 거의 대부분 그들만의 리그지만 최강대는 다르다.

우선 대학교 부지부터가 타 대학과 비교가 안 되고, 학과의 수도 많다보니 그만큼 다양한 즐길 거리가 존재한다.

이러다 보니 최강대 축제날은 서울시민, 그리고 타 지역 시민들에게도 하나의 문화요소가 됐다.

최강대라는 이름에 먹칠하지 않도록 모두가 노력하는 축제날. 당연히 아이템 선정이 중요하다.

"작년에는 뭘 했는데요?"

들뜬 기색으로 최창수가 물었다.

고등학생 때도 축제가 있긴 했지만, 말이 축제지. 사실상 하루 종일 무허가 조퇴나 결석이 가능한 날에 불과했다.

때문에 대학교 축제를 늘 존경했고, 오늘이 오기를 손꼽아 기다렸다.

"솔직히 영통과는 타 학과에 비해서 이렇다 할 특징이

없거든. 늘 무난하게 주점을 해왔어."

"주점이요? 우선은 학교인데 술을 팔아도 돼요?"

"대학교잖아. 성인 밖에 없고, 손님도 대부분 성인이라서 괜찮아. 번뜩이는 아이디어가 없으면 이번 년도에도 주점을 하려고 해."

"신입생은 모르겠지만, 영통과 주점은 매년 흥했거든."

"음, 그렇지. 힘든 일이라 다른 학과는 많이 피해가니까. 이게 틈새시장 아니겠냐?! 무엇보다 이번 년도는 꼭 주점을 했으면 한다!"

서은결이 능글맞게 웃으면서 착 달라붙어 있는 최창수와 초민아의 등 뒤로 다가왔다. 그리고 두 사람의 어깨를 확 잡으면서 외쳤다.

"이번 년도는 확실한 얼굴간판이 둘이나 있거든! 너희 둘이 홍보를 한다면 이번 년도 상금은 100% 우리 거야! 어때, 창수야?! 민아야?!"

"사, 상금이요?"

"축제 요강 제대로 안 읽었구나."

3학년 선배가 흥분한 서은결을 억지로 때내면서 설명했다.

"전체 학과를 통틀어서 1등한 학과에게는 100만원이 상금으로 주어져. 뒤풀이 때 사용도 하고, 아니면 학과 설비에 투자를 하지. 본 적 있으려나? 실용음악과가 5년 연속 1등이라서 설비가 제법 좋아."

"100만원이라……."

예전에는 깜짝 놀랐을 금액. 역시 최강대는 그릇부터가 다르다면서 감탄을 터트렸을 거다.

하지만 이제는 마음만 먹으면 얼마든지 돈을 연성해낼 수 있다. 그러다 보니 최강대도 돈 앞에서는 은근 쪼잔 하다는 생각이 들었다.

"그동안 영문학과는 늘 중간에 속했어. 하지만 이번에는! 반드시 1등을 해야만 하는 이유가 있어!"

"뭔데요?"

"아까 말했지? 그동안 늘 실용음악과가 1등을 했다고, 이번 축제에서는 반드시 걔들을 이겨야 해."

"걔들하고 트러블이 약간 있었거든. 다시 생각해도 초등학생 같은 이유지만……."

"뭔소리야, 이 친구야!"

서은결이 언성을 높였다.

"남자란 온갖 욕은 다 참아도 절대 참아서는 안 될 게 있어! 바로 부모님 욕, 그리고 게임 못한다는 욕, 마지막으로 네 군대보다 내 군대가 훨씬 어려웠다는 욕!"

"서은결이 친구들이랑 PC방에서 게임하다가, 실용음악과 애들이랑 AOS게임으로 내기를 했는데 영혼까지 털리고 도발 당했단다. 진짜 유치……."

"그건 참을 수 없네요!"

조용히 얘기를 듣던 최창수가 발끈해서 일어났다. 어느

사이 그의 얼굴에는 진심어린 분노가 생겨있었다.

"게임 못한다고 놀리는 게 얼마나 치졸한 짓인데!"

고등학생의 기억이 떠올랐다. 이제 막 AOS게임을 즐기기 시작한 최창수는 오랫동안 그 게임을 즐겨온 친구와 내기를 했었다.

그리고 영혼까지 탈탈 털렸다. 그뿐이면 어쩔 수 없다 생각했겠지만 친구가 그 문제로 한 달이 넘게 자신을 놀렸다.

결국 피나는 연습 끝에 친구로부터 승리를 따내고서야 더 이상 게임 못한다는 놀림을 받지 않게 됐다.

"서은결 선배! 전 선배의 마음을 이해해요!"

"그렇지?! 역시 최창수! 너라면 이해할 거라 믿었어!"

"실용음악과! 반드시 이깁시다! 축제도 이기고, 게임도 연습해서 이겨버리는 거예요!"

"그래! 까짓것 학점이 문제냐, 남자의 자존심이 문제지!"

"그런 고로 초민아! 축제 당일 날 평소보다 더 예쁘게 꾸미고 와!"

갑작스레 지목된 초민아가 한심하다는 표정을 지었다.

"선생님, 어른인 줄 알았는데 은근 애 같네."

"시끄러워. 너도 남자였다면 이 심정을 이해했을 걸. 다른 남자선배들 봐."

초민아가 주변을 둘러봤다. 온화하던 표정의 남자 선배들, 지금은 약간 분노한 표정으로 실용음악과를 욕하고 있었다.

"에휴, 남자들이란."

· · · ◈ · · ·

축제까지 앞으로 남은 기간은 정확히 3주.

그동안은 대부분의 강의가 일찍 끝나고, 마지막 1주 때는 휴강에 들어간다. 그만큼 교수들도 축제를 중요하게 여긴다는 것.

강의가 끝나거나, 없는 학생들은 모두 주점이 될 공간에서 작업을 하게 됐다.

최대 100명까지 수용할 수 있는 넓은 공간.

잡일에 가까운 인테리어 설치는 1학년의 몫이었다.

"창수야! 암막은 어디서부터 어디까지 설치하면 돼?"

"창문만 가리지 말고 전부 다!"

"테이블이랑 의자 대여업체가 이번에는 좀 힘들 거 같다는데 어떡해?"

"내가 알아서 해결할 테니까 다른 일 하고 있어."

1학년 과대표로서 최창수는 주어진 일에 열과 성을 다하고 있었다.

'이왕 즐길 거 확실하게 즐기고! 이길 거 확실하게 이겨

야지!'

최창수는 복권식당을 준비하면서 얻은 경험으로 그린 도안을 펼쳤다.

이미 한 번 식당 인테리어를 작업해본 경험이 있기에 모든 일이 일사천리였다.

최창수의 지시에 학생들이 움직이고, 날이 갈수록 주점에 어울리는 모습으로 탈바꿈했다.

몇 번이나 경험이 있는 선배들도 뭘 했기에 단기간 안에 진짜 주점처럼 꾸몄냐고 감탄을 터트렸다.

'순조롭네, 순조로워.'

강남역.

최창수는 현재 작업 중인 친구들에게 임무를 지시하면서 초민아를 기다리고 있었다.

"선생님!"

다행히도 오늘은 지각하지 않은 그녀. 오는 길에 카페에서 사온 커피를 최창수의 목에 갖다 댔다.

한 여름의 무더위를 녹여주는 시원한 감각이 찾아왔다.

"많이 기다렸어?"

"많이 기다릴 뻔은 했지."

"후훙~ 중요한 날이라서 아침 일찍 일어나서 준비했어. 짜잔, 어때?"

초민아가 여우 같이 웃으면서 한 바퀴 빙글 돌았다.

"예쁘게 잘 꾸몄네. 가자."

"아앙~ 너무 무미건조하다. 더 많이 칭찬해도 좋은데~"

스스로를 껴안고 몸을 비트는 그녀.

무시하고 걸음을 옮겼다.

오늘은 축제 때 사용할 홍보용 패널과 전단지를 만드는 날이었다.

"오랜만입니다."

신소율의 촬영이 자주 있는 그 스튜디오, 최창수는 자신을 찍었던 카메라맨에게 연락을 하고 찾아왔다.

"음, 자네 왔나."

"잘 지내셨어요?"

"징그럽게 뭘 그런 걸 묻나. 촬영 곧 끝나니까 기다리게나."

두 사람은 근처 의자에 앉아 차례가 오기만을 기다렸다.

"저 아저씨, 뭔가 쌀쌀맞네?"

"나쁜 사람은 아니더라고. 사진도 제법 잘 찍어. 잡지에 실린 내 사진 있지? 그것도 저 아저씨가 찍어준 거야."

"아, 그래?"

방금 전까지 쌀쌀맞게 느껴지던 아저씨가 갑자기 실력 있는 카메라맨으로 탈바꿈하는 순간이었다.

마침내 두 사람의 차례가 왔다.

카메라맨의 지시에 따라 수십 장의 사진을 촬영하고, 촬영비를 지불했다.

"패널은 우리 쪽에서 타 업체에 부탁할 거니까 걱정 마. 3일 안에 보내주지."

"네, 감사합니다."

어색하게 웃으며 촬영한 사진을 휴대폰으로 옮겼다. 그 중 가장 잘 찍힌 사진을 페이스북에 올렸다.

〈최강대학교 영문학과에서 주점을 한다고 며칠 전부터 얘기했죠? 오늘 홍보에 사용할 패널을 촬영하러 왔어요. 많이들 놀러와주세요 ^^ (옆에 있는 여자는 친구입니다.)〉

· · · ◈ · · ·

드디어 축제가 찾아왔다.

인테리어는 진작 끝났고, 식재료 조달도 최창수의 부모님이 치킨집을 운영했을 때 거래하던 곳과 단기계약을 맺어 비교적 저렴하게 들여올 수 있었다.

"주점은 오후 5시부터 개장하니까 다들 그때까지는 자유롭게 즐기다가 늦지 않게 돌아와."

"시간이 되면 실용음악과 상황도 파악해! 지면 벌칙 수행해야 하니까 힘내자!"

영통과와 실용음악과.

패배한 팀은 한 달 동안 최강OO과가 적힌 티셔츠를 입고 다니기로 협상이 끝난 상태였다.

이제 남은 시간까지 열심히 놀기만 하면 된다!

최창수는 들뜬 걸음으로 대학가를 누볐다.

"그래, 이게 진짜 축제지!"

주변을 둘러봤다.

간이 천막이나, 간이 상점을 열어서 이런저런 음식을 팔거나 게임을 하는 가게가 잔뜩 보였다.

돈도 넉넉하기에 먹고 싶은 걸 전부 먹고, 재밌어 보이는 게임도 전부 참여했다. 시간은 빠르게 흘렀고, 어느 사이 4시가 됐다.

과대표로서 주어진 일이 있는 최창수는 먼저 주점으로 이동해 오픈준비를 했다.

"오, 창수. 옷빨 좀 받는데?"

"크, 제가 누군데 안 받겠습니까?"

선배의 칭찬에 능글맞게 대답하면서 거울을 바라봤다. 더블버튼 슈트를 입고 있는 자신이 보였다.

얼굴간판이 될 만한 학생들, 남자들은 더블버튼 슈트를 입고 여자들은 메이드복을 입은 상태였다.

평범한 주점으로는 한계가 있을 거라는 최창수의 의견에 메이드&집사 주점을 하기로 정했기 때문이다.

예상대로 손님이 많이 몰릴 걸 대비해서 술도 음식도 넉넉하게 준비해뒀다. 암막커튼을 다시 한 번 점검하고, 최대한 운치 있는 분위기를 내기 위해서 곳곳에 양초를 장식했다.

저렴한 값에 술과 음식을 들여왔기에 가격도 타 주점에 비해 약간 더 저렴한 편이다.

부모님의 가게 덕분에 최창수는 영업만 잘 되면 박리다매가 얼마나 큰 이익을 발생시키는지 알게 됐다.

"창수 네 덕분에 작년보다 일이 편했어."

서은결이 웃으며 말했다. 주방 담당인 그는 쉐프처럼 차려입은 상태였다.

"부모님 가게 오픈 준비한 게 여기서도 도움이 될 줄은 몰랐네요."

"크으, 우리 창수. 보면 볼수록 물건이라니까. 다재다능해서 정말 좋아!"

"후하하! 이 정도는 기본이죠. 그보다 5분 후면 오픈이네요."

가장 큰 공헌을 한 최창수.

그러다 보니 주점 운영권까지 그에게 양도한 상태였다.

"주방 담당은 최대한 맛있게 조리해주시고, 서빙 담당은 서비스 정신을 가득 발휘해서! 홍보 담당은 여분 패널 들고 다니면서 전단지 잘 나눠주세요!"

"오케이, 우리만 믿으라고! 손님이 줄을 서게 만들 테니까!"

"시작이 좋아! 이번 년도는 1등할 거 같은데?"

"최강 영통과 파이팅이다, 파이팅!"

화기애애한 분위기.

이 분위기를 유지하면서 최선을 다해 축제에 임하면 된다.

"개장합니다!"

최창수가 출입문 앞에 오픈을 알리는 패널을 놨다.

· · · · ◈ · · · ·

개장을 하기가 무섭게 근처를 지나가던 손님들의 발걸음이 멈췄다.

그 이유는 하나, 바로 패널 덕분이었다.

여자들은 최창수를, 남자들은 초민아를 보기 위해서 패널로 몰려들었다.

손님을 끌어 모으기 위해서 중요한 두 가지.

하나는 관심을 갖게 만드는 것, 또 하나는 관심을 가진 손님을 의자에 앉혀 외부에서 바라봤을 때 손님이 많아보이게 하는 것이다.

"술 드시고 가세요!"

조건을 충족하기 위해서 최창수가 초민아와 함께 밖으로 나왔다.

"다른 곳보다 훨씬 저렴한 값에 술과 음식을 제공하고 있어요!"

"3만 원 이상 주문하면 마음에 드는 학생과 사진도 찍을 수 있어요! 게다가 페이스북이나 트위터에 인증사진 올리고 보여주시면 맥주 한 잔이 공짜!"

한 번 가격을 보라는 듯 최창수가 메뉴판을 펼쳤다.

미남과 미녀가 자신들을 반긴다. 그뿐만 아니라 정말 가격도 비교적 저렴하고, 사진 한 번이면 맥주 한 잔이 무료다.

안 갈 수가 없는 상황!

여성 손님은 최창수가, 남성 손님은 초민아가 각각 자리를 안내했다.

"잘 왔어요, 아리따운 아가씨들. 메뉴 선정이 끝나면 집사라고 외쳐주세요."

상냥한 미소와 상냥한 목소리. 거기에 자신들을 아가씨라고 칭해주니 여성 손님들이 자지러질 기세로 좋아했다.

'오, 오글거리지만 효과는 좋네.'

효과는 초민아도 톡톡히 느끼고 있었다. 애교 섞인 목소리로 주인님이라 말하니 남자들의 입이 귀에 걸리고, 자기는 통 큰 주인님이 좋다고 하니 한 번에 10만원 치 주문이 들어왔다.

순조로운 첫 시작, 그 뒤도 일사천리였다.

얼굴간판이 둘이서 손님을 끌어 모았고, 각종 이벤트 덕분에 분위기도 괜찮은 편이었다.

주점을 운영 중인 다른 과에서 몰래 염탐을 올 정도였다.

감당하기 버거울 정도의 손님에 지칠 때쯤이면 실용음악과를 염탐하는 학생이 현재 매출의 격차를 알려주니, 피로에 묻히던 사기가 다시 피어 오르기도 했다.

"3번 테이블 2700cc맥주랑 감자튀김 세트 하나!"

"6번 테이블 사진 요청 왔다! 최창수 출동해!"

"네! 최창수 왔습니다, 아가씨들! 어두우니까 사진은 복도에서 찍도록 할게요."

잠깐의 쉴 틈도 없이 움직이는 최창수. 정신없이 바빠 추위가 슬슬 기승부리려 하는 겨울임에도 등이 땀으로 흥건했다.

예정대로였다면 2시간 근무 후 30분의 휴식시간이 주어진다. 그 동안 숨도 고르고 기숙사 생활관에서 샤워도 하고 공복도 채울 예정이었다.

하지만 자신을 찾거나 보러 온 손님이 너무 많아서 잠깐도 자리를 비울 수가 없었다.

그렇다고 불만이 있느냐?

그건 또 아니었다.

'즐겁다!'

쉴 새 없이 일하는 이 시간이 즐거웠다.

많은 사람들이 자신을 찾아주는 게, 그로 인해 서로의 행복을 공유하는 시간이 가슴을 신나게 두들겼다.

평소에는 짠 맛이 나는 땀에서는 단 맛이 나는 것만 같았고, 화기애애하고 시끌벅적한 분위기 속에서 열심히 움직이니 살아있음이 느껴졌다.

'역시 대학교 축제는 즐겁구나!'

이 즐거운 시간이 고작 3일 밖에, 주점은 앞으로 4시간 뒤에 마감이라는 게 너무 아쉬웠다.

그 사실을 상기하자 좀 더 빠르게 일을 처리하게 됐다. 물론 그렇다고 서비스 정신을 버린 건 아니다.

어떤 말과 표정, 어느 톤으로 말해야 손님들이 더 좋아하는지 일을 하면서 최대한 통계를 구했다.

그 통계가 알려주는 결과를 위주로 여성손님을 맞이했다.

"창수 되게 열심히 하는데?"

서빙 중이던 선배가 감탄을 터트렸다. 그에 주방에서 나온 서은결이 웃으며 말했다.

"하하! 그러게, 저러다 쓰러지는 거 아닌지 몰라! 애들 일까지 다 뺏어서 하고 있네."

"무리하지 말라고 전하고 올까?"

"내버려둬! 저 얼굴 봐, 보는 나까지 즐거워지네. 힘들어지면 자기가 멈출 거야."

"그러려나, 알겠어. 아, 그보다 방금 막 빨리 마시기 도전자 나타났으니까 500cc 열 잔 준비해줘."

"오케이~."

주방으로 돌아간 서은결이 500cc 열 잔과 함께 돌아왔다. 학생들이 그걸 갖고 도전자가 있는 테이블로 향했다.

"자, 맥주 열 잔 빨리 마시기 왔습니다. 5분 안에 잔을 전부 비우면 상금 10만원! 탈락 시 5만원 지불입니다. 참고로 2만원을 추가로 지불하면 저희 과에서 준비한 경쟁자들과 경쟁이 가능한데요, 경쟁자를 이기면 추가 상금 3만원이 발생합니다. 어때요?"

"경쟁자는 누가 있죠?"

30대 초반에 인상 사나운 도전자가 말했다. 이유는 모르겠지만 목소리에 짜증이 가득해 근처 손님들이 눈치를 살피게 됐다.

선배는 바로 경쟁자가 될 학생들을 불러 모았다. 총 열 명의 학생, 다들 영통과에서 주량이 좋다고 소문이 난 학생들이었고 그 중에는 최창수도 있었다.

"저 잘생긴 학생으로."

"저요?"

"그래, 당신. 어서 앉아."

다소 공격적인 어조. 하지만 또 다른 즐길 거리가 생긴 최창수는 콧노래를 부르며 도전자 맞은편에 앉았다.

그리고 동시에 주어진 5분이 서서히 줄기 시작했다.

"이봐, 잘생긴 형씨. 여자한테 인기 많으니까 좋지?"

"네?"

"좋겠어. 미소만 지어도 여심을 사로잡으니까, 나는……!"

도전자가 맥주 한 잔을 단숨에 비웠다.

쾅!

"나는 이 나이가 되도록 계산할 때 말고는 여자 손도 못 잡아봤는데…… 발렌타인데이 때 받아본 초콜렛도 여자 점원한테 밖에 못 받아봤는데…… 형씨는 아니겠지? 흐끄으으……"

한 잔을 마시고 취한 건지, 아니면 스스로 말하고도 비참했는지 도전자가 눈물 콧물을 흘리기 시작했다.

"많이도 안 바라…… 나 좋다는 여자면 평생을 잘해줄 수 있는데 왜 이리 여복이 없을까……"

"저, 손님……"

"아! 나도 여자 친구 사귀고 싶다! 못 생겼어도 마음만 예쁘면 좋은데!"

"충분히 남자답게 생겼으니까 금방 생기실 겁니다. 그보다…… 말씀 그만하고 안 드시면 제가 이깁니까?"

도전자가 최창수의 남은 잔을 바라봤다.

자신이 말하는 사이에도 최창수는 꾸준히 잔을 비워 어느 사이 다섯 잔 밖에 안 남은 상황, 그에 비해 자신은 아홉 잔이나 남아있다.

"3분 남았습니다."

"헉! 형씨, 나랑 약속해! 내가 이기면 저 아리따운 아가씨랑 사진 한 장 찍게 해줘!"

"5만 원 이상 주문하면 사진은 공짜인데요?"

"말 걸 용기가 없으니까 그렇지! 젠장!"

도전자가 엄청난 속도로 잔을 비우기 시작했다. 덩치에 맞게 술도 화끈하게 마시는 사람이었다.

그에 질 새라 최창수도 속도를 높였다.

'어우, 이거 다 마시면 내일 힘들 거 같은데.'

대학교 OT날.

한 번 더 술을 잔뜩 마시면 사람이 아니라 개가 되겠다고 다짐을 했었다.

그 다짐이 벌써 무너질 줄은 몰랐지만 이 순간이 즐거우니 괜찮았다.

어느 사이 제한시간은 1분밖에 남지 않게 됐다.

엄청난 기세로 맥주를 들이키던 두 사람도 슬슬 배가 불러오는지 속도가 눈에 띄게 줄어들었다.

그냥 져줄까?

잠시 그 생각을 했지만 이내 고개를 저었다.

승부의 세계는 냉정한 법!

최창수는 죽어도 좋다는 심정으로 술을 들이켰다. 속이 울렁거리고 목에서 뭔가가 넘어올 거 같았지만 억지로 참아냈다.

그리고…….

"이겼다!"

최창수가 마지막 잔을 비웠다. 도전자는 고작 반 잔 남은
상태, 만약 도전자가 잡설 없이 술을 마셨다면 패배했으리라.

"흐끄으윽……. 이런 쒸이빨……."

빨리 마시기 자체는 성공해 상금을 받는다.

하지만 초민아와 사진을 찍을 기회가 사라져버렸다.

"하루 세 번 그 사진을 향해 절하려고 했는데……."

이겼는데도 전혀 기쁘지가 않았다.

그때였다.

"주인님~"

콧소리 섞인 목소리가 귓가에 닿았다. 덩치에 어울리지
않게 눈물 흘리며 고개를 들자 싱글벙글 웃고 있는 초민아
가 보였다.

"사진 찍으셔야죠?"

"난 졌는데……."

"서비스에요, 서비스! 자, 어서!"

초민아가 도전자를 억지로 일으켜 세웠다. 그리고 단란
하게 팔짱을 끼고 최창수에게 말했다.

"선생님, 예쁘게 찍어줘!"

"나만 믿어라."

찰칵.

최창수가 온 신경을 집중해서 도전자의 휴대폰으로 사진

을 촬영했다.

"으어어…… 내, 내가…… 미녀랑 사진을!"

"여기 상금도 드릴게요~ 언젠간 사귈 여자 친구에게 쓰도록 하세요~"

"고, 고맙네. 그, 아가씨…… 괜찮으면 번호……."

"싫어요."

"아니면 잠시 얘기라도……."

"호호, 일이 바빠서요. 그럼 이만~"

여유롭게 손을 흔들면서 초민아가 새로 들어온 손님을 맞이하러갔다.

"너 되게 단호하다."

때마침 근처에 있던 최창수가 말했다.

"선생님 부탁이어서 찍어준 거야. 옆에 있는데 술 냄새 장난 아니더라~"

"나도 술 냄새 나는데?"

"선생님은 괜찮아~ 선생님이니까~"

"……그러냐."

5분이라는 짧은 시간에 500cc 맥주 열 잔을 비워서 그런지 속이 갑자기 안 좋아졌다.

이 즐거운 공간을 떠나야 하는 게 슬펐지만 이대로 계속 일했다가는 내일과 모레의 즐거움을 놓칠 것만 같아 보건실로 소화제를 받으러 가려 했다.

그때 선배가 방금 전 도전자도 얼굴 색이 별로 좋지 않으니 가는 김에 같이 가라했다.

"으윽……."

"10분밖에 안 걸리니까 조금만 참으세요."

"늙고 지친 몸으로 너무 무리를 했군……. 난, 여기까지 인가 보다……."

기어코 도전자가 바닥에 털썩 쓰러졌다. 심장도 잘 뛰고, 인상은 찌푸리고 있지만 표정은 아까보다 좋다.

"잠들었나……."

과도한 알코올로 인해 길에서 잠드는 건 드라마 속 일인 줄 알았건만, 실제로 겪으니 여간 골치가 아니었다.

그렇다고 버리고 갈 수는 없는 상황.

억지로 도전자를 일으켜 세워 어깨에 짊어졌다.

그때였다.

"저기요!"

누군가가 말을 걸었다. 고개를 돌리니 20대 후반으로 보이는 여성이 숨을 거칠게 쉬고 있었다.

"죄, 죄송한데 이것 좀 그 분 주머니에 넣어주세요. 눈 뜨면 꼭 확인해달라고 전해주시고요!"

"네, 그럴게요."

"고마워요!"

다급하게 찾아온 여성이 다급하게 돌아갔다.

'뭔데 그러지?'

여성이 전해준 건 곱게 접힌 메모지 한 장.

호기심에 메모지를 펼쳐봤다.

〈진실어린 그 마음이 너무 멋졌어요! 저도 여태 모솔인데…… 괜찮다면 이 연락처로 전화주세요!〉

"역시 축제는 즐겁네."

흐뭇하게 웃으면서 도전자의 주머니에 메모지를 넣었다.

"아, 즐겁다, 즐거워~ 축제하자, 땀 흘리자~ 오늘도 즐거운 하루~"

즉석 곡을 흥얼거리며 보건실로 향했다.

워낙 사람이 많은 축제라서 그런지 보건실에는 사람이 제법 많았다.

잠시 기다렸다가 소화제를 받고, 도전자는 침대에 눕히고 잠시 기숙사로 돌아가 샤워를 마쳤다.

'어우, 이제야 좀 살 거 같네.'

소화제를 먹고, 기숙사 냉장고에 있던 여명도 한 캔 마셨더니 흐리멍덩해지려던 정신이 맑아졌다.

〈축하해요, 운수 대통령님! 트로피를 획득하셨군요!〉

〈첫 축제의 추억 트로피 획득〉

〈이번 경험을 밑거름 삼아 다음 축제는 더 즐겁게 즐길 수 있겠어요!〉

〈맥주 빨리 마시기의 추억 트로피 획득〉

〈친구들과 술부심을 부릴 때 몇 번이고 우려먹을 수 있

겠어요! 하지만…… 술은 몸에 안 좋으니 조금만 마셨으면
해요〉

서형문 사건을 해결하면서도 열 개가 넘는 트로피를 획
득했다. 그 후에도 수많은 트로피를 획득했고, 어느 사이
인생 포인트는 60개를 넘었고 운수 대통령 사용시간도 걱
정하지 않을 만큼 늘어났다.

"좋아! 다시 일하러 가볼까!"

마감까지 남은 시간은 3시간!

남은 시간도 화끈하게 불태울 생각으로 발걸음을 놀렸
다.

그리고 주점 근처에 도착했을 때…….

저 멀리 익숙한 두 명이 보였고, 이대로 못 본 척 돌아가
고 싶은 마음이 강하게 들었다.

"쟤들은 왜 또……."

· · · ◈ · · ·

주점 앞에 있는 두 명.

여유로운 표정을 짓고 있는 초민아와 분하다는 듯 이만
갈고 있는 서유라였다.

"흐응~ 이 패널 보이죠? 저랑 선생님은 벌써 이런 사이
에요~ 팔짱도 낀다고요!"

"파, 팔짱 정도는 저도 해봤거든요?!"

"함께 사진은 찍어봤어요?"

"수족관에서 데이트하면서 찍어봤거든요! 보나마나 홍보 때문에 어쩔 수 없이 함께 찍어준 거 같은데 너무 우쭐해하지 말래요?"

"데, 데이트요? 나도 선생님이랑 데이트 해본 적 없는데!"

기어코 두 명이 머리끄덩이라도 붙잡고 싸울 것처럼 분위기가 살벌해졌다.

"야, 너희 때문에 오려던 손님도 사라지겠다."

차마 못 본 척 할 수가 없는 상황. 최창수가 한숨을 쉬면서 두 사람을 말렸다.

"선생님! 정말 이 여자랑 데이트했어? 나도 할래!"

"최창수! 아무나하고 팔짱끼지 마!"

"……왜 내가 혼나야 하는지 모르겠다만, 우선 안으로 들어가자."

최창수가 둘의 등을 밀면서 주점으로 들여보냈다.

"초민아 너는 다시 일하러 가고, 유라 너는 앉아있어."

"선생님 지금 쟤랑 둘이 있으려고?"

"멀리서 왔는데 내버려둘 수는 없잖아. 어서 가."

"치이…… 나중에 맛있는 거 얻어먹는 걸로 복수할 거야."

혀를 차며 초민아가 등을 돌렸다. 기분이 썩 안 좋을 텐데, 손님이 오자 미소로 반기는 걸 보면 서비스 정신은 좋은 거 같았다.

"연락도 없이 어쩐 일이야?"

"너 보러 왔어."

"내일 대학 수업은?"

"공강이라서 괜찮아. 그보다…… 저 여자랑 소리 질러서 목 마른데 마실 것 좀 갖다 줄래?"

"오케이, 멀리서 왔는데 내가 쏠게! 맥주랑 치킨이면 되냐?"

"맥주 말고…… 사이다로 부탁해."

어두운 조명 아래에서도 확실하게 보이는 그녀의 붉어진 얼굴. 서유라가 창피하다는 듯 몸을 꼬았다.

"아, 너 술 못 하냐?"

"응…… OT에서 한 잔 먹고 인사불성 돼서 안마시기로 했어. 혹시, 술 못하면 싫어……?"

"못할 수도 있지, 술 못한다고 싫어할 건 또 뭐냐. 오히려 초민아처럼 잘 마시는 것도 문제야."

슬쩍 고개를 돌렸다. 손님과 얘기를 하면서 벌컥 벌컥 술을 마시는 그녀가 보였다.

"그, 그래? 헤헤……."

초민아보다 최창수의 마음에 드는 점이 하나 있다. 그 사실에 서유라는 헤벌레 웃게 됐다.

사비로 서유라가 먹을 음식을 준비하고, 최창수는 다시

근무전선에 뛰어들었다.

'멋있네…….'

상쾌하게 웃고 즐거움이 담긴 땀을 흘리며 손님을 상대하는 최창수. 중간 중간 여자들이 꼬리를 치는 건 조금 불만이었지만, 그 불만조차도 최창수는 보면 눈 녹듯이 사라졌다.

'오늘은 조용히 구경만 하고 가야지.'

도착할 때까지만 해도 최창수에게 꼬리치는 여자를 견제할 생각이었다.

하지만 즐거워하고 있는 최창수를 보자 생각이 바뀌었다.

개인적인 감정 때문에 그의 기분을 망치고 싶지 않았다.

일을 하면서도 중간 중간 여유가 있을 때마다, 최창수는 서유라가 심심하지 않도록 말상대가 되어줬다.

비록 세 시간 후면 마지막 지하철을 타고 돌아가야 하지만, 이 짧은 시간이 너무나 좋았고 앞으로도 계속 됐으면하는 바람이었다.

"창수야."

열심히 일하고 있자니 갑자기 서은결이 다가왔다.

"힘들어 보이는데 잠깐 쉬어. 마감까지 1시간 30분도 안남았으니까, 나머지는 우리가 할게."

"괜찮은데요?"

"언제까지 여자 친구 멍하니 앉아있게만 할 수는 없잖아 ~ 쉬면서 실용음악과 염탐도 하고 와."

"그, 그건! 일의 일환입니까?!"

"일! 그래, 일의 일환이다! 네 염탐으로 인해 우리 과의 사기는 더욱 증진될 것이다! 최창수 대원, 출발해라!"

"예! 손님 유형까지 파악하고 오겠습니다!"

완전히 일에 맛 들린 최창수.

바로 서유라의 손을 잡고 실용음악과로 향했다. 갑작스레 끌려 다니게 된 그녀는 어리둥절할 뿐이었다.

15분 정도 떨어진 곳에 위치한 실용음악과의 라이브 클럽.

최강대 내에서도 가장 많은 지원을 받는 학과이니만큼 혼자서 대강당을 사용하고 있었다.

"창수야?"

최창수는 주변을 둘러보며 손님 유형을 살펴봤다. 자신들의 주점과 크게 다를 게 없었는데, 다른 점이 있다면 중고등학생이 많다는 것.

그러다 보니 보호자로 온 부모님도 많았다.

'과연, 우리는 주점이라서 손님 유형이 제한적이 되지. 그에 비해 라이브클럽은, 술도 팔지만 우선은 무대를 즐기면서 수다를 나누는 곳이니까.'

그럼에도 불구하고 현재 실용음악과를 매출로 이기고 있다. 조금만 더 머리를 굴려보면 이 손님까지 전부 자신의 주점으로 끌고 올 수도 있다.

피리 부는 사나이처럼…….

"야, 최창수!"

"어? 왜?"

"몇 번을 불러야 대답하는 거야. 어휴, 너무 시끄러워서 그런가."

서유라가 인상을 찌푸리며 귀를 막았다.

확실히, 음악이 조금 시끄럽고 무대 위에 선 실용음악과 학생들의 마이크 소리도 평균보다 큰 편이다.

사람에 따라 다르지만, 대다수가 이 분위기를 시끌벅적하다 생각해 좋게 받아들이고 있었다.

"갑자기 여기는 왜 끌고 온 거야?"

"너랑 잠깐 놀고 오라했거든. 시끄러우니까 조금만 있다가 다른 곳도 구경하고 돌아가자."

"아, 응!"

두 사람은 빈 테이블에 앉았다.

'메뉴는 우리 쪽에 비해 많이 빈약하네. 역시 다양한 연령대를 수용할 수 있냐 없냐에서 차이가 나는 건가.'

그 맛 또한 주점 쪽이 훨씬 좋았다.

어머니에게 전수 받은 노하우, 그리고 2단계로 레벨업 시킨 자신의 요리 실력을 기반으로 선정하고 만든 메뉴니까.

비슷하면서도 의외에 포인트를 주어 색다른 맛이 나게 했다.

갑자기 주점 쪽 반응이 인터넷에서 어떨까 궁금해서 페이스북에 글을 올렸다.

〈안녕하세요, 최창수입니다! 잠시 자리를 비웠습니다. 저희 주점의 냉철한 평가가 궁금해서 글 올려봅니다^^〉

비록 3일이라는 짧은 기간 동안 운영되는 주점.

그마저도 마감까지 얼마 남지 않아 실질적으로는 이틀밖에 안 남은 거나 다름없다.

하지만 궁금했고, 반영하고 싶었다.

그걸 토대로 내년, 내후년, 졸업할 때까지 영통과에서 주점을 운영하고 싶었고 최종적으로는 영통과하면 주점이 떠오르게 만들고 싶었다.

서형문을 내쫓은 걸로 인해 최강대에 오랫동안 이름을 남기게 될 최창수.

별 생각 없던 대학 생활에 뜻이 생겼다.

바로 하나라도 더 많이 자신의 이름을 남기는 것.

호랑이는 죽어서 가죽을 남긴다는 말처럼, 비록 죽는 건 아니었지만 이곳에 이런 사람이 있었다고 모두에게 기억되고 싶었다.

"자, 신사 숙녀 여러분!"

슬슬 자리를 뜨려고 하자, 갑자기 음악이 전부 꺼지고 무대에 실용음악과 학생이 올라왔다.

"다들 잘 즐기고 계시지요? 깜짝 이벤트를 준비했습니다. 바로 무대 위에서 노래를 불러볼 손님을 정확히 세 명! 세 명 구합니다! 용기 있는 분에게는 기념품도 드리니, 지원하실 분은 손을 번쩍 들어주세요!"

실용음악과 학생이 신이 나서 말했지만 다들 주저하는 기색이 다분했다.

방금 전까지 일반인을 웃도는 무대를 계속 봤으니까.

과연 그 무대에 익숙해진 사람들 앞에 서서 창피를 안 당할 수 있을까 걱정스러워졌다.

"창수야, 나 네 노래 듣고 싶어."

"노래?"

"응. 우리 고등학교 2학년 뒤로는 같이 노래방 간 적 없잖아?"

"그러네. 오케이, 신청곡 받는다!"

최창수가 번쩍 손을 들었다. 동시에 실용음악과 학생이 무대 위로 올라오라 말했고, 서유라는 다급하게 신청곡을 말했다.

"자! 여기 잘 생긴 학생이 올라왔는데…… 영통과 학생이잖아!"

"음, 선배님 맞죠?"

"영통과 학생이 왜 여기에 있어? 염탐하러 왔냐?"

"하하! 염탐은 무슨, 축제 즐기러 놀러왔죠! 그보다 노래는 세 명 다 채워지면 부르나요?"

"음. 신청자 더 없으면 시작하겠습니다! 자, 3, 2, 1!"

마치 홈쇼핑에서 품절임박 예고를 하듯 말하자 참가자 몇 명이 나타났다.

"너 노래 잘하냐?"

잠시 마이크를 놓은 실용음악과 학생이 물었다.

"그럭저럭요?"

"그래? 그럼 넌 맨 마지막에 불러. 손님들 흥 돋워야 하니까."

"좋아요."

잠시 무대 옆으로 빠진 최창수는 자신의 차례를 기다렸다. 그동안은 본인이 평균보다 조금 더 노래를 잘하는 편이라 생각했는데, 무대에 선 일반인을 보자 그 생각이 달라졌다.

'혹시 나. 제법 잘 하는 편인가?'

한 명은 아예 대놓고 예능. 또 한 명은 열심히 했지만 기본기가 너무나도 부족했다.

드디어 최창수의 차례.

그가 마이크를 쥐었다.

관객들은 이번에는 어떤 점에서 폭소하게 될까 기대했다.

"안녕하세요, 최강대학교 영통과 학생 최창수입니다. 곡은 노을의 만약에 말야를 부를 건데요. 노래가 좋았다면 저희 쪽 주점에도 한 번씩 놀러와 주세요."

은근슬쩍 껴 넣은 홍보. 실용음악과 학생의 얼굴에 당혹이 물들었지만 MR이 흘러나오기 시작해서 한 마디 할 수가 없었다.

MR에 귀를 기울이며 최창수는 주변을 둘러봤다.

몇 백이 넘는 관객들이 기대에 찬 눈빛으로 자신을 바라보고 있다.

'뉴욕에서 버스킹 할 때랑은 또 다른 기분인걸.'

게다가 서유라까지 보고 있는 상황.

멀리서 자신을 보러 온 그녀에게 잊지 못할 추억을 만들어주고 싶었다.

최창수는 최선을 다해 노래를 부르기 시작했다.

"만약에 말야, 우리~ 조금 어렸었다면 지금 어땠었을까."

첫 소절을 부른 순간.

클럽의 분위기가 확 바뀌었다.

예능일 거라 생각했던 관객들이, 상상을 초월하는 최창수의 감미로운 음색에 눈이 휘둥그레진 것.

방금 전까지 떠들던 사람들도 황급히 입을 닫고 최창수를 바라봤다.

"만약에 말야, 우리~ 같은 마음이라면 다시 되돌아볼까. 만약에 말야, 우리~ 사랑했다면 지워낼 수 있을까."

드디어 도착한 클라이맥스.

최창수는 마지막 힘을 다 짜내어 목대를 울렸다.

이윽고 노래가 끝났다. 흘러나오는 건 잔잔한 MR 뿐……. 그 MR마저 끝나자 클럽에 흐르는 분위기는 적막함 그 자체였다.

짝.

관객 한 명이 박수를 쳤다. 그걸 시발점으로 박수갈채가 적막함을 깨트리기 시작했다.

"우리과 신입생들보다 더 잘하는데?"

노래가 끝나면 홍보하지 말라고 한소리 하려던 실용음악과 학생조차 순수한 감탄을 터트렸다.

노래가 끝나고 받은 경품은 최강대 축제 때만 사용할 수 있는 자체 상품권이었다.

'주점 이벤트 경품으로 쓰면 되겠네. 그보다 얘는 어디 있지?'

무대에서 내려오고, 서유라와 헤어졌던 그곳으로 돌아갔지만 어디에도 그녀는 보이지 않았다.

그때였다.

"야아…… 브아보야아……."

누군가가 다리를 붙잡았다. 고개를 숙이니 좌절한 듯 무릎을 꿇고 있는 서유라가 보였다.

"엥? 야, 너 왜 그래?"

"머엉충이야아……."

"술 냄새! 너 혹시 술 마셨냐?"

"사이다일 걸……."

"사이다 마시고 취할 리가 있냐. 아이고, 나 없는 사이에 어쩌다가 술을. 안 되겠다, 우선 등에 업혀."

가뿐하게 서유라를 등에 업었다. 그리고 몰린 인파를 뚫으며 보건실로 향하기로 했다. 주점으로 돌아가면 일을 해야 해서 그녀를 보살필 수 없으니까.

"아으으…… 토할 거 같앙……."

"야, 참아! 이거 단체 유니폼이라서 여벌도 없단 말이야."

"우, 우……."

"기다려, 기다려!"

다급해진 마음에 두 다리를 급하게 놀렸다.

그게 실수였다.

"우웨에엑……."

목을 시작으로 등까지, 뜨뜻한 뭔가가 닿았고 역한 냄새가 올라왔다.

"헤헤, 토했네……."

"그러게…… 좀만 더 참지 그랬냐."

우선은 샤워부터 해야할 듯 싶었다.

· · · ◈ · · ·

곤히 잠을 자고 있자니 문 너머에서 세탁기 소리가 시끄럽게 울려댔다.

"으으……."

피곤해서 좀 더 자고 싶건만.

무념무상으로 눈을 감고, 베개로 귀를 틀어막아도 세탁기 소리는 끊이질 않았다.

잠시 조용해지나 싶으면 요란하게 물을 배출하기까지 하니, 결국 짜증을 내며 눈을 뜰 수밖에 없었다.

"누가 아침부터 세탁기를…… 윽!"

소리를 지르자 두통이 관자노리를 강하게 찔렀다.

게다가 당장이라도 토할 것처럼 속이 울렁거리기까지…….

서유라는 인상을 찌푸리며 이마를 꽉 눌렀다.

"아, 대체 왜 이렇게 머리가……."

궁시렁거리며 주변을 둘러봤다.

그리고 두 눈이 휘둥그레졌다.

'여, 여기는……?'

예정대로였다면 지금쯤 자신은 마지막 지하철을 타고 무사히 자취방으로 돌아왔어야 할 상황.

당연히 눈을 떴을 때 보이는 것 또한 자신의 자취방이어야만 했다.

하지만 몇 개월 전 한 번 본 뒤로는 한 번도 보지 못했던 방.

곳곳에는 남자의 것으로 추정되는 물건이 돌아다녔고, 작은 냉장고 위에는 무질서하게 양말과 속옷이 걸려있다.

"주, 죽고 싶어……."

어째서 자신이 있는가.

차라리 모르는 게 약이었을 기억이 하나 둘 떠올랐다.

"아, 어쩌자고 술을……."

최창수에게는 실수로 술을 마신 척 말했지만 사실은 아
니었다. 자신의 속마음이나 다름없는 노래였던 만약에 말
야.

최창수가 그걸 부르자 가슴 한구석이 아련해왔고, 울면
서 속마음을 털어놓는 자신의 술주정을 이용해 최창수에게
진심을 전하고자 했다.

최창수의 성격이라면 절대 못 들은 척 넘어갈 리 없으니
까.

그게 실수였다.

맨 정신으로 전하는 게 더욱 효과적일 거라 생각하면서
도, 왠지 모르게 조바심이 들어 술의 힘을 빌렸고 그 결과
최창수에게 토를 하고 말았다.

늘 아름답게만 보이고 싶었던 그의 앞에서 치명적인 실
수를 했다.

'아, 앞으로 서유라가 아니라 토걸이라고 불리면 어떡하
지…….'

시간을 되돌릴 수만 있다면 어제 저녁으로 돌아가고 싶
었다.

"그, 그보다 창수네 집에서 잤다니……. 차, 창피한데 왠지 좋네……."

큰 실수를 한 뒤에 기억은 전혀 없다. 때문에 어젯밤 그와 동침을 했는지, 아니면 자신만 달랑 방에 내버려두고 다른 곳에서 잤는지는 모른다.

하지만 눈을 떴을 때 그가 없던 걸로 보아 후자일 가능성이 높다.

"창피하니까 몰래 돌아가야겠다."

거울을 한 번 살펴봤다. 화장도 다 지워졌고 자는 바람에 머리도 헝클어져있다. 결정적으로 최창수가 자신을 보고 어제 일을 떠올리는 게 싫어 대충 머리카락을 정리하고 주섬주섬 신발을 갈아 신으려 했다.

그때…….

"이건……."

최창수의 옷에 눈길이 사로잡혔다.

· · · ◇ · · ·

'그러고 보니…… 예전에 창수가 옷 좀 골라달라고 집에 데려갔었지.'

그리운 추억이 떠올랐고, 정신을 차렸을 때는 최창수의 와이셔츠를 들고 있었다. 그뿐이면 다행이건만, 와이셔츠에서 최창수의 냄새가 짙게 배어 있어 이상한 기분에 정신을 사로잡혔다.

천천히, 저도 모르게 와이셔츠를 코언저리에 갖다 대려고……

"어, 일어났냐?"

하는 순간, 굳게 닫혀있던 고시원 문이 쾅 열렸다.

"으, 으꺄악?!"

"벌건 대낮부터 왜 귀신이라도 본 표정이야?"

"드, 들어올 거면 노크를 하라고!"

"내 집인데 왜 노크를 해? 소리 지르는 거 보면 술은 다 깼나 봐?"

문을 닫은 최창수가 작은 테이블을 하나 펼치고 그 위에 냄비를 올려뒀다. 내용물은 숙취해소에 좋은 콩나물국이었다.

"얼큰하게 끓였으니까 먹어 봐. 나도 한 숟가락 먹으니까 피로가 다 사라지더라."

"네가 끓인 거야?"

"그럼 사 왔겠냐."

씨익 웃으며 최창수가 숟가락을 건넸다.

조용히 돌아가려 했건만. 거절하고 후다닥 도망치기에는 생전 처음 맛보는 그의 요리가 너무나도 매력적이었다.

"자, 잘 먹을게."

결국 최창수 맞은편에 다소곳이 앉아 숟가락을 휘젓게

됐다.

"······맛있어."

"그렇지? 맛있지! 옆집 굶주린 고시생도 맛있다면서 눈물을 흘리더라고!"

"적당히 얼큰해서 좋아. 솔직히 우리 엄마보다 더 잘한 거 같아. 원래 요리도 잘 했어?"

"뾔땀 나는 연습이 있었지."

콧대가 높아진 최창수가 힘껏 잘난 척을 했다. 그 모습에 작게 웃음을 터트린 서유라는 식사에 집중을 했다.

요리에 무슨 약이라도 탄 듯, 밥공기를 비웠을 때는 온몸을 더부룩하게 만든 숙취가 말끔히 사라져 있었다.

"그나저나 너 술 되게 못 한다."

밥상을 정리하며 최창수가 실실 웃었다.

"시, 시끄러워. 언제는 못 할 수도 있다면서······."

"누가 뭐래? 그보다 너 11월에서 12월 달쯤 시간 되냐?"

"그건 왜?"

"나 1월 달에 군대 가거든."

"푸읍!"

마른 목을 축이려고 물을 마시던 서유라가 어제처럼 모든 걸 다 뱉어냈다.

"그, 그게 무슨 소리야?!"

"얼마 전에 신검 받고 왔어. 나라에서 날 필요로 하더라고, 빨리 가는 게 좋다는 조언이 많아서 1학년 끝내자마자 휴학하고 갈 생각이야."

"너, 너무 이르지 않아?"

서유라 또한 최창수가 언젠가는 군 입대를 할 거라 생각하고 있었다. 2년 동안 못 만나도 참을 생각이었고, 세상이 허락한다면 그가 군대에서 잘 버틸 수 있도록 훌륭한 원동력이 되어줄 생각이었다.

하지만 막상 때가 오니 무엇 하나 준비된 게 없었다.

"내가 남한테 무시 받는 건 별로 안 좋아하잖냐. 늦게 가면 동갑이나 연하한테 무시 받을 텐데, 그럴 바에야 후딱 갔다오는 게 낫지."

"그, 그래도……."

"결정된 사항은 번복하지 않는다! 그보다 서울에서 하룻밤 지낸 거, 같이 축제나 구경하자. 주점 오픈 전까지는 한가하거든."

"걔도 부를 거야?"

"걔? 초민아?"

"응……."

"걔 어제 과음해서 저녁때야 겨우 일어날 걸?"

"그럼 우리 둘이네?! 그치?! 좋았어, 걔 일어나기 전에 어서 가자!"

"그래, 그보다…… 내 옷은 왜 들고 있어?"

서유라가 고개를 숙였다.

저도 모르게 손에 쥔 최창수의 옷…….

"내, 냄새 맡으려고 한 거 아니야!"

의심스러운 변명이었다.

· · · ◆ · · ·

성황리에 이어진 최강대학교 축제는 무사히 종료됐다. 1일차도 2일차도 사람이 많았지만, 각종 연예인이 잔뜩 초빙된 3일차하고는 비교조차 되지 않았다.

"영통과의 승리를 기념하며! 모두, 건배!"

서은결이 높이 잔을 들자 학생들이 서로 잔을 부딪혔다.

첫 날도 반응이 좋았던 영통과 주점.

둘째 날은 첫 날보다 반응이 더 좋았고, 셋째 날은 둘째 날보다 더더욱 반응이 좋았다.

전부 최창수 덕이었다.

"우리 과의 희망은 창수라니까! 둘째 날 손님 확 늘어난 거 다들 봤지?"

"진짜 대박이었지! 실용음악과로 염탐보내길 잘했다니까?"

첫 날, 케이블 방송국에서 대학교 축제 촬영을하러 왔다. 최강대 축제 전반을 찍은 방송, 10분이라는 짧은 영상 안에는 당당히 최창수가 들어가 있었다.

그것도 영통과 주점을 홍보하는 것과 노래가 한참 절정에 달했을 때의 장면.

수천 명의 손님이 영통과 주점의 존재를 알게 된 덕분에 손님이 기하급수적으로 늘어났다.

손님의 연령대를 바꾸는 건 불가능했지만, 최창수가 노래와 함께 서빙을 하는 것만으로도 첫 날의 기억을 잊지 못한 손님을 끌어 모으기에는 충분했다.

'다음부터는 연령대도 주의를 해야겠어.'

비록 영통과가 인기투표 1등을 달성했지만, 100표 차이로 겨우 얻은 승리였다.

조금만 실수가 있고, 운이 없었더라면 쓴 맛을 봐야했을 거다.

'이번의 경험이, 차후 큰 도움이 되겠지.'

대학생이 되면서 최창수는 더욱 뼈저리게 실감하고 있었다. 그 어느 경험도 쓸모없는 건 없다고.

"창수 덕분에 영통과가 최초로 1등도 차지하고! 영통과 역사에 길이길이 남을 게 분명해!"

"실용음악과 애들 표정 봤냐? 말도 안 된다는 표정이더라, 크큭."

"다음 주부터 최강영통과 티셔츠 입고 다녀야 할 텐데, 생각만 해도 속이 다 시원하네!"

"이 영광을 우리에게 갖다 준 최창수! 일어나서 한 마디 해 봐!"

선배들이 그의 이름을 앙코르 하듯 계속 부르기 시작했다.

모두가 자신 덕분에 즐거워하고 있다.

덩달아 즐거워진 최창수가 자리에서 일어나 마이크 대신 숟가락을 쥐었다.

"음. 가장 큰 공헌은 함께 열심히 해준 영통과 모두에게 있다고 생각합니다."

"자식이 겸손은! 그냥 사실대로 다 털어 놔!"

"그래도 돼요? 크으! 솔직히 저 아니었으면 1등 못했죠."

"저 녀석이?! 너무 솔직한 거 아니냐!"

농담이란 걸 알기에, 선배들도 장난스럽게 최창수에게 달려들어 간지럼을 피웠다.

축제도 즐거웠고, 뒤풀이도 너무나도 즐겁다.

'대학에 오길 잘했어!'

만약 아버지의 말을 거스르고 대학에 오지 않았다면?

물론 또 다른 즐거움을 겪고 있었겠지만, 그건 나중에라도 즐길 수 있는 즐거움이다.

하지만 대학은 젊은이의 특권이나 마찬가지인 곳.

지금 이 순간은 무엇과도 바꿀 수 없는 추억이다.

〈축하해요, 운수 대통령님! 트로피를 획득했어요!〉

〈뒤풀이의 추억 트로피 획득〉

또 하나 트로피를 획득했다.

3일 간에 축제동안 얻은 트로피는 무려 열 개.

차곡차곡 운수 대통령 사용가능 시간이 늘어났고, 정식 판까지는 앞으로 80%밖에 남지 않았다.

군 입대까지 남은 몇 개월.

해야 할 일은 하나라도 더 많은 트로피를 획득하고, 어느 정도 인간관계를 정리하는 것 뿐.

당장 급한 건 전자였다.

운수 대통령은 어디까지나 휴대폰에 있는 어플리케이션.

비록 인생 포인트 덕분에 스스로 생각하기에도 제법 괜찮은 사람이 됐지만, 그렇다고 운수 대통령이 필요 없다는 건 아니었다.

'실험해본 결과, 운수 대통령과 떨어져 있어도 트로피는 획득했어!'

그 뜻은 즉, 군대에서도 꾸준히 트로피를 획득할 수는 있다는 것.

휴가도 있고, 요즘에는 군부대 안에 휴대폰을 맡길 수도 있어서 군대에게 운수 대통령을 빼앗기는 일은 발생하지 않는다.

'자, 그럼. 이제 잠시 미뤄뒀던 일을 처리해야 할 때네.'

그 날 봤던 여선배의 슬픈 표정.

아직도 기억 속에서 잊히지 않았다.

· · · · ◆ · · · ·

'서형문하고 무슨 일이 있던 거지?'

캠퍼스 공원.

의자에 앉아 최창수는 깊은 생각에 빠졌다.

'좋은 일이 있던 게 아닌 건 분명해. 학점 관련으로 경고라도 당했나?'

고등학생 때까지는 늘 상위권이었던 최강대 학생들. 하지만 대학교에서는 누군가 꼴찌를 담당해야만 했다.

그 사실이 무엇보다 자존심을 깎아먹기 때문에 최강대 학생들은 늘 학점관리에 신경을 쓴다.

그러다 보니 서형문의 악질에도 학생들이 침묵을 유지하는 것.

이 상황에서 모든 총대를 멜 수 있는 건 최창수가 유일했다.

'어쩌면 서형문을 무너트릴 수 있는 실마리가 될 지도 몰라.'

가장 손쉬운 상대부터 차근차근 나락으로 떨어트린다. 그로 인해 피해보던 모든 이들을 편하게 만들어주고 싶었다.

"민아야."

고민 끝에 초민아에게 전화를 걸었다.

남자에게 얘기하기 힘들던 문제였을 가능성도 있으니까.

"선생님 왜? 점심 먹으려고 불렀어?"

"넌 내가 전화만 하면 밥 사주려는 줄 아냐. 유미 선배한테 전화해서 서형문한테 혼났냐고 물어 봐."

"그건 왜?"

"아까 마주쳤는데 표정이 영 안 좋았거든. 내가 물어보긴 했는데 아무 일도 아니라 하더라고."

"정말 아무 일도 없는 거 아냐?"

"서형문 교수실에서 나왔는데 아무 일도 없을 리가 있냐."

학생들 사이에서도 서형문의 교수실은 유명하다.

그곳에 불려가면 무조건 안 좋은 일이 있는 거라고.

"나 지금 캠퍼스 건물 맞은 편 공원에 있으니까 물어보고 이쪽으로 와. 밥 먹게."

"알겠어! 오늘 점심은 스파게티 먹자!"

"결과물에 따라 메뉴를 선정하지."

전화를 끊고 초민아가 오기만을 기다렸다.

잠시 후.

저 멀리서 초민아가 달려오는 게 보였다.

"선생님!"

"오래 걸렸네. 수확은 있었어?"

"아니? 나도 서형문한테 불려가서 혼났다고 말하면서 접근했는데도 아무 일 아니니까 신경 *끄라* 하던데?"

"흠, 그래. 일단은 알겠어. 밥 먹으러 가자."

"응. 근데 선생님은 왜 그렇게 서형문을 싫어해? 우리랑은 다른 악감정이 있는 거 같은데."

눈치 빠른 초민아가 조심스레 물었다.

솔직히 대답을 할지 말지 잠시 망설였다가, 그녀에게 만큼은 진실을 전부 털어놓기로 했다.

무슨 일이 있을 때, 대학에서 가장 먼저 자신의 편이 되어 줄 사람은 초민아와 박철대 뿐이니까.

"헐. 그런 일이 있었어? 그래서 서형문이 그렇게나 구자용 칭찬을 하는 거구나."

"비슷한 놈들끼리 모이는 거지. 그 날 결심했어. 권력을 불필요한 곳에 사용하지 못하도록 세상을 바꾸겠다고."

"오…… 선생님 되게 멋지다? 근데, 솔직히 불가능 아냐? 대통령도 나라를 못 바꾸는데, 선생님이 무슨 힘으로?"

"노력하다 보면 될 거야."

자신의 인생을 돌이켜봤다.

해내겠다고 마음먹은 건 언제나 해냈고, 매번 꾸준한 노력이 뒷받침해줬다.

이번 가게 문제도 그랬다.

부모님 가슴에 대못을 박은 라이벌 가게의 문을 닫겠다는 각오로 자신의 모든 능력을 다 이용했다. 그 결과 원하던 결과를 손에 넣었다.

권력이 올바르게 사용되는 그 날이 언제 올지는 몰라도, 지금처럼 계속 달리다보면 언젠간 변할 날이 올 거라 믿고 있다.

두 사람은 점심을 먹기 위해 근처 돈가스 가게로 향했다. 여기서는 스파게티도 파니까.

"어? 창수랑 민아네?"

가게 문을 열자 같은 과 남녀 학생들이 보였다.

"너희들도 여기서 점심 먹냐?"

"오늘은 학식이 별로더라고. 빈 자리 있으니까 여기 앉아."

"땡큐."

고등학교 때는 늘 친구들과 점심을 먹었지만, 대학생이 된 뒤로는 혼자 아니면 초민아와 점심을 해결했다. 그러다보니 오랜만에 친구들과 함께 점심을 먹는다는 사실이 제법 기뻤다.

주문한 음식이 나오자 최창수 일행은 잡담을 나누며 식사를 시작했다.

그때, 누군가가 모두의 스트레스 요소인 그를 화제에 올렸다.

"그러고 보니 말이야. 서형문 요즘 따라 더 이상하지 않냐?"

운수 대통령

"왜?"

"선배들이 그러는데, 예전에는 말없이 점수를 짜게 줬다는데. 요즘은 개인교수실로 부르는 경우가 잦아졌다 하더라. 그것도 특히 여자애들한테."

"그러게. 나도 저번에 불려갔거든. 강의 때 한 번만 더 졸면 B학점도 힘들 거라고 협박하더라. 그거면 상관없는데…… 날 바라보는 시선이 좀 이상했어."

하나 둘 경험담과 소문으로 전해들은 서형문의 악행보따리를 풀기 시작했다. 그때, 한 남학생이 결정적인 얘기를 꺼냈다.

"난 며칠 전에 서형문이 우리 또래로 보이는 애랑 밤거리를 배회하는 것도 봤어."

"……자세하게 들려줘."

여태껏 잠잠했던 최창수가 반응했다.

어쩌면 서형문을 무너트릴 실마리를 잡을 지도 모르니까.

"어, 그게…… 확실한 건 아닌데! 휴일이라서 본가로 돌아가고 있었는데, 저 멀리서 좀 예쁘장한 여자가 걷고 있는 거야. 눈호강이나 하려고 뚫어지게 보고 있는데 옆에 늙다리가 있더라? 부녀사이인가 싶었는데, 서형문하고 똑같이 생긴 사람이더라고!"

"서형문이면 서형문인거지. 똑같이 생긴 사람은 뭐야?"

"서형문 딸 있잖아. 정말 부녀사이였던 거 아냐?"

"아닐 걸? 듣기로는 이제 고등학생이라고 했어."

"그보다 예쁜 여자라서 뚫어지게 쳐다봤다니. 하여간 남자들은……."

여학생들이 한숨을 내쉬었고, 남학생은 너희도 잘 생긴 남자가 있으면 뚫어지게 보지 않냐고 황급히 변명을 했다.

'정말로 서형문이었을까?'

그것에 생각이 쏠려 친구들의 잡담이 하나도 귀에 들어오지 않았다.

'밑져야 본전이지.'

최창수는 남학생에게 그 얘기를 좀 더 자세히 해달라고 부탁했다.

· · · ◇ · · ·

그 날 밤.

최창수는 늦게까지 캠퍼스 공원에서 잠복 중이었다.

'나왔다!'

11시가 가까워져서야 영통과 건물에서 서형문이 나왔다. 혹여나 들키랴, 조심스럽게 그의 뒤를 따라갔다.

잘 걷다가 갑작스레 멈춘 서형문. 담배를 피우는 대학생들에게 누가 여기서 담배 펴라 했냐고 어서 끄지 못하냐고 핀잔을 주기 시작했다.

금연구역이었으면 타당한 지적이지만, 흡연구역에서 그랬기 때문에 꼰대 질로 밖에 보이지 않았다.

마침내 대학에서 나간 서형문이 근처에 주차시켜둔 자신의 차에 올라탔다.

'젠장. 이러다가 놓치겠네.'

급하게 주변을 둘러봤다.

때마침 멈춰있던 택시 한 대. 바로 문을 열고 탑승했다.

"앞에 저 차 있죠? 나 3510 번호판이요. 저 차 따라가 주세요."

"차를 추격해달라니, 혹시 촬영해요?"

"아니니까 어서 출발해주세요. 절대 놓치면 안 돼요!"

"큼. 살다 보니 영화 같은 일이 다 있네. 알겠수다."

택시가 일정거리를 유지하며 서형문을 추격하기 시작했다. 놓치면 다음을 기약해야 하는 상황. 신호등 근처에 도착할 때마다 심장이 쫄깃해졌다.

마침내 서형문이 차에서 내렸다.

"택시비 여기요! 거스름돈은 필요 없으니까 가지세요!"

급하게 택시에서 내려 서형문의 뒤를 밟았다. 도착한 곳은 서형문처럼 고지식한 놈은 절대로 오지 않을 법한 번화가였다.

'어째서 이런 곳에?'

주변을 둘러봤다.

젊은이보다는 30대와 40대가 더 많은 번화가. 유흥주점처럼 보이는 가게가 많았고, 어느 곳은 대놓고 아가씨 항시 대기 중이라는 간판까지 걸어 놨다.

그뿐만 아니라 젊은이와 함께 걷는 중년이 많이 보였고, 여대생처럼 보이는 애들이 영업용 미소와 함께 전단지를 건네고 있었다.

'말로만 듣던 중년의 번화가인가.'

학생 때 한 번, 아버지가 어머니 몰래 회사동료와 이런 번화가에서 놀았다는 게 들켜 며칠 간 집안 분위기가 냉랭했던 적이 있었다.

그래서 별로 좋게 느껴지지는 않는다. 실제로 좋다 말하기는 어려운 곳이고.

'서형문이 이런 곳에 오다니 의외네. 아니지, 충분히 올만한가. 여기라면 자신의 권력을 더 많이 휘두를 수 있으니까.'

서형문의 뒤를 계속 밟았다. 그리고 발걸음이 멈췄다.

"여기는……."

발걸음이 멈춘 이유는 하나. 서형문이 유흥주점에 들어갔기 때문이었다. 그것도 예쁜 여대생 항시대기 라는 노골적인 간판이 걸려있는 유흥주점에…….

"건드릴 게 없어서 자기가 가르쳐야 할 학생들을……."

대체 서형문은 어디까지 쓰레기인가.

구덕철에게 잘 보이기 위해서 구자용에게 1등을 줬을 때도, 면접에서 자신을 불합격시키려 했을 때도, 학생들에게 갖은 모욕을 다 줬을 때마다 이미지가 안 좋아졌지만 오늘이 그 정점을 찍는 날이었다.

"몇 분이신가요?"

서형문을 따라 가게 안으로 들어가니 여자 아르바이트생이 말을 걸었다.

"아, 놀러온 게 아니고요. 찾는 사람이 있는데 잠시 둘러봐도 괜찮나요?"

"음…… 손님이 아니면 내쫓으라고 사장님이 그랬는데. 잘 생겼으니까 못 본 척 할 게요!"

아르바이트생이 의자에 풀썩 앉으며 패션잡지를 읽기 시작했다.

'어느 방으로 들어갔지?'

유흥주점에는 총 스무 개의 방이 있었다. 방음벽을 뚫고 새어나오는 노랫소리, 그리고 간간히 들리는 듣기 불편한 소리까지…….

이 곳 어딘가에 서형문이 있다.

하지만 창 너머로 방 내부가 보이지 않아 그를 찾기는 무리였다.

'일일이 문을 열면서 확인할 수도 없고, 내가 뒤를 밟는다는 걸 들켜서도 안 되고.'

아쉽지만 오늘은 여기서 돌아가야 할 듯 싶었다.

"저기요."

그전에 하나라도 더 정보를 얻고자 했다.

"죄송한데 이곳에 자주 오는 손님 유형을 알 수 있을까요?"

"그건 왜요?"

"설명하기는 조금 애매한데……."

"잘 생겼으니까 그냥 말해드릴게요! 음, 제가 반 년 동안 근무해서 아는데 돈 많은 아저씨들이 자주 오더라고요. 1차는 술 마시면서 여자랑 노래 부르더라고요. 2차를 원하는 손님도 자주 있고요. VIP리스트도 따로 있어요."

"VIP리스트요?"

"단골이 곧 돈줄이니까요. 그 사람들한테는 더 예쁜 애들 붙여주고는 해요."

"그 리스트, 혹시 알 수 있을까요?"

"에헤~ 아무리 잘 생겼어도 맨 입으로는 보여드리기는 힘든데."

"뭘 원하죠?"

서형문만 무너트릴 수 있으면 상식적인 선에서 뭐든지 할 생각이었다.

"번호 알려주세요!"

"……그 정도야 뭐."

생각보다 얌전한 부탁이라서 바로 번호를 알려줬다. 그제야 VIP리스트를 볼 수 있었다. 고객의 이름과 직업, 연봉, 방문 횟수, 취향 등등 아주 세세하게 기록이 되어 있었다.

그 중, 서형문의 이름도 있었다.

"대단하다, 대단해. 서형문."

역시나 기대를 배신하지 않았다.

· · · ◈ · · ·

다음 날.

최창수는 심기가 불편했다.

"미쳤어? 어디 감히 교수에게 못 하는 말이 없어!"

서형문의 강의가 시작된 지 이제 10분. 벌써부터 혼나는 학생이 나왔다.

평소에도 이상한 이유로 학생을 혼내는 서형문이었지만, 오늘은 그 이유가 더 가관이었다.

강의 도중 서형문이 잘못된 단어를 계속 사용했고, 한 여학생이 이 단어가 올바르지 않냐고 의견을 제시했다.

사건은 거기서부터 시작됐다.

"내가 교수고! 너보다 학문을 연구했어도 더 오래 연구했어! 어른이 말하면 그런가보다 하고 넘어가야지, 거기서 날 지적해 모두에게 창피를 줘서 행복한가?!"

"그, 그게 아니라요……."

"아니면 입 닥치고 듣던가! 끽해봐야 입시영어만, 그것도 10년도 제대로 공부 안 했을 것이 어디 감히 교수를 지적해!"

"죄송합니다……."

"죄송하면 애들 앞에서 당한 내 창피가 사라지나! 어! 학점 똑바로 받기 싫어? 내 강의 전부 D학점이 나와야 정신 똑바로 차릴 거냐고! 등 굽은 네 부모가 퍽도 좋아하겠다!"

자신의 잘못은 전혀 고려하지 않고, 학생들 앞에서 창피를 당했다는 사실 만으로 여학생에게 온갖 인격모독을 퍼붓는 서형문.

끝내 참지 못한 최창수가 상황을 말리려 했고, 그 순간 여학생이 울음을 터트렸다.

"뭘 잘했다고 울어! 울면 내가 미안하다고 사과라도 할 줄 알았어? 이 요망한 계집애가!"

기어코 서형문이 여학생에게 손찌검까지 하려고 했다.

"그만두세요!"

내버려뒀다가는 정말 큰일이 된다. 급하게 달려간 최창수가 간발의 차로 서형문의 손목을 붙잡았다.

"좋게 말할 때 놓도록 하거라, 최창수 학생."

"한 여학생이 이유도 없이 맞는 걸 지켜보라는 겁니까?"

"맞을 이유가 없다고?"

"제가 봐도 그 지적은 타당했습니다. 이 상황에서 잘못을 따지자면 바로 교수님 당신에게 있죠."

"……내가 요즘 널 안 건드린다고 아주 기고만장해졌구나."

"원래도 안 건드리지 않았습니까? 제가 무서워서 말이죠."

"뭐……?"

"어쨌든, 여기서 일을 더 벌이겠다면 박철대 이사장님을 불러오겠습니다. 아시죠? 저랑 이사장님이랑 사이가 아주 돈독하다는 걸."

"이 녀석……."

안 그래도 요즘 박철대로부터 미움을 사고 있다. 괜히 그의 심기를 더 불편하게 해봤자 돌아오는 건 손해뿐이다.

"교수의 권위가 밑바닥까지 떨어졌군."

끝까지 자신의 잘못을 인정하지 않은 서형문.

그가 조용히 강의실 밖으로 나갔다.

· · · ◆ · · ·

한 차례 폭풍이 지나갔던 강의실.

서형문이 사라지기가 무섭게 학생들이 시끄러워지기 시작했다.

"서형문 진짜 개또라이네? 내가 봐도 맞는 말인데 왜 화를 내냐?"

"수업도 못 가르치면서 자존심은 더럽게 세다니까?"

"괜찮아? 너 하나도 잘못 안 했으니까 울지 마."

"대체 언제까지 서형문한테 당해야 해? 단체 항의라도 해야 하는 거 아냐?"

"맞아! 졸업하려면 아직 잔뜩 남았는데 그때까지 쟤한테 굽실거려야 하잖아! 우리가 어느 집 자식인데 그래야 하냐고!"

강의실이 순식간에 아수라장이 됐다.

이 상황을 저지하려는지 구자용이 어색하게 웃으며 입을 열었다.

"얘들아, 우선 흥분 가라앉히자. 서형문 교수님도 어쩔 수 없었을 거야."

"뭐가 어쩔 수가 없어? 아까 그 새끼가 한 짓 어디에 어쩔 수 없이 저지른 게 있었는데?"

"그, 그게……."

"야! 구자용! 서형문이 너만 편애한다고 지금 걔 편드는 거냐? 그렇게 안 봤는데 진짜 실망이다!"

서형문에게 향하던 화살이 구자용에게까지 날아들었다. 예상하지 못한 상황에 구자용은 괜히 나섰다가 이미지만 나빠졌다고 속으로 욕했다.

"맞아, 구자용의 말은 잘못 됐어."

그 상황에서 최창수가 나섰다.

"우리가 최강대에 입학한 이유를 생각해보자. 인맥을 만들고, 수준 높은 교육을 받으려는 거지. 말도 안 되는 이유로 매번 혼나고 인격모독을 받으려고 입학한 건 아니잖아?"

최창수가 구자용을 바라봤다.

둘의 눈이 마주쳤고, 구자용은 인상을 찌푸렸다. 현 상황에서 여론은 자신의 편이 아니니까. 대놓고 짓밟히는 기분이 자존심을 갉아먹었다.

"언제까지 서형문에게 당하면서 피해자를 늘려서는 안돼. 우리 쪽에서 묘수를 강구해보자. 나와 생각이 같은 애들은 이쪽으로 모여."

최창수가 강의실 출입문 쪽으로 이동했다.

강의실에 있는 1학년의 수는 총 26명. 그 중 20명이 최창수에게 모였다.

"나머지 여섯 명은 어쩔 생각이야?"

"우리는……."

남은 여섯 명이 서로의 눈치를 살폈다.

그 이유는 하나.

그들은 주로 구자용과 어울리는 학생이었기 때문이다. 그러다 보니 서형문에게 딱히 이렇다 할 지적을 받은 저도 없다.

"우리는 보류할게. 서형문이 좋은 건 아니지만, 괜히 교수 눈 밖에 나가기는 싫거든."

"구자용 너도 마찬가지냐?"

"난……."

빠르게 머리를 굴리기 시작했다.

여기서 학생들 편에 서는 게 정답일지, 아니면 서형문 편에 서는 게 정답일지.

"나도 보류할게. 뭐가 맞는 지 확신이 안 서네."

후자를 고르기로 했다.

어차피 이곳에 있는 학생들은 자신보다 모든 점에서 밀린다. 나중에 사회에 나가봤자 자신이 머리 위에 있을게 분명하니까.

"좋아, 나중에라도 생각이 바뀌면 언제든지 와."

순식간에 최창수와 구자용의 파벌이 나눠졌다.

1학년 중 95%학생이 최창수와 함께 서형문을 쓰러트리기로 했다. 하지만 동료는 많으면 많을수록 좋은 법. 최창수는 서은결에게 자신들의 뜻을 전했다.

"역시 창수! 재밌는 일을 하려는 구나! 우리도 예전에 시도하려다가 관뒀는데, 그 일을 네가 다시 살리려고 한다니 정말 감격이다!"

"그때는 왜 관뒀는데요?"

"지금은 영통과 교수로 이사장님이 속해있지만, 우리가 2학년이던 시절에는 서형문이 왕이었거든."

"그랬군요. 어쨌든 선배, 2학년 3학년들에게도 이 얘기를 전해주세요. 4학년들은…… 취업 문제로 바쁠 테니 넘어가고요."

"걱정 마! 금방 팀을 꾸려서 찾아갈 테니!"

서은결이 바로 후배 및 동기들에게 전화를 걸었다.

그 결과 2학년은 90%, 3학년은 80%가 최창수를 돕기로 했다.

'각오해라, 서형문!'

그 날의 수모를 갚은 날이 가까워졌다.

〈3권에서 계속〉